16	3	2	13
5	10	11	8
9	6	7	12
4	15	14	1

**AMBASSADE
DE FRANCE
AU BRÉSIL**
*Liberté
Égalité
Fraternité*

*Cet ouvrage, publié dans le cadre du Programme d'Aide à la Publication 2024
Carlos Drummond de Andrade de l'Ambassade de France au Brésil,
bénéficie du soutien du Ministère de l'Europe et des Affaires Etrangères.*

Este livro, publicado no âmbito do Programa de Apoio à Publicação 2024
Carlos Drummond de Andrade da Embaixada da França no Brasil,
contou com o apoio do Ministério da Europa e das Relações Exteriores.

Christine de Pizan

A CIDADE
DAS MULHERES

Introdução de Eric Hicks e Thérèse Moreau

Tradução de Jorge Henrique Bastos

editora 34

EDITORA 34

Editora 34 Ltda.
Rua Hungria, 592 Jardim Europa CEP 01455-000
São Paulo - SP Brasil Tel/Fax (11) 3811-6777 www.editora34.com.br

Copyright © Editora 34 Ltda., 2024
Introdução © Thérèse Moreau, 2024
Tradução © Jorge Henrique Bastos, 2024

A FOTOCÓPIA DE QUALQUER FOLHA DESTE LIVRO É ILEGAL E CONFIGURA UMA
APROPRIAÇÃO INDEVIDA DOS DIREITOS INTELECTUAIS E PATRIMONIAIS DO AUTOR.

Imagem da capa:
Iluminura do manuscrito Français 607, folio 2r, de La Cité des Dames,
de Christine de Pizan, c. 1410, Bibliothèque Nationale de France, Paris

Capa, projeto gráfico e editoração eletrônica:
Franciosi & Malta Produção Gráfica

Revisão:
Alberto Martins, Beatriz de Freitas Moreira

1ª Edição - 2024

CIP - Brasil. Catalogação-na-Fonte
(Sindicato Nacional dos Editores de Livros, RJ, Brasil)

Pizan, Christine de, 1364-1431

P437c   A Cidade das Mulheres / Christine de Pizan;
introdução de Eric Hicks e Thérèse Moreau;
tradução de Jorge Henrique Bastos — São Paulo:
Editora 34, 2024 (1ª Edição).
304 p.

ISBN 978-65-5525-205-7

Tradução de: La Cité des Dames

1. Ensaio francês - Sécs. XIV-XV.
2. Filosofia medieval. 3. Condição feminina.
I. Hicks, Eric (1937-2004). II. Moreau, Thérèse.
III. Bastos, Jorge Henrique. IV. Título.

CDD - 844

SUMÁRIO

Introdução, *Eric Hicks e Thérèse Moreau* 7

A Cidade das Mulheres

Primeira Parte 19
Segunda Parte 119
Terceira Parte 239

Sequência dos temas da obra 289
Índice dos capítulos 293
Sobre a autora 301
Sobre o tradutor 303

INTRODUÇÃO

Eric Hicks e Thérèse Moreau

I. "LAMENTANDO QUE ELA NÃO TENHA VIVIDO NO TEMPO DELAS, E QUE ELAS NÃO POSSAM MAIS VÊ-LA..."[1]

> "Minhas caríssimas irmãs, é natural que o coração humano se alegre ao triunfar sobre alguma agressão e ao ver seus inimigos desorientados. Agora tendes razão, queridas amigas, para vos alegrardes honestamente, sem ofender a Deus nem às boas maneiras, ao contemplar a perfeição desta nova Cidade que, se dela cuidardes, será para todas vós (isto é, as mulheres de bem) não apenas um refúgio, mas um bastião que vos defenderá dos ataques de vossos inimigos."[2]

Do fundo dos séculos, essas palavras se dirigem às mulheres, relegadas pela misoginia comum à imperfeição de seus corpos e seus espíritos. A exemplo do poeta Horácio, Christine de Pizan acreditava erguer um monumento mais duradouro que o bronze,[3] e como a *Cidade* de Santo Agostinho,[4] este monumento é uma fortaleza, uma forma de combate er-

---

[1] Excerto de Christine de Pizan, *Le Livre des trois vertus ou Le Trésor de la Cité des Dames* (O livro das três virtudes ou O tesouro da Cidade das Mulheres), III, IV, redigido entre março e abril de 1405 e novembro desse mesmo ano.

[2] *A Cidade das Mulheres*, p. 285 da presente edição.

[3] Horácio, *Odes*, III, 30, 1: "*Exegi monumentum aere perennius*" (Erigi um monumento mais duradouro que o bronze). Christine certamente conhecia esta passagem de Horácio, pois é um sentimento que retorna com frequência em seus escritos.

[4] Uma tradução francesa de *A Cidade de Deus*, de Santo Agostinho, ornamentada pelo mesmo ateliê ao qual seriam encomendadas as primeiras iluminuras de *A Cidade das Mulheres*, havia acabado de entrar na biblioteca do Duque de Berry; ver Charity Cannon Willard, *Christine de Pizan, Her Life and Works* (Nova York, Persea, 1984, p. 135), e Millard Meiss, *French Painting in the Time of Jean de Berry, the Limbourgs and their Contemporaries* (Londres, Thames and Hudson, 1972, p. 381).

guida contra a heresia, a barbárie que era para ela a sorte reservada às mulheres. Os textos eruditos as vilipendiam, as leis as subjugam; Christine dará às mulheres os meios para desarmar seus adversários e fazer triunfar seu justo direito. Ela pretende também fazer um trabalho didático, já que o mal vem da ignorância: os homens, depositários da palavra escrita, ocultaram e reprimiram a história das mulheres, dando a todas e a todos a impressão de que elas "não são boas para nada além de afagar os homens, trazer filhos ao mundo e criá-los".[5] Pela primeira vez,[6] a palavra está com as mulheres: citando seus feitos e invenções, Christine pretendia silenciar o partido da misoginia: "Que se calem, pois! Que se calem daqui por diante, esses clérigos que difamam as mulheres! Que se calem, todos os seus cúmplices e aliados que falam mal delas ou que as mencionam em seus escritos ou poemas! Que baixem os olhos de vergonha por terem ousado mentir tanto em seus livros".[7] Assim, já no início do século XV, a escritora[8] conclamava as mulheres a reivindicar sua dignidade, dizendo-lhes, à sua maneira, que "não se nasce mulher, torna-se mulher".[9]

[5] Christine de Pizan, *A Cidade das Mulheres*, p. 84.

[6] Ver, neste volume, a resposta de Retidão a Christine quando esta pergunta como tais erros puderam durar tanto tempo: "Por tudo o que contei até agora acerca dessas mulheres notáveis, deves ter percebido que cada uma delas aplicou a sua inteligência em obras distintas, muito diferentes umas das outras, pois nem todas cuidaram do mesmo assunto. A ti é que estava destinado erguer esta Cidade, e não a elas [...]. Mas quanto a todo esse tempo que transcorreu antes que fossem refutados os seus acusadores e essas más-línguas, eu digo que, observadas do ponto de vista da eternidade, as coisas chegam na hora certa", *A Cidade das Mulheres*, p. 208.

[7] *Idem*, p. 101.

[8] A questão da adequação dos títulos e das funções ao feminino, que ainda hoje suscita reações acaloradas, parecia evidente no mundo do século XV. Christine de Pizan fala então em mulheres "prophettes" (profetisas), na "chevalereuse reine Antiope" (cavaleira rainha Antiope), de uma "souveraine poette" (soberana poeta) — dobrando o *t* de *poète* (como também o de *prophet*) para assinalar o gênero feminino — ou de uma *experte* na arte da iluminura em vez de *expert*. Trata-se de um fato de língua e não de estilo: o poeta Jean Marot (1463-1526), em *La Vray disant advocate des dames*, ao relembrar um exemplo de *A Cidade das Mulheres*, falará em Timarete "la painteresse" em vez de "peintre" (pintor, pintora). (N. da E.)

[9] Simone de Beauvoir, *Le Deuxième sexe*, Paris, Gallimard, 1949, vol. 2, p. 15 [ed. bras.: *O segundo sexo*, Rio de Janeiro, Nova Fronteira, 2008].

Ao ler estas páginas, a reação unânime é vê-las como a obra de um espírito surpreendentemente moderno. Christine nos incita a rejeitar o que se baseia apenas "na acumulação dos preconceitos alheios" e a confrontar nosso discernimento e nosso conhecimento acerca de nós mesmas com os livros que lemos. Ela recusa aceitar a inferioridade do corpo feminino e de suas "funções corporais", fazendo notar às mulheres que a experiência de seus próprios corpos as dispensa de todas as "outras provas";[10] ela rejeita a ideia aristotélica de que é "por debilidade e fraqueza que o corpo que se forma no ventre da mãe se torna o de uma mulher"[11] para afirmar, ao contrário, a superioridade materna.[12] Ela também sabe que, se a inteligência das meninas não se aplica aos mesmos objetos que a dos meninos, a razão é a segregação escolar e social: "Se fosse costume enviar as meninas à escola e lhes ensinar metodicamente as ciências, como se faz com os meninos, elas aprenderiam e compreenderiam as dificuldades de todas as artes e ciências tão bem quanto eles".[13] Ela fica "desolada e indignada ao ouvir homens repetirem que as mulheres desejam ser estupradas e que não lhes desagrada nem um pouco serem forçadas, ainda que protestem em voz alta".[14] Christine também denuncia o sistema de dote, se insurge contra o casamento de meninas muito jovens com homens mais velhos, e reivindica, por meio da história de Ghismonda,[15] o desejo e o prazer femininos: "Sendo vós de carne e sangue, pensáveis ter gerado uma filha de pedra ou madeira? Mesmo velho como sois agora, deveríeis vos recordar da força com que a sensualidade trabalha a juventude [...]. Como compreendi que havíeis decidido não voltar a me casar, e sentia-me tão jovem e plena de vida, decidi tomar um amante".[16]

[10] *A Cidade das Mulheres*, p. 41.

[11] *Idem*, p. 42.

[12] *Le Livre de la mutacion de Fortune* (O livro da mutação da Fortuna), de 1403.

[13] *A Cidade das Mulheres*, p. 82.

[14] *Idem*, p. 185.

[15] Christine narra a história de Ghismonda no capítulo LIX, da Segunda Parte. O entrecho é extraído de Boccaccio. O texto original de Christine foi publicado por Carla Bozzolo: "Il *Decameron* come fonte del *Livre de la Cité des Dames* di Christine de Pisan", em *Miscellanea di studi e ricerche sul Quattrocento francesi*, Franco Simone (org.), Turim, Giappichelli, 1966, pp. 19-23.

[16] *A Cidade das Mulheres*, p. 219.

Introdução

A modernidade também se revela na estigmatização dos maridos que surram suas esposas ou as deixam sem recursos, na defesa das viúvas, tudo isso com termos que lembram fortemente aqueles que usamos hoje em dia para defender essas vítimas.

Espírito excepcional, sem sombra de dúvida, mas talvez mais por sua escrita do que por sua luta. Christine mensurou a extensão da injustiça masculina: ainda hoje somos obrigadas a reconhecer que é preciso denunciar essa injustiça em termos *semelhantes aos seus*. O espantoso, portanto, é menos a precocidade de sua mensagem, a inteligência de sua argumentação, e mais a permanência da estupidez, a tenacidade dos adversários, a vitalidade dos argumentos mais batidos. Na verdade, a leitura de *A Cidade das Mulheres* convida a amargas reflexões sobre a perpetuidade dos preconceitos e o imobilismo das instituições. O futuro, nesse aspecto, pode ainda reservar surpresas a um otimismo histórico que veria tudo isso apenas como obscurantismo de uma época passada: é de se temer que nossos filhos, filhos de ambos os sexos, ainda tenham necessidade de Christine.

Sua dificuldade em ser mulher, sua rejeição da cultura masculina combinada com um desejo de apropriação dessa mesma cultura, encontra eco em um texto famoso do século XX:

> "Nenhuma quantia de dinheiro ganho [pelas mulheres] deveria ser destinada à reconstrução da universidade nos moldes antigos, e como é certo que não poderá ser destinada à construção de uma universidade fundada em novas bases, essa quantia deveria ser marcada com as palavras 'Trapos. Gasolina. Fósforos'. E uma nota deveria ser anexada: 'Pegue essa quantia e, com ela, queime a universidade de cima a baixo. Ateie fogo às velhas hipocrisias. Que a luz do edifício em chamas espante os rouxinóis e tinja de vermelho os salgueiros. E que as filhas dos homens instruídos dancem ao redor da fogueira e, com os braços cheios, atirem folhas secas na fogueira. E que suas mães se debrucem nas janelas mais altas e gritem: 'Deixe queimar! Deixe queimar! Já não temos nada a ver com essa 'educação'!'."[17]

---

[17] "No guinea of earned money should go to rebuilding the college on the old plan

Pois a educação, a escrita, não estão dadas de saída para as mulheres. Não é apenas que o acesso a ela foi, e ainda é, difícil, mas também que as mulheres só podem ter sentimentos ambivalentes em relação ao que permanece para elas uma fonte não só de enriquecimento, mas também de alienação permanente. A ausência das mulheres e os estereótipos sexuais caracterizam nossos manuais escolares, bem como a misoginia, mais gritante, porém não menos eficaz, da tradição clerical da Idade Média. Os "grandes autores" legitimam essa misoginia e o desprezo de muitos daqueles e daquelas que instruem as mulheres, e também as carreiras para as quais são direcionadas, se encarregam de justificar preconceitos e exclusões. Ninguém sai ileso desse caminho de longo estudo. Algumas mulheres, como Christine, desolada ao ler Mateolo, serão "tomada[s] pelo desgosto e pela consternação, desprezando a [si mesmas] e a todo o sexo feminino, como se a Natureza houvesse engendrado monstros",[18] desesperando-se por ter nascido "num corpo de mulher";[19] outras afirmarão que são "homens" quando se põem a pensar e refletir, como a própria Christine em outras circunstâncias. Mas esse desgosto, tido como uma "loucura", é passageiro em Christine: é por isso que outras enxergarão nela uma precursora. Na medida em que *A Cidade das Mulheres* é capaz de conjurar os espíritos retrógrados, e essa medida é grande, Christine aparecerá como uma gigante sobre cujos ombros poderemos nos erguer para enxergar mais longe.

just as certainly none could be spent upon building a college upon a new plan: therefore the guinea should be earmarked 'Rags. Petrol. Matches'. And this note should be attached to it. 'Take this guinea and with it burn the college to the ground. Set fire to the old hypocrisies. Let the light of the burning building scare the nightingales and incarnadine the willows. And let the daughters of educated men dance round the fire and heap armful upon armful of dead leaves upon the flames. And let their mothers lean from the upper windows and cry, 'Let it blaze! Let it blaze! For we have done with this 'education'!". Virginia Woolf, *Three Guineas* (1938), Harmondsworth, Middlesex, Penguin Books, 1978, p. 42 [ed. bras.: *Três guinéus*, Belo Horizonte, Autêntica, 2019].

[18] *A Cidade das Mulheres*, pp. 22-3.

[19] *Idem*, p. 23.

II. Uma irmã para Shakespeare[20]

> "Posso assegurar-te que tais livros não foram escritos por mulheres. Tenho certeza de que se alguém procurasse recolher informações sobre os fatos da vida doméstica para escrever um livro real, descobriria algo bem distinto."
>
> Retidão a Christine, *A Cidade das Mulheres*, p. 141.

Poetisa, historiadora e, sobretudo, moralista, Christine de Pizan foi protegida de reis e de rainhas; ela viveu de sua pena de escritora, dirigindo-se às grandes e aos grandes deste mundo, e seus manuscritos, luxuosamente iluminados, foram parar nas bibliotecas reais. O século XVI, que também teve sua querela sobre as mulheres, ainda se lembra dela: o poeta Clément Marot (1496-1544) aconselha Jehanne Gaillarde, de Lyon, a ler aquela que "ter o prêmio em ciência e doutrina/ bem merece" ("Rondó XX"). Pouco depois, junto com toda a Idade Média, Christine cai no esquecimento da história. No século XVIII, Mademoiselle Kéralio, feminista e filósofa, tenta trazer suas obras de volta ao grande público. Mas o século XIX, que ressuscitou praticamente tudo o que nos chegou da literatura medieval, a ignora ou menospreza. É conhecido o julgamento de Lanson:

> "Boa filha, boa esposa, boa mãe; no mais, uma das mais autênticas pedantes que já existiram em nossa literatura, a primeira dessa insuportável linhagem de mulheres autoras a quem as obras nada custam, e que, durante toda a vida que Deus lhes concede, se ocupam apenas em multiplicar as provas de sua infatigável facilidade, equivalente à sua universal mediocridade!"[21]

Claro, não lemos mais Lanson exceto para zombar dele, mas poderia citar muitos outros autores cuja glória parece garantida e cujo julgamento é igualmente tolo, pois é sempre de bom-tom zombar de uma mu-

---

[20] Virginia Woolf, em *A Room of One's Own* (1929), se interroga sobre o que teria acontecido se Shakespeare tivesse uma irmã.

[21] Gustave Lanson, *Histoire de la littérature française*, Paris, Hachette, 1952, pp. 166-7. Façamos justiça, no entanto, a Pierre le Gentil, e a Daniel Poirion sobretudo, por terem feito justiça a Christine.

Eric Hicks e Thérèse Moreau

lher que escreve. O *topos* é repetido até mesmo por mulheres: Marie-Josèphe Pinet, entre outras, vê em Christine "uma tarefeira da literatura".[22] Em suma, em vez de um "grande autor", Christine de Pizan, "honesta e simpática", teria principalmente o defeito de ser mulher:

> "As ideias que ela apresenta, ao acaso de seus livros, não são, muitas vezes, o fruto de uma reflexão pessoal; ela se limita a repetir certas teorias que estavam em circulação na época. [...] Não estava de modo algum à frente de seu tempo, ela o viveu e sofreu e o transmitiu a nós com suas lutas, seus tormentos, seus erros e seus horrores, suas alegrias também e suas esperanças. No início de *Le Livre du corps de policie*,[23] Christine escreveu, com um vigor e uma lucidez surpreendentes: 'Se é possível que do vício possa nascer a virtude, muito me agrada [...] estar apaixonada como mulher'."[24]

Tais julgamentos não são feitos para nos surpreender, pois os (re)encontramos a respeito de cada escritora (Madame de Sévigné, Madame de Lafayette, Madame de Staël, George Sand etc.); o que é notável não é que Christine não figure no manual de Lagarde e Michard,[25] mas que ela tenha escrito e se tornado célebre em seu tempo.

Pois a irmã de Shakespeare, nos diz Virginia Woolf, nunca teria podido escrever, e se por acaso tivesse conseguido se instruir, teria sido impossível para ela se fazer ouvida. Esse não foi o destino de Christine de Pizan, que pôde, ao contrário, atribuir sua escrita e sua celebridade à conta de seu romance familiar e seu destino de mulher. Ela irá se explicar em seus escritos sobre o que lhe pareceu ser um acaso da história.

---

[22] Marie-Josèphe Pinet, *Christine de Pisan*, Paris, Champion, 1927, p. 403.

[23] Literalmente, "O livro do corpo de polícia", iniciado em 1406 e concluído em novembro de 1407.

[24] No original: "Se il est possible que de vice puist naistre vertu, bien me plaist [...] estre passionne comme femme". Ver Gianni Mombello, "Quelques aspects de la pensée politique de Christine de Pizan", em *Culture et politique en France à l'époque de l'humanisme et de la Renaissance*, Turim, Accademia delle Scienze, 1974, p. 153.

[25] André Lagarde e Laurent Michard são autores de uma *Histoire de la littérature française*, obra didática, em cinco volumes, que cobre a literatura francesa da Idade Média ao século XX e foi amplamente usada no ensino secundário francês. (N. da E.)

Introdução

Christine nasceu em Veneza,[26] de mãe veneziana e pai bolonhês. Seu pai, Tomazzo di Benvenuto da Pizzano, era "físico" (ou seja, astrólogo e médico); ele foi chamado à França, para junto do rei Carlos V, o Sábio, pouco depois do nascimento de sua filha. Como Christine nos conta em *O livro da mutação da Fortuna*, ela foi uma criança desejada: seu pai, ela especifica, havia desejado um filho, mas sua mãe, que queria ter uma "filha mulher a ela semelhante", foi mais forte. Para não desapontar demais o marido, essa esposa lhe deu uma pequena filha que se parecia perfeitamente com o pai em todos os aspectos, "exceto no sexo, mas nas maneiras, no corpo, no rosto". Feliz com esse sucesso, a mãe ela própria amamentou a filha. A única sombra nesse quadro foi o costume — "maldito seja" — que impediu Christine de colher mais do que migalhas do tesouro do conhecimento paterno. Vindo juntar-se ao pai na França com quatro anos, Christine nunca mais deixará essa pátria adotiva,[27] nem mesmo, é o que parece, a região parisiense. Com quinze anos, Tomazzo escolhe para seu esposo "um jovem estudante graduado, bem-nascido e de pais nobres da Picardia, cujas virtudes superavam as riquezas".[28] Étienne du Castel tinha então 25 anos. Christine só teve a se felicitar com essa escolha: "Aquele que tiveste te convinha tão perfeitamente que não poderias ter desejado melhor; ninguém, em tua opinião, jamais poderia igualá-lo em bondade, doçura, lealdade e terno amor".[29] Esse marido-modelo é secretário do rei; através dele, Christine frequentará o meio da chancelaria real onde se elabora esse "estilo clerical" no qual ela se destacará mais tarde. Christine e Étienne tiveram três filhos, uma menina e dois meninos. Foram felizes durante dez anos. Christine tinha 25 anos quando Étienne

[26] Em *Le Livre de la mutacion de Fortune*, vv. 4.753-826. Christine assina como "de Pizan", derivado de Pizzano, um vilarejo perto de Bolonha (seu pai se dizia "de Bolonha" ou "de Pizan"). Esta grafia é preferível à tradicional "de Pisan", que se presta a confusões.

[27] "Henrique IV de Lancastre cuidou do filho de Christine e fez com que fosse convidada a vir para a Inglaterra, prometendo-lhe 'grande bem'" (S. Solente, "Christine de Pisan", *Histoire Littéraire de la France*, XL, p. 9 do extrato publicado em 1969; cf. P.-C.-G. Campbell, "Christine de Pisan en Angleterre", *Revue de Littérature Comparée*, V, [1925], pp. 659-70).

[28] *L'Avision Christine*, Sister Mary L. Towner (org.), Washington D.C., The Catholic University of America, 1932, p. 152.

[29] *A Cidade das Mulheres*, pp. 141-2.

morreu longe de Paris, vítima de uma epidemia. A dor experimentada por Christine foi tamanha, ela conta, que teria preferido morrer, se não fosse por seus filhos e sua casa. Seu pai tinha morrido alguns anos antes e seus irmãos haviam retornado à Itália para reivindicar a herança; ela estava sozinha, com a responsabilidade de manter três filhos, sua mãe e uma sobrinha a casar. Ela então descobre que, se Étienne foi um excelente marido, também foi um péssimo administrador financeiro; ignorante dos assuntos do esposo, Christine se vê pressionada por credores, verdadeiros e falsos, pois as viúvas eram então a presa favorita dos litigantes. A partir de então, ela vai correr atrás do dinheiro. Serão necessários mais de quatorze anos para acabar com esses litígios. Para cúmulo da infelicidade, corre por "toda a cidade" o boato de que ela, que havia jurado nunca mais se casar, está "amando apaixonadamente". Ferida, Christine procura essa solidão que evoca um de seus versos mais belos: *Seulette sui et seulette veuil estre...* (Sozinha estou e sozinha quero estar). Em *Le Livre du chemin de longue étude*,[30] ela explica como sua tristeza e as saudades do marido a impulsionaram ao trabalho: "De bom grado sou solitária/ Pela dor que preciso calar/ Diante da gente, para não me queixar/ E para a sós lamentar/ Um dia de alegria adiada/ Eu me recolhi por conta própria/ A um pequeno estúdio".[31] Nesse quarto para o qual se retira, ela descobre Boécio e decide se consagrar ao trabalho intelectual. É nesse "quarto todo seu", do qual ela dispõe à diferença de tantas outras, que nasce Christine a escritora. Na maioria de seus livros, é lá que a encontramos, e assim ela se fará representar nas miniaturas que adornam seus manuscritos. Diante dessa folha de pergaminho que ela destina a outros escritos, a fonte autobiográfica se esgota; dessa vida, de agora em diante, restará apenas uma obra em que a existência pessoal se confundirá com o ofício de escrever.

[30] Literalmente, "O livro do caminho de longo estudo", redigido entre outubro de 1402 e março de 1403.

[31] No original: "Voulentiers suis solitaire/ Pour le deuil qu'il me fault taire/ Devant gent, a par moy plaindre/ Et pour moy ainsi complaindre/ Un jour de joie remise/ Je m'estoie a par moy mise/ En une estude petite" (vv. 167-73). (N. da E.)

Introdução

III. Uma genealogia para o feminino

História e fortaleza das mulheres, *A Cidade das Mulheres* conecta sua autora a grandes damas do passado. Ela também oferece um esboço de um modo de vida sobre o qual a autora se estenderá mais detalhadamente em *O livro das três virtudes ou O tesouro da Cidade das Mulheres*. Para alguns, mas especialmente para algumas, esses modelos podem parecer arcaicos, até mesmo excessivamente conservadores. Mas era impossível para Christine, como certamente para nós mesmas, evitar muitos dos estereótipos ou clichês de sua época. No entanto, cada exemplo de conservadorismo pode ser nuançado por um contraexemplo neste texto fundamentalmente ambíguo, e a ambivalência da escritora reflete uma situação social que se impunha a ela como imutável.

É assim que ela conta, no *Livro da mutação da Fortuna*, como a sorte acabou por ter pena dela e a transformou em homem. Mulher que escreve, ganha o dinheiro da casa, Christine *só poderia ser homem*. E, no entanto, ela se rejubila em todos os seus textos de ser *uma mulher que escreve*. Ela nunca reivindicará para "suas irmãs" o acesso aos trabalhos masculinos, embora afirme incessantemente que, se as condições sociais exigissem, as mulheres seriam capazes de realizá-los. Questionar o patriarcado, portanto, está fora de questão, pois foi desejado por Deus. O aspecto chauvinista dessa cultura misógina constitui, aos seus olhos, um *abuso*: trata-se de valorizar os trabalhos femininos e não de redistribuir os papéis.

Christine se alinha com todos os grandes valores de seu tempo: a cavalaria e a arte da guerra, a excelência da virgindade, o modelo aristocrático... A brutalidade dos tempos — os assassinatos fratricidas, a guerra civil, os estrangeiros no território nacional, os tumultos em Paris — explica em parte esse desejo de ordem. Embora Christine cante as virtudes guerreiras, e até escreva um *Livre des faits d'armes e de chevalerie*,[32] é porque, num mundo em que a força substituiu o direito, a arte da guerra pode parecer uma proteção. No início, as Amazonas não são em absoluto seres sanguinários; elas buscam apenas vingar seus mortos e defender seu território. A admiração que ainda temos pelas mulheres que resistem, por aquelas que, como Joana d'Arc, entram na luta armada,

---

[32] Literalmente, "O livro dos feitos de armas e da cavalaria", de 1410.

corresponde a essa estima que Christine tinha por uma raça de guerreiras. Mas ela também é uma defensora apaixonada da paz. Disso dão testemunho seus muitos escritos, a partir de 1405: *L'Epistre a la Reine*, *La Lamentacion sur les maux de la France*, *Le Livre de la paix* e, numa certa medida, *L'Epistre de la prison de vie humaine*.[33] Da mesma forma, alguns detratores viram em Christine uma puritana, para não dizer uma santa. Ela evidentemente defende a virgindade, a santidade, a virtude, o que na época se chamava de "castidade conjugal". Mas como reivindicar uma revolução sexual quando a única alternativa é a castidade conjugal ou a prostituição? Mesmo em outros tempos, as mulheres nem sempre encontraram satisfação na revolução dos costumes, que, na ausência de uma consciência igualitária, não é senão uma exploração a mais.

Christine de Pizan é, acima de tudo, uma pragmática, e a palavra "necessidade" volta constantemente em sua escrita. Se ela exorta as mulheres a "ficar em seu lugar", a não se rebelar, enquanto canta as virtudes da paz e, às vezes, da abnegação, é porque ela se recusa a encorajar as mulheres a uma aventura na qual só poderiam sair perdendo. Nós esquecemos o peso de uma sociedade onde a religião é sustentada pela força de uma casta guerreira, mas se pensarmos hoje na vida das mulheres sob regimes teocráticos autoritários, talvez possamos apreciar mais a força de Christine. Ela sabe que a única escolha é entre um marido, o convento ou a rua, e sua própria vida lhe mostrou que a dependência, assim como a independência, pode acarretar muitos problemas. Aristocrata, parisiense, cidadã e mulher da corte, ela desconfia do povo e de tudo o que pretende perturbar a ordem estabelecida; cristã, ela valoriza o relato de Griselda; mesmo que seja, como um de nós acredita, uma reescrita do Livro de Jó, escolher ilustrar essa alegoria por meio de uma tal humilhação tem algo de chocante, para não dizer obsceno. E, no entanto, há Ghismonda...

Exemplo de modernidade e arcaísmo, a obra de Christine de Pizan nos ensina a não medir as ideias de nossas antecessoras pela lente de nossas preocupações. São as circunstâncias que fazem com que uma luta seja de vanguarda ou seja retrógrada. O feminismo de Christine, mulher do século XV, não poderia se desenvolver fora desse contexto. Criticar

---

[33] Respectivamente, "A epístola à rainha" (1405), "A lamentação sobre os males da França" (1410), "O livro da paz" (1412-1413) e "A epístola sobre a prisão da vida humana" (1414-1418). (N. da E.)

Introdução

sua falta de originalidade, pretender que "o modelo que ela propôs para a imitação de seu sexo em seu tratado de educação é muito inferior ao ideal moderno"[34] é, no mínimo, uma falta de perspectiva histórica. Pior ainda, pressupõe-se uma visão transcendental da condição feminina, dada uma vez por todas, única e imutável. Se os problemas do passado são realmente os nossos, se Christine fala realmente em nosso nome, a luta é sem esperança. Pois é cair numa armadilha acreditar que podemos adotar o discurso de *todas as pessoas* progressistas do passado. Conhecer as próprias raízes, formar uma memória coletiva, participar da construção de uma sociedade justa e igualitária, implica não apenas tomar consciência do que nos aproxima daquelas e daqueles que nos precederam, mas reconhecer também o que delas e deles nos separa.

[34] Rose Rigaud, *Les Idées féministes de Christine de Pisan* (1911), Genebra, Slatkine Reprints, 1973.

PRIMEIRA PARTE

I

Aqui começa o livro A Cidade das Mulheres,
*cujo primeiro capítulo narra como surgiu esta obra
e com que propósito foi escrita.*

Sentada um dia em meu gabinete, cercada por inúmeros livros, conforme meu hábito, já que o estudo das artes liberais é um costume que rege a minha vida, encontrava-me com a mente um pouco fatigada, após ter refletido sobre as ideias de vários autores. Abandonei os textos difíceis que lia, e procurei espairecer com a leitura de algum poeta. Sob tal ânimo, caiu em minhas mãos um opúsculo insólito, que não era meu, mas que me havia sido emprestado. Abri-o e vi que tinha por título *Les Lamentations de Mateolo*.[35] Sorri, pois, embora nunca o tivesse visto, sabia que esse livro tinha certa reputação de falar muito bem das mulheres!... Pensei, então, que poderia ler algumas páginas para me divertir. Mas minha leitura mal havia começado quando minha boa mãe veio me chamar para a mesa, pois já era hora de jantar. Fechei o livro, para retomá-lo no dia seguinte.

Ao regressar ao meu gabinete, na manhã seguinte, como de costume, recordei que precisava ler a obra de Mateolo. Adentrei o texto, mas como me pareceu que o assunto era pouco grato para quem não se compraz com a hipocrisia nem contribuía em nada para o cultivo de qualidades morais, além das grosserias do estilo e da argumentação, depois de ler uma página e outra, fui até o final e deixei-o para voltar aos estudos mais sérios e apropriados. Ainda que tal obra não tenha nenhuma autoridade, a sua leitura deixou-me perturbada, e com profunda perplexidade. Interrogava-me sobre que motivos inspiravam tantos homens, clérigos

---

[35] *Les Lamentations de Matheolus* (As lamentações de Mateolo) é obra do clérigo e poeta Mathieu de Boulogne, escrita em latim por volta de 1295 e vertida para o francês no final do século XIV. O texto, que é um longo poema satírico em quatro livros, critica duramente as mulheres e o casamento, refletindo um ponto de vista misógino, frequente na literatura medieval. *A Cidade das Mulheres* é escrito em grande parte para se contrapor a essa obra. (N. da E.)

Primeira Parte

e laicos, a vituperar as mulheres, a criticá-las tanto em escritos e tratados. Não se trata de um homem ou dois, tampouco se tratava desse Mateolo, pois jamais obterá admiração, já que o seu opúsculo não passa de uma anedota, e não há texto que esteja isento de misoginia. Pelo contrário, filósofos, poetas, moralistas, todos — a lista é demasiado longa — parecem falar em coro para concluir que a mulher é fundamentalmente má e dada ao vício.

Debruçando-me sobre tais coisas em minha mente, eu que nasci mulher, pus-me a refletir sobre o meu caráter e a minha conduta, assim como a de outras mulheres que tive a possibilidade de frequentar, tanto princesas e ilustres senhoras como mulheres de medianas e modestas condições, que me confiaram seus pensamentos mais íntimos. Propus a mim mesma decidir, em sã consciência, se os argumentos reunidos por tantos varões insignes poderiam estar equivocados. No entanto, por mais que tentasse refletir sobre isso, avaliando as ideias como quem monda uma fruta, não compreendia nem admitia como tendo fundamento o juízo dos homens sobre a natureza e a conduta das mulheres. Ao mesmo tempo, aplicava-me em atribuir culpa a elas, porque pensava que seria improvável que homens tão preclaros, doutores de tão profundo entendimento e clarividência universal — dir-se-ia que todos desfrutavam de tais capacidades —, discorreriam de maneira tão contundente em inúmeras obras, e para mim seria quase impossível encontrar um texto acerca da moral, seja qual fosse tal autor, sem chocar-me, antes de chegar ao término, com algum parágrafo ou capítulo a acusar ou depreciar as mulheres. Bastava esse argumento para concluir que tudo era verdade, ainda que a minha mente, em sua ingenuidade e ignorância, não chegasse a reconhecer os grandes defeitos que eu provavelmente compartilhava com as outras mulheres. De tal maneira, cheguei a acreditar mais no juízo alheio do que naquilo que sentia e percebia como mulher.

Estava tão intensa e profundamente imersa em tais pensamentos tristes, que me pareceu ter caído num estado de catalepsia. Como que a brotar de uma fonte, um grande número de autores surgiu em minha mente; eu os examinava um a um e, por fim, concluí que Deus havia feito algo verdadeiramente desprezível ao criar a mulher. Não deixava de me espantar que tão grande Criador houvesse consentido em gerar obra tão abominável, já que, ao se acreditar em tais autores, a mulher seria um receptáculo capaz de conter todos os vícios e males. Inteiramente entregue a tais reflexões, fui tomada pelo desgosto e pela consternação, desprezando a mim mesma e a todo o sexo feminino, como se a Natureza houvesse engendrado monstros. Assim eu me lamentava:

"Ah, Senhor! Como poderá ser, como crer sem cair no erro de que a tua sabedoria infinita e a tua perfeita benevolência puderam gerar algo que não fosse bom? Acaso a mulher não foi criada de maneira deliberada, a incutir-lhe todas as qualidades que eram semelhantes às tuas? Como seria possível tal equívoco? Contudo, aí se encontram graves acusações, juízos e condenações contra as mulheres. Não consigo compreender tamanha aberração. Se for verdade, Senhor, que tanta abominação exista na mulher, como muitos afirmam — e se afirmas que a concordância de muitos testemunhos sirva para dar fé, há de ser verdade —, ah, Deus meu, por que não me fizera nascer varão para melhor servir-te com todas as minhas disposições, para não me equivocar com nada e ter tão grande perfeição que dizem ter os homens! Como não quiseste que assim fosse, e não estendeste até mim a tua benevolência, perdoa a minha perfídia, e consinta em recebê-la, porque o servo que menos recebe do seu senhor é o que mais merece." Dessa maneira, desfazia-me em lamentações a Deus, angustiada pela tristeza, a ponto de desesperar-me pelo Senhor ter me feito nascer num corpo de mulher.

II

*Como três Senhoras apareceram diante de Christine,
e como a primeira se dirigiu a ela
para consolá-la de sua tristeza.*

Abatida por esses tristes pensamentos, baixara a cabeça, envergonhada, os olhos cheios de lágrimas, sentara-me em minha cadeira, o rosto apoiado na mão, quando subitamente desceu sobre o meu peito um raio de luz, como se o sol atingisse aquele ponto — embora o meu quarto de estudo seja escuro e o sol não o penetrasse nessas horas —, e me surpreendi como se despertasse de um sonho profundo. Ergui a cabeça para olhar de onde partira a luz e vislumbrei diante de mim três Senhoras coroadas, de estirpe altiva. O esplendor que manava dos seus rostos refletia em mim e banhava todo o cômodo. Escusado será explicar o meu sobressalto, já que as três Senhoras entraram, estando as portas fechadas. Assustara-me de tal maneira que me benzera, a temer que tal acontecimento fora causado por algum demônio.

Então, a primeira das três Senhoras sorriu e dirigiu-se a mim com tais palavras: "Minha querida filha, não temas, não viemos aqui para te causar mal ou prejuízo, mas sim para te consolar. Tivemos piedade do teu desespero e queremos te livrar dessa ignorância, que te cega a tal ponto que rejeitas o que sabes com toda certeza para te aliares a uma opinião que não acreditas, não conheces e que fundamentas apenas na acumulação dos preconceitos alheios. Pareces aquele tolo cuja história é bem conhecida: que, tendo adormecido no moinho, foi vestido com roupas de mulher e, ao despertar, acreditou nas mentiras daqueles que zombavam dele, afirmando que havia se transformado em mulher, ao invés de confiar em sua própria experiência. Minha querida filha, onde está o teu discernimento? Acaso te esqueceste de que é no cadinho que se purifica o ouro fino; ele não se altera nem perde suas virtudes, mas, ao contrário, quanto mais trabalhado, mais refinado se torna. Não sabes que são as melhores coisas aquelas sobre as quais mais se discute e se debate? Reflete sobre as Ideias, ou seja, as coisas celestes, que são as mais sublimes; não vês que até os maiores filósofos, aqueles cujos testemunhos citas contra o teu próprio sexo, não conseguiram discernir o verdadeiro do falso, mas se refutam uns aos outros e discutem sem fim? Aprendeste isso por ti mesma na *Metafísica* de Aristóteles, que critica e refuta igualmente as opiniões de Platão e de outros filósofos ao citá-los. E observa ainda que Santo Agostinho e outros doutores da Igreja fizeram o mesmo em relação a certos trechos de Aristóteles, que, no entanto, é chamado de o Príncipe dos Filósofos e a quem devemos as mais elevadas doutrinas da filosofia natural e moral.

"Certamente, pareces acreditar que tudo o que afirmam os filósofos é artigo de fé e não podem errar. Quanto aos poetas a que fazes referência, não sabes que se amparam numa linguagem figurada, e que, às vezes, é necessário interpretar o contrário do sentido literal? Dessa forma, admite-se utilizar a figura retórica chamada antífrase, cujo significado é — como bem sabes —, se por exemplo disseres que algo é mau, dever-se-á compreender o contrário. Aconselho-te a reinterpretar os escritos que depreciam as mulheres, e tirar proveitos para ti, seja quais forem as suas intenções. É provável que aquele que se chama Mateolo tenha tentado em seu livro dizer isso, porque nele há coisas que, interpretadas de maneira literal, seriam pura heresia. Por exemplo, no que se refere à diatribe em relação ao matrimônio — algo bom e digno, segundo a Lei de Deus — a experiência demonstra com clareza que a verdade é o contrário do que se afirma ao tentar impor às mulheres todos os males. Não é só esse Mateolo, mas muitos outros, em particular no *Roman de la Rose*, de Jean de Meung, que desfruta de crédito pela grande unanimidade do autor.[36] Na verdade, onde se encontraria um marido que tolerasse que sua mulher detivesse tal poder sobre ele e pudesse lançar-lhe insultos e injúrias que, conforme os autores, são característicos de todas as mulheres? Seja o que for que tenhas lido, duvido que tenhas interpretado com os teus olhos, porque não são mais do que falatório vergonhoso e mentiras perceptíveis. Para concluir, querida Christine, dir-te-ia que foi a tua inge-

---

[36] *Le Roman de la Rose* (O Romance da Rosa) é uma obra alegórica, muito difundida na Europa medieval, escrita em dois momentos distintos: a primeira parte, redigida por Guillaume de Lorris nos anos de 1230, celebra o amor cortês em tom idealista. A segunda, de autoria de Jean de Meung, adota uma abordagem satírica, apresentando as mulheres de maneira lasciva e depreciativa. Em 1401, Christine de Pizan publicou *Le Livre des epistres sur Le Roman de la Rose* em que denunciava o conteúdo misógino da segunda parte do livro. (N. da E.)

Primeira Parte

nuidade que te levou a essa ideia de agora. Volta a ti, resgata o teu vigor e não te preocupes com tais necessidades. Tens que entender que as mulheres não podem se deixar levar por tal difamação, que por fim se voltará contra o seu autor."

III

Como aquela que se havia dirigido a Christine
lhe explicou quem era, sua natureza e seu papel,
e como lhe anunciou que, com a ajuda de todas as três,
ela construiria uma Cidade.

Tal foi o discurso que me fez tão altiva Senhora. Não sei qual dos meus sentidos foi mais requisitado pela sua presença: minha audição, ao ouvir suas dignas palavras, ou minha visão, ao vislumbrar a sublime beleza do seu rosto, a suntuosidade dos seus trajes e a distinção soberana. Como se poderia afirmar o mesmo sobre as outras Senhoras, eu não sabia para qual delas olhar. Com efeito, eram tão parecidas que era difícil diferenciá-las, exceto pela terceira, que, embora não tivesse menor autoridade, tinha um semblante tão altivo que ninguém conseguia mirá-la nos olhos, por mais ousado que fosse, sem temer ser fulminado, de tão ameaçadora que ela parecia para os criminosos. Estava de pé perante elas, em sinal de respeito, olhando-as em silêncio, como que em êxtase. Minha mente permanecia estupefata, inquiria sobre os seus nomes, por que vieram, o que significavam os distintos objetos que cada uma ostentava na mão direita, e qual era o mais inestimável. Teria feito tais inquirições de bom grado se me atrevesse, mas achava-me indigna de interrogar tais Senhoras tão distintas. Continuava calada e as observava assustada, ainda que assegurada pelas palavras que acabara de ouvir, as quais serviram para despertar o meu ânimo amargurado. Mas a Senhora luminar que havia falado, lia os meus pensamentos com enorme clarividência, e sem que perguntasse, respondeu às minhas interrogações:

"Querida filha, é preciso que saibas que a divina Providência não procede ao acaso, incumbiu-nos de viver entre os homens e mulheres deste baixo mundo, apesar da nossa origem celestial, para cuidar da ordem e das leis que regem os distintos graus. No que a mim se refere, tenho por missão corrigir os homens e as mulheres nos seus erros, e orientá-los a seguir a via certa; caso se percam, mas o seu entendimento percebe as razões, atinjo de maneira sigilosa as suas mentes, admoesto-os e aconselho-os a perceberem os seus erros, esclarecendo as suas causas, e ensino-lhes a praticar o bem e evitar o mal. Como o meu papel é que cada um e cada uma se descubra em sua alma e consciência, e compreenda os seus vícios e os defeitos, não tenho como emblema o cetro, mas um espelho brilhante que levo na mão direita. Hás de entender que quem se olhar neste espelho, há de ver refletido até o fundo da sua alma. O meu espelho possui uma virtude poderosa! Observa-o com as suas pedras preciosas: nada acontece sem ele, aí estão a essência, as qualidades, a relação e a medida de todas as coisas. Como queres conhecer a função das minhas irmãs aqui presentes, cada uma falará por si mesma sobre o seu nome e qualidade, para garantir a verdade da narrativa.

"Contudo, preciso antes esclarecer-te, sem demora, o motivo de nossa vinda. Afirmo-te que o nosso surgimento por aqui não é gratuito, porque tudo o que fazemos tem um sentido: não frequentamos qualquer lugar nem nos revelamos perante qualquer um. Mas tu, querida Christine, devido ao grande amor que dedicaste à procura da verdade em teu longo e contínuo estudo, que te afastara do mundo e fez de ti um ser solitário, te revelaste digna da nossa visita e mereceste a nossa amizade, e dar-te-emos conforto em teu martírio e no teu desassossego, levando a que vejas com nitidez tais coisas que, ao toldar o teu pensamento, abalam e perturbam o teu ânimo.

"Hás de saber que existe uma razão especial, bastante importante, pela qual viemos, e te revelaremos: trata-se de rechaçar do mundo o erro em que caíste, para que as mulheres de mérito possam de agora em diante ter uma cidadela onde se defender contra os agressores. As mulheres ficaram indefesas durante muito tempo, abandonadas como um campo sem cerca, sem ninguém para lutar a seu favor. Quando os homens assumiram sua defesa, se permitira, por negligência ou indiferença, que as mulheres fossem arrastadas para a lama. Não há com que se sobressaltar, se a infâmia dos seus inimigos e as calúnias grosseiras de pessoas vis, que as atacaram com muitas armas, terminaram por vencer uma guerra em que as mulheres não ofereciam resistência. Abandonada indefesa, a praça mais fortificada cairia logo e conquistar-se-ia a causa mais injusta sem um adversário. Na sua ingênua benevolência, seguindo nisso o preceito divino, as mulheres suportaram, paciente e afavelmente, os insultos, estragos e prejuízos, tanto verbais como escritos, deixando nas mãos de Deus todos os seus direitos. Chegou a hora de tirar das mãos dos poderosos uma causa justa. Esta é a razão para estarmos aqui: comovemo-nos contigo e viemos anunciar-te a construção de uma Cidade. És a eleita para erguer, com nossa ajuda e conselhos, as paredes de tal cidadela. Hão de habitá-la apenas damas ilustres e mulheres dignas, porque aquelas que forem desprovidas de tais qualidades terão as portas cerradas de nossa Cidade."

Primeira Parte

IV

*Como a Senhora falou a Christine
sobre a Cidade que devia construir;
como tinha por missão ajudar Christine a erguer os muros
e fechar as muralhas; e qual era seu nome.*

"Querida filha, sobre ti, entre todas as mulheres, recai o privilégio de edificar e levantar a Cidade das Mulheres. Para concluir tal obra, como de uma fonte limpa, hás de tirar água de nós, as três Senhoras. Abastecer-te-emos com materiais mais sólidos e resistentes do que mármore maciço. Assim a tua Cidade conquistará a beleza sem par, e perdurará para sempre.

"Deves ter lido sobre como o rei Tros fundou a grande cidade de Troia com a ajuda de Apolo, Minerva e Netuno, que os antigos tomavam por deuses, e como o rei Cadmo fundou a cidade de Tebas por ordem divina. Com o passar do tempo, as cidades caíram em ruínas. Mas eu, a verdadeira sibila, anuncio-te que a Cidade que hás de fundar com a nossa ajuda nunca será uma ruína, permanecerá sempre florescente, mesmo com a infâmia dos inimigos, há de resistir a muitos ataques, sem jamais ser atacada ou vencida.

"Como a História deve ter te ensinado, o reino das Amazonas, criado há muito tempo pela determinação de mulheres valentes e guerreiras que desprezavam a condição de escravas, prolongou-se como império sucessivo de distintas rainhas, senhoras eleitas pela sabedoria, para que o governo justo mantivesse o Estado em seu poder. Na época do reinado, conquistaram grande parte do Oriente e semearam pavor nas terras adjacentes, abalando até os habitantes da Grécia, que eram então a flor das nações. Mesmo com tanto poder, o reino das Amazonas — como acontece com todo império — acabou por desmoronar, de tal forma que hoje só resta o seu nome na memória.

"As bases dos edifícios da Cidade que hás de levantar serão muito mais robustas. De comum acordo, nós três decidimos que eu te conceda uma argamassa forte e incorruptível, que configure sólidos cimentos e assim levante altas e fortes muralhas, com torres largas e altas, baluartes poderosos, com fossos naturais e artificiais, tal como convém a uma praça bem defendida. Sob a nossa instrução, hás de cavar fundações seguras e erguerás logo as muralhas até uma altura que nenhum adversário as consiga atacar. Acabo de mostrar-te, minha filha, as razões da nossa vinda, e para demonstrar a importância das nossas palavras, revelo-te agora o meu nome. Ao ouvi-lo, e se quiseres seguir meus conselhos, hás de saber que tens em mim uma fiel guia para concluir a tua obra, sem errar. Chamam-me Razão. Hás de congratular-te por estar em boas mãos. É isto, por agora."

V

*Como a segunda Senhora revelou a Christine
seu nome e sua condição, assim como a ajuda
que ela lhe daria para erguer a Cidade das Mulheres.*

Ao ser concluído esse discurso, e sem haver tempo para que eu disesse algo, a segunda Senhora dirigiu-se a mim nestes termos: "Meu nome é Retidão. A minha morada é mais celeste que terrena, em mim cintila a luz da benevolência divina, da qual sou a mensageira. Vivo entre os justos, a quem exorto a praticarem o bem, a devolver a cada um aquilo que lhe pertence, a dizer a verdade e lutar por ela, a defender o direito dos miseráveis e inocentes, a não usurpar o bem alheio, a fazer justiça pelos que mentem ao acusar. Sou o escudo dos que servem a Deus, e defendo-os; sou o baluarte contra a força e o poder injustos; sou a sua defensora no céu, onde intervenho para que sejam congratulados pelos seus esforços e feitos valorosos; sob meu intermédio, Deus revela os seus segredos àqueles que o amam. Como cetro, trago na mão direita este bastão fulgurante que mede o bem e o mal, o justo e o injusto; quem o seguir, não há de se extraviar. Os justos reúnem-se sob a soberania deste bastão que acicata a injustiça. O que mais posso dizer-te? Com este bastão, que possui muitas virtudes, podem ser traçados os limites de qualquer coisa. Há de ser muito útil para medir os edifícios da Cidade que vais erigir. Hás de precisar dele para erguer grandes templos, delinear e construir ruas e praças, palácios, casas e celeiros, e para auxiliar-te com tudo o que for necessário para povoar uma cidade. Por isso eu vim, esta é a minha função. Se o diâmetro e a circunferência das muralhas te parecem grandes, não será preciso se preocupar, com a ajuda de Deus e a nossa, hás de concluir a sua construção, envolvendo e preenchendo com mansões admiráveis e casas extraordinárias. Nenhum espaço ficará sem uma construção".

VI

*Como a terceira Senhora revelou a Christine
quem era, qual era seu papel, como ela a ajudaria a fazer
os telhados e as coberturas das torres e dos palácios,
e como depois ela iria trazer a Rainha
com sua comitiva das mais nobres damas.*

A terceira Senhora tomou logo a palavra nestes termos:

"Querida Christine, sou a Justiça, a filha predileta de Deus, de cujo cerne procedo. O céu é a minha morada, assim como a terra e o inferno; no céu, para a glória das almas divinas; na terra, para oferecer a cada um a medida do bem ou do mal que merece; no inferno, para o castigo dos pecadores. Não tenho amigos nem inimigos, e por isso jamais cedo, nem a piedade vence-me ou a crueldade afeta-me. O meu único dever é julgar, repartir e restituir a cada um conforme o seu mérito. Sustento a ordem em cada Estado e nada pode perdurar sem mim. Estou em Deus e Deus está em mim, porque somos uma só coisa. Quem seguir a via correta não errará. Aos homens e mulheres de espírito benigno instruo primeiro a conhecerem-se e comportarem-se com os outros tal como consigo mesmos, a dividir os seus bens sem nepotismo, a dizer a verdade, evitando e execrando a mentira e rechaçando o vício. Esta taça de ouro fino que vês em minha mão direita, de bom tamanho, foi-me dada por Deus, para devolver a cada um aquilo que lhe é devido. Está gravada nela a flor-de-lis da Trindade e adapta-se a cada caso, para que ninguém possa protestar sobre o que lhe fora atribuído. Os homens deste mundo têm outras medidas, que afirmam ser baseadas nas minhas, como um padrão, mas estão enganados; apesar de evocar-me em seus pleitos, usam uma medida que, por ser excessivamente generosa para alguns e falha com outros, jamais é justa.

"Poderia entreter-te por muito tempo sobre as especificidades da minha função, mas dir-te-ei, para resumir, que desfruto de uma situação peculiar entre as virtudes: todas convergem para mim, nós três somos só uma, por assim dizer: o que propõe a primeira, a segunda dispõe e aplica, e eu, a terceira, busco a perfeição final. Por isso, nós três concordamos para que eu venha ajudar-te no término da tua Cidade. A minha responsabilidade será rematar, com ouro fino e polido, os telhados das torres, mansões e casas palacianas. Concluída a Cidade, eu a povoarei para ti com mulheres ilustres, e hei de trazer uma rainha a quem as outras damas hão de render homenagem. Com a tua ajuda a Cidade será cerrada com fortificação pesada e portões que trarei do céu. Em seguida deporei as chaves em tuas mãos."

VII

Como Christine respondeu às três Senhoras.

Escutara as três Senhoras com atenção, e o desânimo abandonara-me. Quando acabaram os discursos, lancei-me a seus pés, não de joelhos, mas com todo o corpo estendido perante elas, e beijei a terra em sinal de preito à sua nobreza. Em seguida, dirigi-lhes estas palavras: "Supremas Senhoras, esplendor celestial e luz terrena, fontes paradisíacas e sede de bem-aventurança. Como dignaram-se vossas altezas a descer de seus tronos fulgurantes, para vir até este obscuro retiro e visitar-me, uma simples estudiosa que ignora tudo! Como poderei agradecer-vos? Como pródiga chuva ou doce orvalho caíra sobre mim vossas ternas palavras, que silenciaram a terra árida do meu espírito. Já sinto brotar as primeiras plantas novas, que hão de trazer frutos de sabor deleitante, cuja força será grande benefício. Como ser merecedora do que anunciais, a honra de construir uma Cidade nova e eterna?

"Não sou São Tomás, o apóstolo, que por graça divina ergueu no céu um opulento palácio ao rei das Índias. Pobre de espírito, não estudei geometria nem arte, ignoro tudo sobre a ciência da arquitetura e das artes de alvenaria. Se ainda pudesse aprendê-las, como encontrar neste frágil corpo de mulher a força para tal tarefa? Contudo, venerandas Senhoras, mesmo que esteja espantada com tão singular aparição, tenho consciência de que para Deus nada é impossível, e hei de acreditar que tudo o que empreender com o vosso auxílio e conselho há de ser concluído. Louvo com todas as minhas forças a Deus e a vós, minhas Senhoras, que me honrais com tão insigne função. Cumpram-se em mim as vossas palavras."

Primeira Parte

VIII

*Como Christine, sob as ordens e com a ajuda de Razão,
começou a cavar a terra para as fundações.*

Razão retomou então a palavra nestes termos: "Levanta-te, minha filha! Partamos sem demora para o Campo das Letras. É lá, naquele rico e fértil país, onde será fundada a Cidade das Mulheres, ali onde se encontram rios serenos e hortos com frutas abundantes, onde a terra produz muita coisa. Pega a enxada da tua inteligência e cava fundo. Quando vir o traço da minha vara, cava aí um fosso, ajudar-te-ei carregando a terra em cestas que transportarei nos ombros".

Para obedecer às suas ordens, ergui-me célere, porque o seu poder devolvera-me a energia e a rapidez. Ela seguira à frente, guiando-me até o Campo das Letras, e, seguindo suas indicações, comecei a cavar o fosso com a enxada da inteligência. O meu primeiro trabalho foi o seguinte:

"Senhora, recordo-me que dissestes sobre os homens que criticam severamente os costumes das mulheres, condenando-as sem recurso, e que quanto mais tempo o ouro perdura no crisol, mais se refina e depura. Sem dúvida, isto quer dizer que quanto mais se desprezam as mulheres, maior se torna o seu mérito e a glória. Contudo, suplico para que me explicais por que tantos autores censuram as obras de mulheres. Já me destes a entender que eles erram, mas por qual motivo? É a Natureza que os pressiona, ou fazem tudo por ódio? Como é isso?"

"Minha filha", ela respondeu, "para que possa animar-te a cavar mais fundo, este primeiro fardo será para mim. Saiba que isso não vem da Natureza, muito pelo contrário, posto que não existe vínculo terreno mais forte do que esse amor que ela cria, por vontade divina, entre o homem e a mulher. As razões que levaram — e ainda levam — os homens a culpar as mulheres, especialmente entre os autores que leste, são diversas e múltiplas. Alguns fizeram isso com boas intenções, com o intuito de trazer de volta ao reto caminho os homens que poderiam se deixar enredar por mulheres lascivas ou de má vida, ou para evitar que se perdessem ao frequentá-las. Para que os homens evitassem a luxúria e a devassidão,

A Cidade das Mulheres

condenaram todas as mulheres sem exceção, com a intenção de que fossem vistas todas com abominação."

"Minha Senhora", eu disse então, "perdoai-me se vos interrompo: por acaso não fizeram certo, já que as suas intenções eram boas e, como se costuma dizer, é pelas intenções que se julga o homem?"

"É um erro, querida filha", respondeu, "porque a ignorância não serve de desculpa. Se te matassem com boas intenções e por estupidez, teriam feito bem? Todos, tal como percebes, não fizeram outra coisa com as acusações, senão abusar de um direito, porque não é correto causar prejuízos a uma parte com o pretexto de ajudar a parte contrária, como fazem condenando a conduta de todas as mulheres. Posso demonstrar isso pela experiência, já que não se condena sem atender aos fatos. Suponhamos que tenham feito isso para devolver aos loucos a sanidade; seria como se preferissem condenar o fogo — elemento bom e necessário — sob o pretexto de que alguns se queimam, ou a água porque outros se afogam. Podemos afirmar o mesmo sobre todas as coisas boas, já que podem ser usadas para o bem e para o mal. Tu mesma disseste de forma correta em algum dos teus escritos: não são as mulheres que devem ser acusadas se existem loucos que abusam delas; aqueles que permitem tais afirmações afrontosas deformam a verdade para adaptá-la no viés das suas teorias, como alguém que compõe um penteado suntuoso e não tem como pagá-lo, sem haver quem o reprove, outorga para si o direito de apropriar-se de um bem alheio. Disseste-o muito bem algures; se tais autores que censuram a vida e os costumes de toda mulher condenassem apenas aquelas de vida dissoluta e tivessem tentado enfrentar homens de conduta razoável, a impedir que claudicassem na luxúria, aceitariam a coerência dos seus escritos. Com efeito, não há nada do que fugir deste mundo como uma mulher perversa e dissoluta; é algo hediondo porque a própria natureza da mulher a conduz à sinceridade, à prudência e à honestidade. Posso assegurar-te de que não sou eu quem os estimula a acusar todas as mulheres desta maneira, já que existem muitas respeitáveis, são eles mesmos e quem os citam que erram de forma grosseira. Joga fora daqui todos esses pedregulhos sujos, porque não podem ser utilizados na construção de tua formosa Cidade.

"Outros homens acusaram as mulheres por razões diferentes: alguns foram impelidos pelos seus vícios, outros devido à invalidez do corpo, outros por pura inveja e numa medida maior, porque gostam de vituperar as pessoas. Por fim, há outros que, querendo demonstrar o quanto leram, baseiam-se no que encontraram nos livros e limitam-se a citar tais autores, repetindo o que já foi dito.

"Quando falo sobre os que acusam as mulheres, estimulados por seus vícios, refiro-me àqueles homens que dilapidam a juventude com mulheres lascivas; tantas foram as aventuras que se tornaram hipócritas, envelheceram sem arrependimento e passam o tempo a lamentar as loucuras de outrora e a vida devassa da juventude. Como a Natureza, deixando sem alento os sentidos gélidos, proíbe-os de satisfazerem os seus desejos, jazem amargurados vendo que para eles a sua época findou, aquela que chamavam de tempos bons e agora os jovens — são hoje o que foram ontem — é que desfrutam, pelo menos assim parece. Para purgar a bílis não lhes resta outro antídoto senão acusar as mulheres, porque pensam que instilando asco nos outros, dessa maneira os afastarão delas. A linguagem desses velhos é tosca e despudorada, como viu esse Mateolo, que se retrata a si mesmo no próprio escrito como um ancião impotente. Com o seu exemplo, tens muito para atestar sobre a verdade do que estou dizendo, e posso garantir que existem inúmeros casos parecidos.

"Seria uma genuína desgraça se todos os anciãos fossem depravados de tal maneira. Estão muito longe de tais velhos corrompidos homens beneméritos que com o tempo tornaram-se perfeitos em sabedoria e virtude. Pronunciam apenas palavras ternas e dignas. Odeiam a calúnia, não acusam nem difamam homens e mulheres, aborrecem-se com o vício, condenam os pecadores em geral, sem culpar alguém em particular, limitando-se a conduzi-los rumo à virtude.

"Aqueles que são motivados pela enfermidade de seu próprio corpo são inválidos com membros deformados. Têm o espírito astuto e malicioso, e não possuem outro meio de se vingar da desgraça que é sua impotência senão culpando aquelas que dão alegria a todos. Eles acreditam, assim, privar os outros do prazer que o seu próprio corpo lhes nega.

"Aqueles que culparam as mulheres por ciúme são homens indignos que, tendo conhecido ou encontrado muitas mulheres de maior inteligência e conduta mais nobre do que a deles, encheram-se de amargura e rancor. É o ciúme que os leva a culpar todas as mulheres, pensam que desse modo hão de abafar a sua fama e subtrair o seu valor, como aquele infeliz cujo nome não lembro, que num tratado pomposamente intitulado *Sobre a filosofia* esforça-se em demonstrar que é inconveniente para um homem ter consideração por uma mulher, seja ela quem for. Ele afirma que aqueles que mostram alguma estima pelas mulheres aviltam o próprio nome de seu livro, transformando *filosofia* em *filofolia*.[37] Mas posso te garantir que é ele quem torna seu livro uma verdadeira *filofolia* com as argúcias e falácias que sustenta.

"Em relação àqueles cuja natureza os leva a maldizer, não estranha que falem mal das mulheres. Garanto que todo homem que demonstre ter prazer em falar mal de mulheres não tem muito caráter e é fraco de espírito, porque atua contra a Razão e a Natureza: é contra a Razão porque faz parte de seres ingratos não reconhecerem o bem que as mulheres lhes fazem, através de dons pródigos, e que ninguém poderia recusar mesmo que quisesse, além do mais seguirão sempre precisando das mulheres. Opõe-se à Natureza porque não há animal nem pássaro que não procure naturalmente a sua outra metade, quer dizer, a fêmea. Portanto, não é natural que um homem favorecido pela razão faça precisamente o contrário.

"Como não há obra digna de louvor que não tenha a sua réplica, muitos são os que alardeiam escrever; dir-se-ia que não podem errar se outros escreveram sobre aquilo que queriam falar, e assim os difamam. É um gênero que conheço bastante. Alguns também escrevem versos sem pensar, e cozinham poemas como caldos insípidos. Outros costuram remendos, vestindo baladas ilusórias que falam de costumes principescos, de todo tipo de pessoas e, claro, de mulheres, mas são inábeis para reconhecer e consertar os defeitos da sua conduta. Tal não impede que ao profano, tão desprovido de juízo crítico quanto eles, isso pareça maravilhoso e o mundo perfeito."

[37] Depreende-se: "transformando o amor pela sabedoria (filosofia) em amor pela loucura (filofolia)". (N. da E.)

Primeira Parte

IX

*Como Christine cavou a terra,
ou seja, sobre as perguntas que fez a Razão,
e as respostas desta.*

"Agora está delineada a grande obra que preparei", disse-me Razão, "só precisas cavar a terra, seguindo a linha que tracei para ti." Obedecendo às suas ordens, comecei a cavar com todas as forças:

"Minha Senhora, como é possível que Ovídio, que apodam como o Príncipe dos Poetas, ainda que muitos, entre os quais me situo, e vós podeis corrigir-me, acreditam que tais louros deveriam ser atribuídos a Virgílio —, tenha se pronunciado de maneira tão negativa sobre as mulheres em seus poemas, em *A arte de amar*, ou em *Os remédios do amor*, e em outras obras."

Razão me respondeu: "Sim, Ovídio possuía a arte e a ciência de escrever versos e a sua inteligência vívida brilha nos seus poemas, mas afundou-se na vaidade e nos prazeres do corpo. Não bastara-lhe uma só amante, possuía quantas o seu vigor suportasse, sem contenção, sem demonstrar lealdade nem interesse por alguma. Desperdiçou assim a sua vida, enquanto durava a juventude e recebeu a paga merecida em tais circunstâncias: acabou desonrado, mutilado e arruinado. Foi condenado ao exílio por causa da sua luxúria, tanto nos atos como nos escritos, em que aconselhava os outros a terem uma vida como a que elegeu viver.

"Mesmo assim, após ser revogado o seu exílio, graças à ajuda de admiradores, jovens romanos próximos ao poder, não demorou a claudicar nos mesmos erros pelos quais foi condenado, e por esse motivo foi castrado e desfigurado, o próprio corpo foi assim castigado. Tudo isso tem relação com o que disse antes: quando Ovídio percebeu que não poderia ter a vida que tantos prazeres lhe proporcionara, deu início aos ataques às mulheres, através de hábeis raciocínios, com o fim de transformá-las em objeto de repulsa ante os outros."

"É dessa maneira mesmo, minha Senhora. Conheço o livro de outro autor italiano, chamado Cecco d'Ascoli, originário da Toscana ou das

Marcas.[38] Nele há um capítulo em que ele diz coisas terríveis sobre as mulheres. É uma linguagem que suplanta o imaginável e nenhuma pessoa sensata reproduziria."

"Não te espantes, filha", respondeu-me, "que Cecco d'Ascoli tenha se pronunciado de forma pejorativa sobre as mulheres, porque aborrecia todas e as odiava. A sua perversão levou-o a fazer com que todos os homens compartilhassem o seu ódio contra elas. Mas obteve o justo prêmio, já que pagou os seus ultrajes com a morte infame na fogueira."

"Conheço outro opúsculo em latim, *Secreta mulierum*,[39] que defende que nós temos defeitos nas nossas funções corporais."

Ela me respondeu: "A experiência do teu próprio corpo nos dispensará de outras provas. Esse livro é uma asneira genuína, uma verdadeira antologia de mentiras, quem o leu sabe que nele não há nenhuma verdade. Contudo, alguns afirmam que quem o escreveu foi Aristóteles, mas como acreditar que um filósofo tão insigne tenha cometido tal disparate? Como as mulheres sabem pela própria experiência corporal, algumas coisas desse livro não têm mais fundamento que a estupidez, pelo que se deduz que em muitos pontos são outras tantas mentiras explícitas. Não recordas como no início do livro ele afirma que não sei qual papa ameaçou excomungar todo homem que ousasse ler para uma mulher ou colocar um livro em suas mãos?".

"Sim, recordo-me bem."

"Sabes o motivo de oferecer tal estupidez no início do texto à credulidade de homens tolos e simplórios?"

"Não, minha Senhora, tendes de explicar-me."

"Isso foi feito para que as mulheres não tomassem conhecimento e ignorassem o que ele afirmava; aquele que o escreveu sabia bem que, se elas o lessem ou ouvissem a leitura, perceberiam que se tratava de boba-

---

[38] Médico, astrólogo, poeta e enciclopedista, Francesco (Cecco) degli Stabili, nascido em Ascoli em 1269, é o autor de *Acerba*, obra à qual a autora se refere no texto. Este seu "poema enciclopédico", que trata de história natural e temas filosóficos, teve mais de vinte edições, a última delas com data de 1546. (N. da E.)

[39] *Secreta mulierum* ou *De secretis mulierum* (Os segredos das mulheres) é um tratado de natureza médico-filosófica sobre anatomia, fisiologia feminina e reprodução, extremamente popular na Idade Média. Redigido no final do século XIII ou início do XIV, sua atribuição a Alberto Magno (1193-1280) é incerta. (N. da E.)

Primeira Parte

gens; o teriam refutado, ridicularizando-o. Com tal artifício, o autor acreditou poder burlar os homens que o lessem."

"Lembro-me, minha Senhora, que, entre outras coisas, após insistir longamente que é por debilidade e fraqueza que o corpo que se forma no ventre da mãe se torna o de uma mulher, o autor continua dizendo que a Natureza envergonha-se de ter criado uma obra tão imperfeita como o corpo feminino."

"Ah! Querida amiga! Aí vês a grande loucura, a cega estupidez capaz de defender tais desatinos! Como a Natureza, discípula de Deus, o divino mestre, teria mais poder do que quem lhe confere a autoridade? Deus, em seu pensamento eterno, teve a ideia de criar o homem e a mulher. Decidiu tirar Adão do barro e levou-o até o Paraíso terrestre, que era e continua a ser o lugar mais sublime deste mundo. Deixou-o lá adormecido e criou o corpo da mulher com uma das suas costelas, para indicar que ela permaneceria ao seu lado como a sua companheira, não estar aos seus pés como uma escrava, e que ele haveria de amá-la como à sua própria carne. Se o Soberano Criador não se envergonhou ao criar o corpo feminino, por que a Natureza haveria de se envergonhar? Afirmar tal coisa é o cúmulo, além do mais, como foi gerada a mulher? Não sei se tens a ideia de que foi criada à imagem de Deus. Como haveria línguas que recusem um aspecto tão nobre? Há loucos que acreditam, quando ouvem dizer que Deus fez o homem segundo a sua imagem, que se trata do corpo físico. Nada mais falso, pois Deus não tinha ainda um corpo humano. Pelo contrário, trata-se da alma, reflexo da imagem divina, e tal alma, na verdade, Deus criou-a tão boa e nobre, similar em corpo com a mulher e o varão. Como estava dizendo, a mulher foi gerada pelo Soberano Criador no Paraíso terrestre e com que substância? Não era de matéria vil, senão a mais nobre jamais criada, posto que Deus a fez do corpo do homem."

"Segundo aquilo que dizeis, minha Senhora, a mulher é uma criação nobilíssima. No entanto, Cícero afirma que o homem não deve nunca servir a uma mulher porque pôr-se a serviço de alguém menos nobre é o mesmo que se rebaixar."

Ela me respondeu com tais palavras: "O maior é aquele ou aquela que detém mais méritos. A superioridade ou a inferioridade de alguém não está no corpo, não atende ao seu sexo, mas na perfeição dos seus hábitos e qualidades. Feliz aquele que serve à Virgem, cuja perfeição ultrapassa a dos anjos".

"Minha Senhora, um dos romanos de nome Catão, aquele que foi um grande orador, disse ainda que se o mundo tivesse sido criado sem mulheres, nós daríamos um jeito de conversar com os deuses."

Ela me respondeu: "Aqui fica explícito o despautério daquele que chamaram de sábio. É pela intervenção da mulher que o homem ascendeu ao reino de Deus. Se alguém pretender justificar que, pela culpa de Eva, a mulher provocou a queda do homem, responder-lhe-ia que se Eva o fez perder o seu posto, graças a Maria arrebatou algo mais elevado. Não fosse essa falta, jamais haveria conquistado essa união do homem com a divindade. Homens e mulheres precisam agradecer a Eva tão grande honra, porque ao cair tão baixo na natureza humana, fora ainda mais elevada pelo Criador. Quanto ao fato de falar com os deuses, de não existir a mulher, como afirmou Catão, ele mesmo não imaginava o seu sucesso. Ele era pagão e acreditava que os deuses habitavam tanto o inferno como o céu — pois os demônios eram chamados de divindades infernais —, e não é erro algum afirmar que sem Maria os homens entabulariam uma conversa com os deuses infernais".

Primeira Parte

X

Outras trocas e comentários sobre o mesmo tema.

"Catão de Útica, sobre o qual já falamos, disse também que a mulher se parece a uma rosa, cuja beleza afável para contemplar oculta a picada dos espinhos."

"Aqui também", respondeu Razão, "esse Catão não sabia bem o que falava. Nada é tão agradável de olhar como as belas qualidades de uma mulher, mas o espinho do temor e a desonra da queda estão cravados em sua alma; daí a discrição, a sabedoria e a prudência que lhe são características e agem como proteção."

"Deve acreditar-se, minha Senhora, no testemunho de quem defende que as mulheres são por natureza vorazes e gulosas?"

"Minha filha, deves ter ouvido aquele dito que diz assim: 'O que a Natureza dá não se tira'. Com tais propensões, ver-se-ia que estariam a todo instante em locais onde se vende boa comida e pratos deliciosos, quer dizer, em tabernas e pousadas, quando raramente as vemos lá. Se responder que a vergonha as impede, diria que o seu freio é o temperamento. No caso das que cultivam tal costume, dever-se-ia elogiar o valor e a constância em vencê-lo. Aliás, recorda-te do que aconteceu contigo tempos atrás, num dia de festa, quando conversavas com tua vizinha à porta, mulher respeitável. Viste um homem sair de uma taberna a conversar com outro: 'Gastei tanto dinheiro na taberna', dizia, 'que hoje a minha mulher não beberá vinho'. Interpelaste-o, perguntando por que e ele respondeu-te: 'Senhora, sempre que volto da taberna, minha mulher quer saber quanto gastei. Se forem mais de doze moedas, então compensa o meu gasto com a sua sobriedade. Se nós dois fizermos gastos elevados, nossa situação não cobrirá as despesas, respondeu'".

"Sim, recordo-me, minha Senhora", respondi.

"Não faltam exemplos", prosseguiu, "para demonstrar que as mulheres possuem um temperamento sóbrio. Quando não estão sóbrias, não é por tendência natural, mas pela perversão. A glutoneria atrai outros vícios e é deplorável na mulher. É um fato notório que o lugar mais frequentado pelas mulheres é a igreja, aonde vão diligentes com o rosário e o missal na mão para ouvir o sermão e confessar-se."

"É verdade", respondi, "mas dizem os homens que elas vão aos ofícios vestindo os melhores trajes, expondo os seus encantos para conquistarem o amor e arranjarem um nobre."

Respondeu: "Isto seria verdade, minha filha, se vissem apenas mulheres jovens e formosas, mas observa os locais de culto e a cada jovem hás de ver vinte ou trinta mulheres de idade avançada vestidas com grande decoro e simplicidade. Isso no que respeita à devoção, mas a caridade é maior entre as mulheres. Quem visita os hospitais e conforta os enfermos? Quem ajuda os pobres? Quem arranja os mortos para a sepultura? Eis a via real que Deus nos ensina a seguir".

"Tendes razão, minha Senhora, mas um autor afirma que as mulheres são frágeis por natureza e que nisso se parecem com as crianças, o que explicaria por que as mulheres e as crianças gostam de estar juntas."

"Minha filha, se se der o trabalho de observar o caráter das crianças, hás de ver que gostam naturalmente da amabilidade e da ternura, o que há de mais doce e amável no mundo do que uma mulher benévola? Que perversidade das pessoas malévolas tornar a ternura, essa enorme qualidade que a Natureza concede às mulheres, num defeito suscetível de reprovação! Se as mulheres gostam de crianças, não é por fragilidade, mas por bondade natural, e se possuem a doçura infantil, é com a consciência disso. A sua conduta nos faz lembrar do Evangelho: enquanto os apóstolos discutiam para saber quem era o melhor, nosso Senhor segurou a mão de um menino, colocou-o no meio deles, e disse: 'Se não mudarem e forem como as crianças, não entrarão no Reino dos Céus'."

"Minha Senhora, os homens guardaram em sua panóplia um dito que encerra uma das maiores reprovações sobre nós: 'Deus criou a mulher para chorar, falar e vadiar'."

Ela me respondeu: "Querida Christine, esta frase tem alguma verdade, mas diga-se o que disser, não há motivo aí para reprovação. Que Deus tenha lhes proporcionado tal vocação é excelente, porque muitas salvaram-se graças ao pranto, ao uso das palavras. Aqueles que as reprovam, lembro que Cristo, que lê nas almas os mais recônditos pensamentos, nunca se rebaixou para verter ele mesmo lágrimas de compaixão, lágrimas do seu corpo magnífico, quando vislumbrara Maria Madalena a chorar, e Marta por causa da morte do seu irmão, Lázaro, que ressuscitara, se acreditasse que as mulheres choram apenas por serem frágeis ou por besteira. Pelo contrário, quantas ofertas inversas aquelas lágrimas preencheram! Não desdenhou de Maria Madalena, tanto que perdoou os seus pecados, e ela mereceu, pelo seu pranto, ser recebida gloriosamente no Reino dos Céus.

"Tampouco desprezou as lágrimas daquela viúva que chorava o filho único, que iam enterrar. Ele comoveu-se, a fonte de toda piedade, inquiriu, pleno de compaixão: 'Mulher, por que choras?', e ressuscitou o seu filho naquele instante. As Sagradas Escrituras narram muitos outros milagres — a lista seria longa — que Deus fez, motivado por lágrimas de mulher. Ouso afirmar que muitas foram salvas devido às lágrimas de devoção, tal como os homens e as mulheres pelos quais oravam. Um insigne doutor da Igreja, como Santo Agostinho, por acaso não se converteu graças ao pranto de sua mãe? A mulher digna chorava sem cessar, clamando a Deus que iluminasse o coração do seu filho pagão. São Ambrósio, a quem a santa mulher visitava para rogar-lhe que orasse por seu filho, respondeu-lhe: 'Mulher, não creio que tantas lágrimas sejam derramadas em vão'. Ó bem-aventurado Ambrósio! Tu que não consideravas frívolas as lágrimas de uma mulher! Eis como se deve responder aos homens que as reprovam. É graças às lágrimas de uma mulher que esse santo luminar, o bem-aventurado Santo Agostinho, fulgura sobre o altar da Santa Igreja, iluminando todos os seus recantos com sua claridade! Portanto, que os homens se calem sobre esse ponto.

"A palavra é, também, outro dom que Deus concedeu às mulheres. Louvado seja Deus! Ou então seríamos mudas! Contudo, contra o que reza tal dito, — criado não se sabe por quem para difamar as mulheres —, se a palavra feminina fosse tão desprezível e sem autoridade como muitos querem, jamais teria permitido Nosso Senhor Jesus Cristo que fosse exatamente uma mulher que anunciou a sua Ressurreição; ocorrera assim com Maria Madalena na Páscoa, quando ordenou que anunciasse a boa-nova a Pedro e aos outros apóstolos. Bendito sejas, meu Deus, por permitir que tenha sido, para além dos dons com que preencheste o sexo feminino, uma mulher a mensageira de tão extraordinária notícia!"

"Melhor seria que ficassem calados todos os invejosos, minha Senhora", disse eu então, "se tivessem a dignidade de perceber alguma coisa. Agora dá-me vontade de rir sobre uma anedota que alguns homens contam, lembro-me inclusive de ouvi-la num sermão, já que há pregadores néscios capazes de repetir tal coisa, afirmando que se Deus surgira primeiro a uma mulher fora porque sabia que não ficaria calada e logo seria divulgada a notícia da sua Ressurreição."

"Minha filha", respondeu, "fazes bem em apodar de néscios os que repetem isso, porque não só difamam as mulheres como blasfemam, levando a que algo tão sagrado foi revelado graças a um vício. Não sei como se atrevem a atribuir a Deus tal ideia, pois ninguém, nem sequer de brincadeira, poderia desdenhar de coisas divinas.

"Mas retomemos nosso primeiro assunto. Foi algo excelente para aquela mulher cananeia ter sido tão loquaz que não cessava de clamar e importunar Jesus Cristo, suplicando-lhe pelas ruas de Jerusalém: 'Tende piedade de mim, Senhor, minha filha está doente!'. O que fez então o Deus da bondade, aquele em quem estava e permanece toda a misericórdia, e que atende à menor palavra que venha do coração? Ele escutou a sorrir a torrente de palavras que saía da boca daquela mulher. Colocando à prova a sua perseverança, comparou-a aos cães — e fez isso rudemente porque ela era de uma fé estrangeira e não da religião eleita. Ela não titubeou em responder-lhe, sem se perturbar: 'É verdade, Senhor, mas os cães comem as migalhas que caem das mesas dos seus amos'. Ó, digníssima mulher! Quem te ensinou a falar dessa maneira? Foi a pureza de tua alma que inspirou tão sábias palavras e fizeram triunfar tua causa. Isso ficou claro quando Cristo, voltando-se para os seus discípulos, afirmou que em todo Israel não havia encontrado tanta fé, e então atendeu às suas súplicas. Ah! Quem poderia fazer justiça ao sexo feminino, que os cobiçosos se esforçam em denegrir? Deus encontrou no coração de uma mulher, de baixa condição e estrangeira, mais fé do que em todos os religiosos, príncipes, sacerdotes e todo o povo judeu, eles que queriam ser o povo eleito de Deus.

"A mulher samaritana que foi buscar água no poço onde Cristo se sentara para descansar, dirigiu-se também a ele, intercedendo em sua causa. Bendito o corpo divino!, como te dignaste em responder com palavras de consolação a uma humilde mulher que nem sequer compartilhava a tua fé! Deixaste bem nítido o teu apreço pelo sexo feminino. Hoje, meu Deus, o que não faria para ver religiosos conversarem com uma mulher simples, ainda que fosse para falar em salvação!

"Aquela mulher, que assistia ao sermão de Cristo, cujo coração se inflamou ao ouvir as suas palavras, não falou com menos discernimento. Dizem que as mulheres não sabem ficar caladas, mas que coragem ao levantar-se, cheia de júbilo, e gritar entre a multidão a frase recolhida

Primeira Parte

no Evangelho: 'Bendito o ventre que te carregou e os seios que te amamentaram!'.

"Dessa maneira, hás de compreender, querida filha, que se Deus concedeu o dom da palavra às mulheres foi para melhor servir à sua glória. Não se deve censurá-lo por algo que está certo, pois raramente as palavras da mulher causaram algum prejuízo.

"Quanto a fiar numa roca, é outro dom natural, mas um trabalho necessário para celebrar o trabalho divino e vestir todas as criaturas dotadas de razão, evitando assim a desordem do mundo. É o cúmulo da perversidade reprovar as mulheres por algo que as tornam honradas e merecedoras de gratidão."

XI

*Christine pergunta a Razão por que as mulheres
são excluídas do sistema judiciário.
Resposta de Razão.*

"Mui ilustre e veneranda Senhora, vossas explicações aprazam-me de todo, mas dizei-me ainda, se tendes o bem, por que as mulheres não exercem ante os tribunais, não instruem juízos nem ditam sentenças. Os homens afirmam que a culpa é do mal governo de uma mulher perante a corte de justiça."

"A iniquidade, minha filha, engendrou essa história pueril, sem fundamento. Se alguém quisesse conhecer todas as causas, não acabaria nunca e não bastaria nem o próprio Aristóteles, que inúmeras explicações deu em seus *Problemata* e *Categoriae*. Ampliando a nossa abordagem, perguntaríamos por que Deus não quis que os homens realizassem trabalhos de mulheres ou as mulheres fizessem trabalhos de homens. A este fato mostramos que um senhor, inteligente e acautelado, distribuíra em sua fazenda distintos trabalhos domésticos, e a função de um não correspondia ao de outro. Assim determinara Deus que o homem e a mulher lhe servissem de forma distinta, prestando ajuda mútua, cada um à sua maneira. Por esse motivo, munira os sexos com a natureza e as qualidades necessárias para cumprirem os seus deveres, ainda que às vezes os seres humanos se equivoquem sobre o que lhes convêm. Aos homens, Deus outorgara a força física e o valor para seguirem pela vida e falarem sem temor; graças a tais atitudes, aprendem o direito, tão necessário para manter o império da lei no mundo, e se alguém se recusa a respeitar a lei estabelecida, tal como promulgada conforme o direito, deve-se obrigá-la pela força e o poder das armas. As mulheres não poderiam recorrer a tais vias violentas. Além do mais, se é verdade que Deus concedera a muitas mulheres a inteligência viva, seria impróprio da dignidade que as caracteriza que discutissem perante juízes pela menor causa, como fazem os homens que se comportam de maneira ilícita. Para que mandar três, quando dois podem erguer facilmente um peso?

Primeira Parte

"Contudo, se com tal premissa se queira pretender que as mulheres não são bastante inteligentes para estudar direito, a experiência demonstra o contrário. Como poderemos ver adiante, a história gerara muitas mulheres — elas também existem na nossa época — que foram grandes filósofas, suscetíveis de reger disciplinas muito mais complexas, requintadas e altivas que o direito escrito e os regulamentos estabelecidos pelos homens. Por outro lado, se se quer afirmar que as mulheres não possuem nenhuma disposição natural para a política e o exercício de poder, citaria o exemplo de muitas mulheres ilustres que reinaram no passado. Para que penetres ainda mais fundo nessa verdade, recordar-te-ei algumas coetâneas que, depois de viúvas, seguiram corretamente todos os problemas após a morte dos maridos, revelando assim que a mulher inteligente pode desempenhar qualquer tarefa."

XII

Em que se trata da imperatriz Nicole.

"Responde-me agora se houve alguma vez um rei que se igualou à mui nobre imperatriz Nicole. Onde porventura terá lido que um rei cultivou tanto sentido de política, de Estado e de justiça, inclusive uma corte com tanto luxo e suntuosidade? Embora em muitos países e vastos domínios do seu império tenham reinado soberanos célebres, chamados faraós, que eram da sua linhagem, ela foi a primeira a instaurar a lei e a ordem públicas, acabando assim, pelo menos atenuando, ali onde governava, a crueldade de costumes bárbaros dos etíopes. Segundo os autores que trataram desse tema, é motivo de elogios essa mulher ter civilizado e tirado o seu povo da barbárie. Ela foi herdeira de faraós, quer dizer, não exerceu a indestrutibilidade do seu governo nos limites de um país fraco, senão sobre terras como Arábia, Etiópia, Egito e Meroé — grande ilha no meio do Nilo[40] —, reinos que possuem muitos recursos. O que dizer mais sobre tal mulher? Foi tão sábia e o seu império, imenso, que até a Bíblia faz alusão à sua grandeza e poder. Ela mesma promulgara ao seu povo, com a justiça ampla, as leis que o regeram. Superou, tanto em nobreza de caráter como pela abundância das suas riquezas, todos os homens que já haviam governado. Ela cultivou a arte das letras e das ciências, era tão altiva que jamais pensou em se casar e não quis ter nenhum homem ao seu lado."

---

[40] Capital do Reino de Cuxe (ou Reino de Kush), um antigo reino africano situado ao longo do Nilo, no que hoje é o Sudão, Meroé a rigor não era uma ilha, mas uma larga planície aluvial entre dois afluentes do rio. O nome Meroé é ainda usado para se referir ao sítio arqueológico onde estão localizadas as ruínas da cidade. (N. da E.)

Primeira Parte

51

XIII

*Em que se trata da rainha Fredegunda,
e de outras princesas e rainhas da França.*

"Poderia discorrer longo tempo sobre as mulheres do passado que demonstraram sabedoria ao governar, e agora falaremos sobre isso. Houve uma rainha na França chamada Fredegunda, esposa de Quilperico. Em que pese a crueldade de uma mulher, após a morte do marido governou com prudência o reino da França, num período arriscado em que ele poderia desaparecer, porque o único herdeiro era um menino de tenra idade, chamado Clotário. Uma guerra feroz estourou entre os barões[41] que, lutando entre si, mostravam-se incapazes de chegar a um consenso sobre os assuntos do reino. Sem tirar o filho dos braços, a rainha convocou uma assembleia dos barões e disse-lhes: 'Senhores barões, eis o vosso rei. Não esqueceis que a lealdade foi sempre uma qualidade dos gauleses. Não depricieis a juventude extrema deste infante, que com a ajuda de Deus há de crescer, e quando atingir a idade de reinar, saberá reconhecer os amigos genuínos e consagrá-los conforme os méritos, desde que não cometais o crime de deserdá-lo. Quanto a mim, asseguro-vos que saberei recompensar prodigamente a lealdade e a fidelidade com abundantes e duradouras égides'. Dessa maneira, apaziguou os barões e arrancou o filho das mãos dos inimigos. Ela mesma o educou, até a idade madura, e ele recebeu dela a coroa e o honor do reino. Sem o governo sábio desta mulher, nada disso teria acontecido.

"Muito mais pode se dizer da atuação correta da mui nobre rainha Branca de Castela, mãe de São Luís, que durante a sua menoridade go-

---

[41] À época de Christine de Pizan, o termo *baron* (barão) designava não só nobres com esse título, mas sobretudo líderes militares, guerreiros valorosos e figuras de autoridade que, mantendo forças próprias, vinham em auxílio do rei ou da rainha quando chamados. Ela estende essa denominação às forças militares e à descrição de batalhas na Grécia e na Roma antigas. Por isso, embora seu sentido no original seja mais abrangente do que o "barão" moderno, a tradução optou por manter a correspondência. (N. da E.)

vernou o reino da França com inteligência e prudência que homem algum tinha feito melhor. Permaneceu dirigindo o Conselho quando o filho atingiu a idade para reinar, porque todos admiravam o seu sentido de política. Nada era feito sem a sua intervenção, chegando mesmo a acompanhar o filho na guerra.

"Citaria muitos exemplos, mas não pretendo prolongar-me demais, e como déramos início evocando as senhoras do reino da França, dispensando o socorro dos anais de outrora, hei de trazer à memória o que tu mesma presenciaste na infância. Pensa, se ainda fores capaz de recordar dela, a rainha Joana de Bourbon, viúva do rei Carlos V, e tudo o que a glória narra sobre esta mulher e as nobres qualidades que demonstrara ao conduzir a corte no exercício da justiça. Não se conhece príncipe algum que, mais bem situado na medida de suas prerrogativas, tenha feito reinar a justiça como ela.

"Neste ponto, ela se parecia com a filha, esposa do duque de Orléans, filho do rei Felipe, já que ninguém tinha realizado a justiça como a que ela exercera em suas terras pelo longo período da sua viuvez.

"Foi também o caso da rainha Branca, esposa do rei João, que administrou as suas terras e exerceu o poder com respeito ao direito e à justiça.

"O que dizer sobre a duquesa de Anjou, filha de Carlos de Blois, duque da Bretanha, esposa do irmão menor de Carlos, o Sábio, rei da França, que foi também rei da Sicília? Com retidão e coragem, manteve a espada da justiça elevada sobre as terras da Provença e outros domínios, resguardando-as sob o seu governo durante a menoridade dos filhos. Como louvar todas as qualidades desta senhora! Na sua juventude superou em beleza as demais mulheres, a sua virtude foi irrepreensível e a sabedoria, exemplar. Já na maturidade, como vimos, governou com justeza suprema e a força de vontade arrojada. Com efeito, após a morte do marido, na Itália, quase toda a Provença revoltou-se contra ela e seus filhos, mas esta grande senhora lutou com tal denodo, misturando a força com a brandura, que conseguiu restabelecer o império da lei em suas terras e nunca se ouviu nenhuma reclamação sobre ela.

"Eu poderia continuar a falar de outras tantas senhoras da França que, ao se tornarem viúvas, precisaram assumir as decisões e administrar as suas terras com êxito e justiça. É o caso, por exemplo, da condessa de Vendôme, grande proprietária de terras, que todavia vive ainda. Preocupa-se sempre com a maneira pela qual se exerce a justiça em seu nome, governa com austeridade, atentando com interesse a tudo o que diz respeito ao direito. Não pretendo acrescentar mais exemplos, mas asseguro-te que poderia dizer o mesmo sobre muitas mulheres de alta, mediana e baixa condição que, como pode observar quem quiser ver, mantêm os seus feudos e bens em bom estado, tal como eram quando os maridos estavam vivos, suscitando nos súditos muita admiração e afeto. Certamente, há mulheres ignaras, mas sem querer ofender os varões, também há muitas que, em que pese a sua incultura, têm a mente mais alerta e raciocinam melhor que os homens. Os seus maridos fazem bem em confiar nelas ou ouvir os seus conselhos, será de bom proveito.

"Contudo, se as mulheres não costumam julgar ou pronunciar sentenças, isso não deve de modo algum lhes causar tristeza, pois assim correm bem menos perigos físicos e morais. Embora seja necessário estabelecer a justiça e punir os malfeitores, muitos são os homens que, ao exercerem tais cargos, desejariam ser tão ignorantes quanto suas mães! Pois, se todos se esforçam por permanecer no caminho correto, Deus sabe quão grande é o castigo quando se comete um erro!"

XIV

Christine e Razão debatem e trocam ideias.

"Dizeis a verdade, Senhora, e a minha mente se compraz em vos ouvir. Contudo, em que pese o que falamos sobre a inteligência feminina, sabe-se que as mulheres têm o corpo delicado, vulnerável, sem força e, por natureza, pusilânime. Tais pontos diminuem a confiança e a autoridade do sexo feminino aos olhos dos homens, e afirmam que a imperfeição do corpo transporta consigo a extenuação e a fragilidade de caráter, e, por sua vez, segundo eles, as mulheres seriam menos dignas de louvores."

Ela me respondeu: "Querida filha, é uma conclusão completamente espúria, que não pode se sustentar. Observa como frequentemente, quando a Natureza não conseguiu oferecer aos corpos o mesmo grau de perfeição — porque criara um deformado, inválido ou com algum tipo de deficiência em sua forma física —, contrapesa tal defeito concedendo-lhe alguma coisa mais importante. Assevera-se sobre o grande filósofo Aristóteles, que era muito feio, vesgo e com um rosto estranho, que a Natureza fez mais do que corrigir o seu corpo, tão pouco provido, dotando-o de grandes capacidades intelectuais e qualidades de julgamento, como fica patente pela superioridade dos seus escritos. Mais lhe valera receber tal dom de suprema inteligência do que a beleza do corpo de Absalão.

"O mesmo se pode dizer sobre o imperador Alexandre Magno. Era muito feio, baixo e enfermiço, mas teve a bravura de espírito que assegurou a sua fama. Assim ocorre com muitos homens. Juro-te, minha querida, que um físico forte e vigoroso não garante um espírito ousado e poderoso, porque isso provém de uma força natural de caráter. É um dom que Deus permite à Natureza conceder a algumas das suas criaturas, mais do que a outras. O valor não está na força do corpo, mas a sua avidez oculta-se no coração e na consciência. Veem-se muitos homens altos e fortes, mas covardes e indolentes, enquanto outros pequenos e débeis de corpo são audaciosos e empreendedores. Acontece o mesmo com outras qualidades, mas no que se refere à audácia e à força física, Deus e a Natureza fizeram um favor às mulheres presenteando-as com a delicadeza. Graças ao defeito, que nem sequer é infrutuoso, não precisam cometer torturas terríveis, assassinatos e imposições cruéis que a força ordena e continua a mandar praticar quando comanda o mundo. Não hão de padecer os castigos fulminantes que tais atos acabam por atrair. Certamente, valeria a pena a mais de um homem forte que lhe fosse dado o dom de andar no corpo frágil de uma mulher. Tenho certeza de que a Natureza, ao não proporcionar força física às mulheres, compensou-as municiando-as com a virtude, o temor de pecar contra os mandamentos de Deus. Todas as que não atuam dessa maneira pervertem a sua natureza.

"Precisas entender, minha querida Christine, que Deus, segundo parece, quis manifestar aos homens que se nem todas as mulheres são audazes ou possuem força física, como os homens em geral, não se deve deduzir que as mulheres sejam desprovidas de tais qualidades. Com efeito, encontram-se muitas mulheres ao longo da história que demonstraram possuir tal valor, a força empreendedora para levar a cabo as missões mais audaciosas, que só encontramos entre conquistadores ou nos mais afamados guerreiros, aqueles de quem os livros falam. Ilustrarei minha afirmação citando o exemplo de algumas destas mulheres.

"Minha querida filha e amiga, vês como, cavando muito e profundamente, preparamos as fundações e tiramos a terra transportando-a em grandes cestas sobre os meus ombros. Agora cabe a ti assentar enormes e formosas pedras para as fundações das muralhas da Cidade das Mulheres. Pega a tua pluma como se fosse uma colher de pedreiro e apressa-te a concluir esta obra com ardor. Eis uma grande pedra que deve ser a primeira a ser colocada na base da tua Cidade. Vislumbra-se nos signos astrais como a Natureza a destinou para ser usada nesta construção, e incorporar-se nesta obra. Afasta-te um pouco, colocarei para ti esta primeira pedra."

XV

Em que se trata da rainha Semíramis.

"Semíramis foi uma mulher admirável, esclarecida e plena de valor. Atingiu o grau de excelência no exercício e na prática das armas, entre todos os da sua época, à vista do poder do seu império sobre a terra e o mar. Afirmou que era irmã do grande deus Júpiter e filha do ancião Saturno. Com efeito, segundo a crença pagã, eram deuses da terra e do mar. Aquela mulher foi esposa do rei Nino, que deu seu nome à cidade de Nínive. Ele foi um guerreiro eminente que, com a ajuda da sua mulher Semíramis, que cavalgou a seu lado por todos os campos de batalha, conquistou Babilônia, a Grandiosa, o poderoso reino da Assíria e muitos outros reinos.

"Essa mulher estava ainda na flor da idade quando, no ataque a uma cidade, seu marido morreu atingido por uma flecha. Ordenou que as exéquias se realizassem com toda a solenidade, como era hábito, mas não abandonou as armas, pelo contrário, aumentou a audácia e redobrou a força. Governou com mais firmeza os reinos e domínios — tanto os que herdara, como os que conquistara pela força das armas —, exercendo o poder sobre as terras e os feudos conforme a mais genuína tradição cavalheiresca. Conquistou assim tão destacadas proezas que sua heroica força esteve à altura dos homens mais ilustres. Tanta coragem teve essa mulher que não temia a dor nem hesitava perante o perigo. Desafiou todo tipo de perseguição, triunfou sobre inimigos que ansiavam arrancar dessa viúva todas as suas conquistas. Garantiu tal fama como guerreira que não só manteve a soberania das suas terras, como invadiu a Etiópia à frente de um grande exército. Encetando combates renhidos, conseguiu submeter aquelas terras e juntá-las ao seu império. Em seguida, conduziu as suas forças rumo à Índia, onde nenhum homem havia se atrevido a combater. Arrebatou a vitória e continuou a invadir outras terras, sem parar, até conquistar e subjugar quase todo o Oriente. Além das inúmeras e admiráveis conquistas, Semíramis voltou a erguer e consolidar as fortificações da Babilônia, fundada por Nimrod e os gigantes, localizada na planície de Sinear. Sendo já uma cidade importante, defendida por muralhas potentes, que a tornavam uma cidadela impossível de conquistar, mesmo assim essa mulher extraordinária acrescentou novas fortificações e a cercou de largos e profundos fossos.

"Um dia, Semíramis estava em seu quarto, rodeada pela damas da sua corte que a penteavam, quando um mensageiro trouxe a notícia de que um dos seus reinos havia se rebelado contra ela. Levantou-se de imediato e jurou por seu reino que a trança em seus cabelos não seria concluída antes de ela vingar a afronta e submeter os rebeldes novamente à sua lei. Rapidamente, ela armou uma multidão de seus súditos, avançou contra o inimigo e, demonstrando força e determinação singulares, reconquistou seus domínios. Ela semeou tal terror naquele povo e entre seus outros súditos que jamais alguém ousou se revoltar contra ela outra vez. Durante muito tempo, em memória daquela ação corajosa e nobre, vislumbrava-se no alto da Babilônia uma estátua enorme de bronze, coberta de ouro, que representava uma princesa a brandir a espada com o cabelo trançado de um lado e os cabelos soltos de outro. Essa rainha fundou e mandou construir muitas cidades e cidadelas, e levou a cabo empresas inimagináveis. Suas façanhas foram de tal monta que os livros não recolheram nenhuma história semelhante de algum homem cuja coragem tenha sido tão elevada e os feitos tão prodigiosos ou memoráveis.

"É verdade que alguns a censuraram — e teriam razão para fazê-lo, se ela fosse de nossa fé — por ter tomado como esposo o filho que teve de seu marido Nino. Isso ocorreu por dois motivos: o primeiro, para que não houvesse no império outra cabeça coroada além da sua, o que não teria sido o caso se seu filho tivesse se casado com outra; o segundo, porque nenhum outro homem lhe parecia digno de compartilhar seu leito.

"Foi, sem dúvida, um erro grave, mas como ainda não havia leis escritas, pode-se perdoá-la em certa medida; as pessoas não conheciam outras leis além das da Natureza, e era lícito a cada um seguir seu prazer sem culpa. Se ela acreditasse estar agindo mal ou que pudesse incorrer em alguma censura, jamais teria feito tal coisa, pois seu coração era nobre e generoso demais, e ela amava muito a honra para praticar um ato indigno.

"Agora já está colocada a primeira pedra das fundações. Para avançar na nossa construção, acredito nisso, teremos que dispor muitas pedras, umas em cima das outras, até coroar a nossa cidadela."

XVI

Das Amazonas.

"Próximo à Europa, às margens do grande mar Oceano que rodeia o mundo, há uma região chamada Cítia, ou a terra dos Citas. Sucedeu um dia que, devido à guerra, aquele país se viu privado de todos os seus homens. Ao perceberem que todas haviam perdido os maridos, pais e irmãos, e só restavam anciãos e crianças, as mulheres do país reuniram-se em assembleia para deliberar. Decidiram com galhardia que, a partir daquele momento, governariam o reino sem a tutela masculina e promulgaram uma lei que proibia aos homens o acesso à região. Para possibilitar a sua descendência, em certos períodos do ano viajavam às terras vizinhas. Se nascessem filhos varões, davam aos pais, caso fossem mulheres, encarregavam-se da sua educação. Para aplicar tal lei, elegeram duas mulheres entre as mais nobres, uma chamava-se Lâmpedo e a outra, Marpésia, e ambas foram coroadas rainhas. Expulsaram do país todos os homens que restavam, armaram-se e formaram vários batalhões constituídos apenas por mulheres e jovens donzelas; atacaram os inimigos, e deixaram as suas terras em cinzas. Ninguém resistia a elas, que vingaram assim a morte de seus maridos.

"Dessa maneira, as mulheres da Cítia começaram a empunhar armas. Logo foram chamadas de Amazonas, que significa aquela 'que sofreu a extração de um seio'. Com efeito, elas tinham o costume de queimar o seio esquerdo, segundo uma técnica própria das jovens da alta nobreza, para que o escudo não as incomodasse, enquanto as de grau inferior, que precisavam empunhar o arco, tiravam o seio direito. Dedicavam-se com prazer às artes marciais, ampliavam os seus domínios e a sua fama espalhou-se pelo mundo. Retomando a narrativa, Lâmpedo e Marpésia, após invadirem muitas terras, acabaram conquistando grande parte da Europa e da Ásia, e submeteram-nas à sua lei. Fundaram numerosas cidades, em particular Éfeso, na Ásia, cidade que continua a ser famosa. A primeira rainha a morrer foi Marpésia, que caiu em combate. Para sucedê-la, as Amazonas coroaram uma de suas filhas, uma donzela nobre e bela chamada Sínope. Era tão altiva e orgulhosa que optou pela virgindade e não se uniu jamais a um homem. Teve uma só paixão, o exercício das armas. Nada saciava a sua avidez conquistadora, ao invadir e apoderar-se de terras. Vingou a morte de sua mãe de maneira exemplar, matando todos os habitantes da terra inimiga a golpe de espada, e, após arrasar as terras, continuou com a conquista de outros domínios."

XVII

Em que se trata de Tamires, rainha das Amazonas.

"Como hás de ouvir agora, o Estado fundado pelas Amazonas floresceu por longo tempo, sucedendo à frente do reino muitas mulheres guerreiras, das quais só hei de citar as mais importantes, pois seria cansativo nomear todas.

"Dominou aquele reino, com nobreza e ousadia, a sábia Tamires. O poderoso rei da Pérsia, Ciro, basto em proezas, pois vencera Babilônia, a Grandiosa, e conquistara parte do mundo, foi por sua vez derrotado pela força e a inteligência daquela mulher. Depois de muitas conquistas, Ciro decidiu aventurar-se no reino das Amazonas para submetê-las à sua lei. Ao se certificar, através de espiãs, que Ciro as ameaçava com tropas suficientes para conquistar o mundo inteiro, a sábia rainha compreendeu que seria impossível abater exército de tal proporção pela força, e que o mais conveniente seria recorrer à astúcia. Procedeu então como chefe aguerrida, e quando se inteirou de que Ciro adentrava os seus domínios — pois tinha permitido que ele avançasse sem demonstrar resistência —, armou todas as Amazonas e as colocou em pontos estratégicos nas montanhas e nos bosques por onde Ciro era obrigado a passar, prontas para emboscá-lo.

"Ocultas, Tamires e suas tropas aguardaram Ciro penetrar com os seus soldados pelos desfiladeiros e caminhos obscuros, entre os bosques densos. No momento certo, ela fez soarem as trombetas. Ciro, que de nada suspeitava, ficou completamente atordoado ao ver-se atacado por todos os lados, e suas tropas, acuadas nos desfiladeiros, foram esmagadas pelas pesadas pedras que as Amazonas lhes lançavam das alturas. O terreno os impedia tanto de avançar como de bater em retirada, porque, de um lado, as Amazonas escondidas os massacravam na saída do desfiladeiro, e, de outro, uma emboscada semelhante os aguardava. Todos morreram sob o peso das pedras, menos Ciro e seus comandantes, que a rainha ordenou que fossem capturados vivos e levados à sua presença na

Primeira Parte

61

tenda que mandara levantar. Como Ciro tinha ordenado a morte de um filho querido seu, que ela enviara anteriormente em embaixada, Tamires não aceitou poupá-lo. Diante de Ciro, fez degolar todos os seus oficiais. Em seguida, lhe disse: 'Tu que tiveste tanta sede de sangue humano, agora podes bebê-lo até te saciar'. E determinou então que cortassem a cabeça do rei e a lançassem no alguidar em que fora recolhido o sangue dos seus comandantes.

"Recordo tais coisas, minha querida filha e amiga, porque ilustram o meu propósito, mas tu já sabes bem, pois contaste isso em teu *Livre de la mutacion de Fortune*, e na tua *L'Epistre Othéa*.[42] Agora citarei outros exemplos."

---

[42] Duas obras de Christine de Pizan, respectivamente: *O livro da mutação da Fortuna*, de 1403, e *A epístola de Othéa*, redigida em 1400-1401. (N. da E.)

XVIII

Como o grande Hércules e seu amigo Teseu
saíram da Grécia para atacar
as Amazonas por terra e por mar,
e como as donzelas Melanipe e Hipólita
fizeram-nos cair dos estribos,
derrubando cavalos e cavaleiros.

"Como retomar o fio da meada? Dizia-te que as Amazonas torna-ram-se temidas pelos seus feitos bélicos pelo mundo. Embora a Grécia se situasse distante de Cítia, lá chegou o eco da sua fama. Falava-se daque-las guerreiras indômitas, como invadiam e conquistavam regiões e terras inteiras, arruinando tudo de quem demorava a render-se. Comentava-se que nenhuma força era capaz de resistir ao seu combate. Receando que estendessem o seu império e invadissem suas fronteiras, a Grécia toda se preocupou.

"Na Grécia, encontrava-se na flor da idade o grande Hércules, de força prodigiosa. Já realizara proezas inimagináveis, que nenhum herói nascido de uma mulher alguma vez empreendera. Enfrentara gigantes, hidras e monstros fantásticos, vencendo todos eles, pois a sua força não se comparava com a de nenhum homem, senão com a do célebre Sansão. Hércules julgava que não deviam esperar as Amazonas invadirem a Gré-cia, mas que seria melhor atacá-las primeiro. Assim, armou uma frota de navios e um grande exército de jovens guerreiros para marchar sobre Cí-tia. Ao saber da notícia, Teseu, o corajoso e audacioso rei de Atenas, afir-mou que não partiriam para a guerra sem ele, e juntou o seu exército ao de Hércules. Lançando-se ao mar com numerosos guerreiros, seguiram em direção do reino das Amazonas. Ao se aproximarem da costa, e ape-sar da força prodigiosa, da coragem e do grande número de soldados, tal era o temor que Hércules tinha das inimigas que não se atreveu a lançar âncoras no porto e desembarcar de dia. Não havendo o testemunho de muitos textos, isto seria um relato fantasioso, pois é difícil crer que aque-le homem, que criatura alguma conseguira vencer, temeu a força daque-las mulheres. Hércules e seu exército aguardaram até a noite. Deixaram

Primeira Parte

as naves, atearam fogo nas cidades e deram início à matança entre as Amazonas que, sem suspeitar de nada, foram surpreendidas. Quando o alarme foi dado, todas, cada uma mais veloz que a outra, pegaram as armas e se precipitaram corajosamente rumo à margem de onde partira o ataque.

"Naquela época, Orítia reinava entre as Amazonas, governava com valor as inúmeras terras que conquistaram. Era mãe da grande rainha, Pentesileia, sobre a qual falaremos mais à frente. Orítia, que sucedeu a Antíope, rainha de feitos cavalheirescos, era a mais valente guerreira da sua época e estabeleceu entre as Amazonas uma disciplina militar. Não será preciso dizer que a sua ira não teve limites ao saber do ataque desleal, à noite, que os gregos perpetraram, e o massacre que sofriam. Havia sido uma hora má, eles seriam expostos à sua fúria, e desafiando um inimigo que não temia, deu ordens para que tomassem armas e começassem a batalha. Era um espetáculo terrível ver tantas mulheres armadas reunindo-se ao redor da sua rainha. Quando a aurora despontou, todas as colunas estavam preparadas.

"Contudo, enquanto as guerreiras se reagrupavam e a rainha reunia as colunas do exército, duas mulheres jovens e intrépidas, excepcionais na arte da guerra por sua virtude e valor bélico, não quiseram aguardar as colunas. Uma se chamava Melanipe, e a outra, Hipólita, ambas parentes próximas da rainha. Armaram-se velozes, montaram suas cavalgaduras, empunharam as suas lanças, dispostos os escudos de couro de elefante, cavalgaram rumo ao porto. Lá, numa fúria que beirava a insânia, lançaram-se com todas as suas forças contra os gregos de maior bravura, Melanipe contra Hércules, Hipólita contra Teseu. Mostraram então a medida da sua ferocidade porque, em que pesem a força colossal e a coragem imensa daqueles homens, as duas mulheres lhes desferiram golpes tão poderosos que se viu tombar em desordem, sob a força do impacto, cavalos e cavaleiros. No entanto, embora cada uma tenha desmontado seu adversário, elas também foram derrubadas. Mas se levantaram imediatamente e atacaram com espadas em punho.

"Que louvores não merecem tais donzelas por fazer tombar, elas, simples mulheres, os melhores cavaleiros da sua época? Era difícil de acreditar, se não houvessem anotado em seus livros tantos autores dignos de confiança. Espantam-se com a desventura de ambos, sobretudo de Hércules, e tentam desculpá-lo explicando que o seu cavalo tropeçara, já que, se estivesse em pé, ninguém seria capaz de derrubá-lo. Que duas donzelas tenham sido capazes dessa proeza provocara rubor em ambos. Entretanto, elas os enfrentavam com valentia e a contenda manteve-se incerta por certo tempo, até que por fim as duas mulheres caíram cativas. Alguma surpresa com a sua derrota, quando nunca se vira juntos dois heróis de tal valor?

"Hércules e Teseu estavam orgulhosos da sua captura, não as trocariam por nada, nem pela riqueza de uma cidade inteira. Regressaram então às suas naves, para se desfazerem de suas armas e refrescarem os corpos, sabendo que tinham realizado uma grande façanha. Honraram e homenagearam as duas mulheres, e quando elas tiraram as armaduras, o seu prazer foi enorme ao vê-las tão belas e graciosas. Nenhum butim foi tão agradável e sentiam grande prazer ao contemplá-las.

"A rainha, que ultimava os preparativos para lançar todo o seu exército contra os gregos, sentiu uma dor imensa quando chegaram as notícias sobre a prisão de ambas as Amazonas. Temendo represálias se atacasse, que poderiam levar à morte as duas reféns, resolveu cancelar a ofensiva e enviou duas capitãs para informar que estava disposta a pagar o resgate que pedissem pelas duas jovens. Hércules e Teseu receberam a mensagem com as devidas vênias e responderam de maneira cortês, dizendo que, se a rainha aceitasse firmar a paz e prometesse que nem ela nem suas companheiras de armas atacariam a Grécia, aceitando o país como amigo — já que estavam dispostos, por seu lado, a assumir tal compromisso —, entregariam as duas donzelas sãs e salvas, sem necessidade de nenhum resgate, senão as armaduras das duas guerreiras. Com efeito, queriam guardar os troféus como recordação da vitória. A rainha viu-se obrigada a aceitar a paz, para que as duas donzelas, a quem dedicava muita afeição, fossem libertadas. Após longa discussão, decidiu-se que a rainha seguiria até eles com seu séquito. Após se desarmarem, chegaram ao acampamento grego, que jamais vira tal cortejo de mulheres de extraordinária beleza, ricamente adornadas. Ali, com uma grande festa, a paz foi selada.

"Teseu sentia muito em libertar Hipólita, por quem se apaixonara loucamente. Hércules tanto suplicou e pediu à rainha, que esta permitiu que Teseu tomasse Hipólita como esposa, que o acompanharia rumo à Grécia. Celebradas as bodas com um grande banquete, os gregos regressaram, levando Teseu e Hipólita, que logo tiveram um filho, bati-

Primeira Parte

zado com o mesmo nome materno,[43] e que chegou a ser famoso cavaleiro. Quando os habitantes da Grécia souberam que a paz havia sido firmada, não houve limite para a alegria, ao descobrirem que o perigo estava descartado."

[43] A passagem se justifica no original porque, em francês, o nome Hippolyte designa tanto a esposa de Teseu (Hipólita) como o filho deles (Hipólito). (N. da E.)

XIX

Em que se trata da rainha Pentesileia
e da ajuda que ela deu à cidade de Troia.

"A rainha Orítia viveu por muito tempo. Durante seu governo, o reino das Amazonas prosperou e seu império se expandiu. Ao morrer, em idade avançada, as Amazonas coroaram sua destemida filha, Pentesileia. Essa mulher corajosa cingiu perante todas uma coroa de sabedoria, ímpeto e valor. Jamais se cansou de lutar e conduziu as Amazonas ao ápice do seu poder — temidas pelos inimigos, ninguém se atrevia a atacá-las. Tão altiva e briosa foi esta mulher que nunca se uniu a nenhum homem.

"Era a época da grande guerra entre gregos e troianos. Naquele tempo, o mundo inteiro cantava a valentia e a nobre bravura de Heitor de Troia; não se cansavam de elogiar o homem mais valente do mundo, e todos diziam que seu mérito era incomparável. Como é natural amar quem se nos assemelha, Pentesileia, que era a maior entre as mulheres, ao ouvir tantos elogios sobre o valoroso Heitor, apaixonou-se por ele com um amor tão puro quanto profundo e não teve outro desejo senão encontrá-lo. Para satisfazer esse desejo, ela deixou seu reino com uma grande comitiva; acompanhada por várias nobres damas e donzelas heroicas com armas reluzentes, ela tomou o caminho de Troia. A jornada era longa e a meta, distante, mas nada parece longe ou difícil para um coração que ama e que é movido pelo desejo.

"No entanto, a nobre Pentesileia chegou a Troia tarde demais, pois Heitor já estava morto, fulminado por Aquiles numa batalha em que pereceu quase toda a flor da cavalaria troiana. Pentesileia foi recebida em Troia com todas as honras pelo rei Príamo e a rainha Hécuba, cercados por toda a cavalaria troiana, mas ela estava tão desesperada com a morte de Heitor que nada conseguia consolá-la. O rei e a rainha, que choravam incessantemente a morte de seu filho, disseram-lhe que, já que não podia encontrá-lo vivo, mostrar-lhe-iam seu corpo. Levaram-na, então, ao templo onde haviam erguido a mais magnífica e suntuosa sepultura de que a história já ouvira falar. Lá, numa esplêndida capela toda adornada de ouro e pedras preciosas, diante do altar-mor de seus deuses, sentado num trono diante do altar erigido aos seus deuses, trajando roupas de gala, estava o corpo de Heitor, tão extraordinariamente embalsamado que parecia estar vivo, ainda a desafiar os gregos com seu olhar altivo e a espada desembainhada na mão. Ele estava vestido com uma longa túnica de ouro fino, enfeitada com bordados de pedras preciosas, que chegava até o chão e escondia suas pernas, ungidas com bálsamo que exalava um aroma maravilhoso. À luz de lamparinas de azeite que difundiam uma claridade assombrosa, os troianos honravam o seu corpo, como se se tratasse de um deus, no incalculável luxo daquele mausoléu. A rainha Pentesileia, ao ser conduzida até lá, ajoelhou-se em homenagem ao corpo de Heitor, como se ele estivesse vivo. Aproximou-se e, olhando firmemente seu rosto, disse chorando:

"'Ah, flor suprema da cavalaria terrena, glória e exemplo de sublime bravura! Quem há agora de orgulhar-se com os feitos ou o brandir da espada, se já se apagou a luz e o exemplo de mais altiva nobreza?

"'Ai de mim! Sob que tristes auspícios nasceu aquele que com seu braço amaldiçoado ousou perpetrar tal ato imundo e privar a terra de um tesouro tão grandioso! Ah! Meu nobre príncipe! Por que Fortuna me foi tão contrária, impedindo-me de estar a teu lado quando aquele traidor preparou esta emboscada? Pois isso nunca teria ocorrido, e eu teria sabido te proteger. Como gostaria que ele ainda estivesse vivo, para que eu pudesse vingar tua morte e apaziguar a dor e a ira que preenchem meu coração vendo-te mudo e sem vida, eu que desejava tanto falar contigo. Mas como Fortuna assim decidiu e não pode ser de outra forma, juro solenemente por todos os nossos deuses, prometo-te e comprometo-me fielmente, que te vingarei e perseguirei os gregos com minha fúria, enquanto me restar um sopro de vida.' Assim falava Pentesileia ajoelhada diante dos despojos de Heitor, e a multidão emocionada de barões, damas e cavalheiros chorava ao ouvi-la. Pentesileia não podia se afastar; no entanto, teve de se resolver e, beijando a mão que segurava a espada, deixou a capela com estas palavras: 'Ah! Sublime flor da cavalaria! Por que não estás vivo quando ainda se vê em teus despojos a marca de tanta nobreza!'.

"E, com isso, ela partiu chorando desesperadamente. Assim que pôde, armou-se e, com o auxílio de todo seu exército, preparou um ataque aos gregos que sitiavam a cidade. Para resumir, ela e suas guerreiras realizaram tais feitos que, se ela tivesse vivido muito tempo, nenhum grego teria retornado à Grécia. Ela derrotou Pirro, filho de Aquiles e ele próprio um cavaleiro eminente, golpeando-o com tanta força que ele quase morreu. Seus homens tiveram grande dificuldade em socorrê-lo e o davam como morto; os gregos perdiam o ímpeto, sem acreditar que ele pudesse sobreviver, pois depositavam toda sua esperança nele. E pode-se dizer que Pentesileia fez com que o filho compreendesse bem o quanto ela odiava o pai.

"Direi, para abreviar o meu relato, que quando a sorte dos gregos se encontrava em seu ponto mais baixo — pois durante dias a valente Pentesileia e suas guerreiras realizaram feitos extraordinários —, Pirro, que havia se recuperado de suas feridas, foi tomado de cólera e vergonha por ter sido derrubado e vencido por aquela mulher. Ordenou então aos seus soldados, todos guerreiros experientes, que durante a batalha se dedicassem exclusivamente a cercar Pentesileia e isolá-la de suas tropas, porque queria matá-la com suas próprias mãos. Ofereceu uma alta recompensa a quem a prendesse. Os guerreiros de Pirro lutaram por muito tempo até se aproximarem dela, tal o temor que tinham da ferocidade de seus golpes. Num dia de combate feroz, eles conseguiram cercar Pentesileia, separando-a do resto da contenda, fustigando sem parar suas guerreiras para que não a ajudassem. Ela lutou com tal valentia que um só dia bastou para que se igualasse a Heitor. Embora estivesse exausta, continuou a resistir com uma força espantosa, mas conseguiram cindir sua armadura e arrancar um pedaço do seu elmo. Quando Pirro, que observava a cena, viu sua cabeça com longas e ruivas melenas sem proteção, acertou um golpe que lhe abriu o crânio. Assim morreu mulher tão indômita, cuja perda resultou cruel para os troianos. Com profunda dor, suas guerreiras acompanharam seu corpo na viagem de regresso ao reino, que se abatera numa dor desolada, com razão, porque nenhuma mulher do seu perfil voltaria a governar as Amazonas.

"Tal como escutaste, aquele reino de mulheres, estabelecido firmemente desde a sua fundação, mantivera seu poder durante mais de oito séculos. Podes confirmar isso consultando as crônicas e somando os anos que separam a data da sua fundação e a época da conquista do mundo por Alexandre Magno. Com efeito, sabe-se que sob o seu império continuava a existir o poderoso reino das Amazonas, porque a história relata como efetuara a viagem para aquele reino, onde foi recebido pela rainha e suas damas da corte. Alexandre nasceu tempos depois da destruição de Troia, mais de quatrocentos anos após a fundação de Roma. Se queres

Primeira Parte

69

ter o trabalho de comparar as crônicas e calcular os anos, hás de ver como aquele reinado e domínio feminino se prolongou por longuíssimo tempo, e observarás como entre outros reinados de duração similar não há tantos príncipes ilustres nem tantas pessoas cujos feitos mereceram a glória, como sucedeu com as soberanas mulheres daquele reino."

XX

Em que se trata de Zenóbia, rainha de Palmira.

"As Amazonas não foram as únicas mulheres de coragem. Não teve menos fama a valorosa rainha Zenóbia, de Palmira, uma mulher de nobre estirpe, da linhagem dos Ptolomeus, reis do Egito. Desde a infância revelou o destemor e a vocação cavalheiresca e, quando reuniu forças mínimas, não houve quem a impedisse de fugir das cidadelas, palácios e câmaras reais para viver em pleno bosque, no coração das florestas. Ali, armada com espada e lança, dedicava toda sua energia a caçar feras selvagens. Inicialmente, caçava cervos e corças, depois leões, ursos e todo tipo de animais ferozes, que enfrentava sem medo e vencia com facilidade. Não lhe custava passar noites inteiras nos bosques, deitada no chão rochoso; não sentia o menor medo e não tinha dificuldade em abrir caminho por matas cerradas, escalar os montes ou atravessar os vales, enquanto encurralava feras. Essa virgem audaciosa desprezava o amor carnal, e recusou por muito tempo o casamento. Os seus pais obrigaram-na a tomar por esposo o rei de Palmira. A nobre Zenóbia era de beleza perfeita, tanto em seu corpo como nas feições, mas não fazia caso disso. A Fortuna lhe sorriu ao lhe conceder um esposo condizente com seu caráter e com a vida que ela havia escolhido.

"Esse rei, de nome Odenato, que se destacava por sua extraordinária bravura, decidiu conquistar o Oriente e os impérios vizinhos pela força das armas. Valeriano, imperador de Roma, encontrava-se naquela época cativo de Sapor, rei dos persas. O rei de Palmira reuniu todos os exércitos, e Zenóbia, que não fazia nenhum esforço para manter o frescor juvenil de seu rosto, abraçou a disciplina da arte militar, equipou-se com a armadura, decidindo participar com o marido em todas as provas de luta cavalheiresca. O rei Odenato entregou ao filho chamado Herodes, que tivera com outra mulher, o comando de parte do exército para que marchasse na vanguarda contra o rei Sapor, dominador da Mesopotâmia. Ordenou que Zenóbia encabeçasse a segunda coluna, poderosamente ar-

Primeira Parte

mada, enquanto ele combateria pelo outro lado com um terceiro corpo do exército. Cumprindo o plano, partiram em expedição. O que mais contar a ti? O que aconteceu, tal como podes ler nos livros de história, foi o seguinte: Zenóbia portou-se com tal valentia que venceu inúmeras batalhas contra o rei dos persas, até que, com uma vitória decisiva, chegou a assegurar para o seu marido o império da Mesopotâmia. Por fim, atacou a cidadela onde se refugiara Sapor, capturou-o junto com suas concubinas e conquistou um saque opulento.

"Pouco depois dessa vitória, o rei Odenato foi assassinado por um de seus parentes que queria tomar o poder. Ele não conseguiu, porque a intrépida Zenóbia o impediu, lutando bravamente para assumir ela própria a regência em nome de seus filhos menores, fazendo-se coroar imperatriz. Governou com tal destreza e discernimento, foi tão astuciosa na arte militar que os imperadores de Roma, Galeno e depois Cláudio, que detinham o poder sobre grande parte do Oriente, jamais atreveram-se a atacá-la. O mesmo se pode dizer dos egípcios, dos árabes e dos armênios: tanto temiam sua valentia e poderio que se sentiam felizes em poder conservar suas fronteiras. Como sábia governante, mereceu a estima de príncipes, foi respeitada e admirada pelo seu povo, prezada e venerada por seus cavaleiros. Quando partia para o campo de batalha — o que era frequente —, nunca se dirigia aos soldados sem estar vestida com elmo e armadura. Tampouco se deixava transportar, como era costume dos reis da sua época, mas montava sempre um corcel fogoso e cavalgava incógnita nas primeiras fileiras para melhor observar as filas inimigas.

"Esta nobre Zenóbia não só superou os cavaleiros do seu tempo na disciplina e na arte da guerra como, em relação às outras mulheres, também as superou, demonstrando qualidades e hábitos de vida extraordinários. Ela era de extrema discrição, o que não a impedia de dar festas maravilhosas e entreter com festins os seus barões e convidados estrangeiros. Não se importava com a liberalidade e oferecia a todos presentes suntuosos, pois sabia que a generosidade atrairia o favor e a estima de pessoas de bem. Possuía uma castidade exemplar, não só por evitar os homens, mas porque se deitara com seu marido para garantir uma descendência, e revelara-lhe isso impedindo-o de dormir ao seu lado enquanto estava grávida. Para manter as aparências em harmonia com o seu temperamento íntimo, proibira em sua corte todo homem de pouca moral, postulando que quem quisesse gozar dos seus favores havia de ser uma pessoa educada e de caráter. Concedeu favores às pessoas, conforme a sua honestidade e valor, jamais por considerar a riqueza ou nobreza de linhagem. Admirava os homens de maneiras pouco cortesãs, por demonstrarem valor cavaleiresco. Vivia cercada de luxo, com a magnificência de uma imperatriz, gastando sem se preocupar, à maneira dos persas, cujos costumes cotidianos eram os mais aparatosos de todas as cortes. Era servida em utensílios de ouro e pedras preciosas, tudo decorado com os mais ricos ornamentos. Amealhou grandes tesouros e fez doações com muita prodigalidade — nunca houve príncipe tão generoso como ela.

"Depois de discorrer sobre todas as suas qualidades, resta-me falar da mais perfeita, sobre a qual não me deterei, que diz respeito ao seu profundo conhecimento das letras, tanto dos egípcios como da sua própria língua. Nas suas horas de ócio, aplicava-se ao estudo e quis ter como mentor Longino, que a iniciou na filosofia. Sabia latim e grego, o que a ajudou a escrever de maneira elegante e concisa um compêndio de história. Vindicara para os seus filhos, que eram educados com a mesma disciplina intelectual, e cotas similares de saber. Diz-me agora, querida Christine, em todas as leituras encontraste um príncipe ou cavaleiro de tão perfeitas qualidades?"

Primeira Parte

XXI

Em que se trata da nobre rainha Artemísia.

"Dir-se-ia menos sobre a insigne rainha de Cária, do que sobre outras mulheres arrojadas? Amou o rei Mausolo, seu esposo, com amor tão grande que, quando morreu, fez com que continuasse a compartir o seu coração, como veremos mais à frente. Ao ficar viúva, coubera-lhe o encargo de governar um país imenso, mas não se sobressaltara, porque detinha uma enorme força de caráter, sabedoria e senso político. Possuía virtudes cavalheirescas, dominava a arte militar e suas conquistas valeram-lhe glória e reputação. Não só assumiu o governo do Estado, como conduziu batalhas em várias ocasiões, duas delas memoráveis, uma para defender o próprio país, a outra por lealdade sobre uma amizade e a palavra dada.

"A primeira ocasião ocorreu após a morte do marido, quando os habitantes de Rodes, cujas terras faziam fronteira com o reino de Cária, insurgiram-se indignados porque uma mulher assumira o poder do Estado vizinho. Na esperança de expulsá-la e conquistar o seu feudo, atacaram-na com um exército poderoso e uma frota robusta. Dirigiram-se para a cidade de Halicarnasso, situada no meio do mar, na ilha de Icária. Trata-se de uma praça fortificada que possui dois portos, um interior, meio oculto dentro da cidadela, ao qual se chega por uma via estreita que não se vê, de tal maneira que, em caso de um ataque, pode-se entrar e sair do palácio sem ser visto; o outro é um porto enorme, rente às muralhas. Quando a sábia Artemísia, por meio de suas espiãs, tomou conhecimento de que o inimigo se aproximava, reuniu e armou as suas tropas. Antes de sair, combinou com os habitantes da cidade e pessoas da sua confiança, a quem confiara essa missão expressamente, que acolheriam os adversários, habitantes de Rodes, com demonstrações de paz e convidando-os do alto das muralhas para entrarem na cidade disposta à rendição. Deveriam fazer com que as forças inimigas abandonassem seus navios para se reunirem na praça do mercado. Após dar essa ordem, Artemísia abandonou a cidade com seu exército, através do porto interior, e juntos se deslocaram para o alto-mar, detrás da cidadela, sem que ninguém pudesse observá-los. Depois de dar um sinal e receber outro de volta, confirmando que o inimigo havia ocupado a praça, ela zarpou rumo ao porto maior, onde se apoderou da frota inimiga e empreendeu várias emboscadas por toda a cidade. Dessa maneira, surpreendeu e atacou os inimigos de Rodes e aniquilou o seu exército.

"Não lhe bastou tal vitória devastadora, e ainda conquistou outra. Aproveitando-se das naves inimigas, embarcou as suas tropas e partiu para Rodes, içando as velas com o símbolo de vitória, como se tratasse de um regresso triunfal. Imaginando que acolhiam o exército vitorioso, os habitantes de Rodes abriram seu porto sob grande alvoroço. Artemísia desembarcou, deixou seus homens no controle, e marchou para o palácio, onde aprisionou e castigou com a morte todos os príncipes. Assim venceu os habitantes de Rodes, e a ilha inteira se rendeu. Após fixar o tributo que o país teria que pagar, Artemísia deixou lá uma guarnição, mas antes de abandonar a ilha mandou erigir duas estátuas de bronze, uma representando ela mesma, a outra, Rodes conquistada.

"O segundo feito memorável entre os que essa mulher realizou ocorreu quando Xerxes, rei da Pérsia, lançou uma expedição contra Esparta. Invadiu as terras com a cavalaria, a infantaria e um exército, ocupando a região costeira com os barcos, pensando que aniquilaria toda a Grécia; mas os gregos, que haviam firmado um pacto de amizade com a rainha Artemísia, solicitaram sua ajuda. Em vez de enviar tropas, ela demonstrou a honra cavalheiresca conduzindo, ela mesma, um gigantesco exército para enfrentar Xerxes, e logo vencê-lo. Após derrotá-lo em terra, fez-se ao mar para atacá-lo com a sua frota, próximo da cidade de Salamina. Combatendo na primeira fila, à frente do seu exército, Artemísia instilava bravura e coragem em seus barões e capitães, dizendo-lhes: 'Avante, irmãos, lutai meus bons cavaleiros, para que a glória da batalha seja nossa! Conquistareis fama e renome e não deixarei de vos premiar com riquezas'. Por fim, após tanta luta, derrotou Xerxes no mar, como foi na terra. Ele fugiu desonradamente, apesar do incalculável número de soldados do seu exército que, por onde passava, secavam fontes e rios, como narram as crônicas. Com tão excelsa vitória, essa heroica mulher regressou ao seu reino para ser coroada com os louros da glória."

Primeira Parte

75

XXII

Em que se trata de Lília,
mãe do valente cavaleiro Teodorico.

"Embora não tenha empunhado armas, não é menor o prestígio dessa nobre senhora, Lília, que admoestara o seu filho, Teodorico, cavaleiro dedicado, para que regressasse ao combate. Agora narrarei a sua história. Teodorico era um dos grandes cavaleiros da corte do imperador de Constantinopla. De belos traços e guerreiro valente, era ainda instruído graças à educação que lhe fora proporcionada por sua mãe.

"Os romanos foram atacados por um príncipe chamado Odoacro, que tinha a intenção de aniquilar toda a Itália. Requereram então a ajuda do imperador de Constantinopla, que lhes enviou um exército liderado por Teodorico, o mais destacado cavaleiro da sua corte. Ocorreu o seguinte: em pleno combate a sorte das armas voltou-se contra Teodorico que, em pânico, fugiu para Ravena. Quando a sua firme e sábia mãe, que observava a batalha, viu seu filho fugir, foi tomada de uma profunda indignação, pensando que não havia maior infâmia do que abandonar o campo de batalha. A sua dignidade falou mais alto do que o amor materno — preferia uma morte honrosa para o filho —, então correu ao encontro dele a implorar-lhe que encerrasse tão infame fuga, reagrupasse os seus homens e retomasse o combate. Como as suas palavras não surtiram efeito, em fúria e indignada, levantou-se, mostrando o ventre, e gritou: 'Queres fugir, meu filho, volta então para o ventre que te pariu!'. Ao ver-se tão humilhado, Teodorico deteve a fuga, juntou as suas tropas e regressou à contenda, onde, incitado pela vergonha que produzira a admoestação de sua mãe, combateu corajosamente até derrotar o inimigo e aniquilar Odoacro. Dessa maneira, a Itália inteira, a ponto de ruir, foi salva pelo desfecho estimulado por uma mulher, atrever-me-ia a dizer que o honor da vitória deveria ter sido da mãe, mais que do filho."

XXIII

Em que se trata mais uma vez da rainha Fredegunda.

"Outra prova de coragem da rainha da França, sobre a qual já falei, Fredegunda, revela-se no que ela fez na guerra. Como hás de recordar, ela ficou viúva do rei Quilperico e, com o seu filho Clotário ao peito, viu o seu reino invadido. Disse então aos seus barões: 'Cavaleiros, não desanimeis pelo número de inimigos que nos atacam, concebi um estratagema que dar-nos-á a vitória, basta que confieis em mim. Por amor ao vosso príncipe, abandonarei todo temor de mulher e hei de armar-me como um homem para estimular a vossa bravura e a de vossas tropas. Seguirei com o príncipe em meus braços, e vós me seguireis, fazendo tudo o que for possível pelo vosso condestável'.[44] Os barões responderam-lhe que não seria necessário pedir, eles a obedeceriam com prazer.

"Ela seguiu organizando as tropas, com muita inteligência, e cavalgou à frente delas, com o filho ao colo. Os barões a seguiram, em formação de combate. Seguindo as suas ordens, cavalgaram à procura do inimigo até ao cair da noite, quando penetraram no bosque. O condestável cortou um ramo de árvore e os outros fizeram o mesmo. Cobriram os seus cavalos com essa folhagem e acrescentaram campainhas e chocalhos, tal como o gado pelos pastos. Seguiram cavalgando, com as fileiras comprimidas, rumo ao acampamento inimigo, portando nas mãos ramos frondosos. A rainha avançava corajosamente à frente, com o pequeno rei no colo, exortando os barões com promessas ternas e palavras entusiasmadas, que a seguiam comovidos, prontos para defender seus direitos com bravura. Ao perceberem que estavam bem próximos dos inimigos, pararam em absoluto silêncio.

"Ao despontar do dia, as sentinelas inimigas que viram a cena, começaram a falar: 'Que interessante', diziam algumas, 'ontem à noite não

---

[44] No original, *connétable*, termo que designa o comandante supremo dos exércitos do rei, responsável também por manter a disciplina e organização das tropas. (N. da E.)

havia nenhum bosque, nem árvores sequer, e agora há essa floresta espessa!'. Outras as contradiziam, afirmando que o bosque estivera sempre ali, não havia outra maneira. Era, sem dúvida, um bosque, porque ouviam-se os chocalhos dos animais pastando. Em seguida, enquanto discutiam sem suspeitar do estratagema, os soldados da rainha jogaram os ramos no chão. O que os adversários pensavam ser um bosque, era na verdade cavaleiros armados que se lançavam sobre as sentinelas, sem dar-lhes tempo de empunhar as armas, pois a maioria delas ainda dormia. Eles vasculharam todo o acampamento, matando e aprisionando os inimigos. Foi assim que a habilidade de Fredegunda lhes deu a vitória."

XXIV

Em que se trata da virgem Camila.

"Poderia contar-te muito mais sobre mulheres notáveis, e menos não foi Camila do que as outras sobre as quais já falei. Era filha do rei Metabo, rei dos volscos. A sua mãe morreu durante o parto; pouco depois aconteceu uma rebelião e seu pai, destronado, foi pressionado a exilar-se para salvar a vida. Levou consigo apenas Camila, que amava acima de tudo. Ao se aproximar das margens de um rio largo, que seria preciso atravessá-lo a nado, ele se desesperou porque não sabia como fazer isso com a filha nos braços. Após refletir, arrancou a casca de algumas árvores e confeccionou uma pequena embarcação onde colocou a filha, amarrou-a fortemente ao seu braço com heras, e atravessaram o caudal. Como tinha temor de uma emboscada perpetrada pelos inimigos, refugiou-se nos bosques, onde cervas selvagens amamentaram a sua filha, e a pele de feras lhes servira de abrigo e leito.

"Quando a menina atingiu a adolescência, muito esbelta, passou a caçar com funda e pedras, e era mais veloz que um lebrel. Já adulta, era um prodígio de destreza e coragem. Quando soube pelo pai do mal que ocorreu, causado pelos seus súditos, deixou-o para tomar armas. Em resumo, dir-te-ei que, com a ajuda de alguns familiares, lutou de tal maneira que conseguiu reconquistar o seu país. Combatendo em sangrentas batalhas, levou a cabo proezas que originaram a sua fama. O seu orgulho não permitiu que se casasse. Narram as crônicas que Camila ajudou Turno, quando Eneias invadiu a Itália."

Primeira Parte

XXV

Em que se trata de Berenice, rainha da Capadócia.

"Houve na Capadócia uma rainha chamada Berenice, nobre de sangue e coração, como se esperaria da filha do poderoso rei Mitrídates, que dominou grande parte do Oriente. Era esposa do rei Ariarate e, quando ficou viúva, um irmão do seu esposo declarou-lhe guerra para apoderar-se da Capadócia. Numa batalha, ele matou os sobrinhos, ou seja, filhos de Berenice, que deixou de lado a dor e o temor de mulher para tomar armas e comandar um exército. Empreendeu então um ataque contra o seu cunhado para matá-lo com as próprias mãos, passando sobre corpo dele com o seu carro e obtendo a vitória."

XXVI

Em que se trata da intrépida Clélia.

"Não faltou bravura à nobre Clélia, mesmo que não tenha se tornado ilustre nos campos de batalha. Sucedeu que os romanos concordaram, como garantia de um tratado de paz assinado com um rei inimigo, enviar como reféns a nobre donzela Clélia, junto com outras virgens romanas de alta estirpe. Após sofrer o cativeiro por certo tempo, Clélia rebelou--se, concluindo que era desonroso para a cidade de Roma que tantas mulheres nobres fossem cativas de um rei estrangeiro. Ela armou-se de bravura e engenho, ludibriou com promessas a vigilância, e fugiu com as suas companheiras durante a noite. Chegaram à beira do Tibre, aí encontraram um cavalo pastando e ela, que nunca havia montado, saltou para cima da cavalgadura. Sem medo da profundidade das águas, levou à garupa uma das companheiras e atravessaram o rio. Voltou para buscar as outras, até entregar cada uma aos pais em Roma.

"Os romanos admiraram a intrepidez da donzela, inclusive o rei que a oferecera como refém aplaudiu sua coragem e ousadia. Para lembrar tal feito, os romanos ergueram uma estátua em honra de Clélia, que representava uma donzela cavalgando, e a colocaram no alto de um templo, onde permaneceu por muito tempo.

"Já acabamos as fundações da nossa Cidade. Agora precisamos levantar suas altas muralhas."

Primeira Parte

XXVII

*Em que Christine pergunta a Razão se Deus
alguma vez permitiu que uma inteligência feminina
alcançasse as ciências mais nobres.
Resposta de Razão.*

Após ouvir tais histórias, inquiri a Senhora que me falava: "Na verdade, minha Senhora, Deus concedeu uma força espantosa às mulheres que descrevestes. Mas vos rogo para que me esclareceis se Deus, que dispensou muitos favores ao sexo feminino, não honrou ao conceder a certas mulheres o privilégio da elevada inteligência e o profundo saber, para que a sua mente possa aceder às mais altas ciências. Interessa-me sobremaneira a resposta, porque os homens pensam que as mulheres têm fraca capacidade intelectual".

Ela me respondeu: "Minha filha, tudo o que narrei anteriormente demonstra o contrário do que afirmam, e para demonstrar isso com clareza dar-te-ei mais alguns exemplos. Afirmo mais uma vez, e ninguém há de me contradizer, que se fosse costume enviar as meninas à escola e lhes ensinar metodicamente as ciências, como se faz com os meninos, elas aprenderiam e compreenderiam as dificuldades de todas as artes e ciências tão bem quanto eles. E isso de fato ocorre, pois, como te indiquei há pouco, as mulheres, tendo um corpo mais delicado que o dos homens, mais frágil e menos apto a certas tarefas, têm a inteligência mais viva e penetrante naquilo em que se aplicam".

"O que estais dizendo, minha Senhora? Com todo o respeito, por favor, poderia desenvolver tal ponto? Certamente, os homens não admitiriam que isso é verdade, a não ser que explique com mais limpidez, porque diriam que salta à vista como os homens sabem mais do que as mulheres."

"Por que crês que as mulheres sabem menos?", perguntou-me.

"Não sei, Senhora, tendes de dizer-me."

"É, sem dúvida, porque não têm, como os homens, a experiência de tantas coisas distintas, apenas limitam-se a cuidar do lar, ficam em casa, enquanto não há nada tão instrutivo para alguém dotado de razão como exercitar-se e experimentar coisas variadas."

"Minha Senhora, se a sua mente é capaz de aprender e conceituar como a dos homens, por que as mulheres não aprendem mais?"

"Minha filha", respondeu-me, "porque a sociedade não precisa que elas se ocupem dos assuntos dos homens, e basta-lhes cumprir com as tarefas que lhe forem encarregadas. Em relação à afirmação de que as mulheres sabem menos, que a sua capacidade é inferior, observa os homens que vivem isolados no campo ou num monte, hás de concordar que em muitos locais selvagens os homens são tão toscos de espírito que seriam considerados animais. Não há dúvida de que a Natureza oferecera-lhes os mesmos dons físicos e intelectuais de homens inteligentes e eruditos, conforme encontramos nas cidades. A ausência de estudo explica tudo, o que exclui que nos homens, como nas mulheres, alguns indivíduos sejam mais inteligentes que outros. Para ilustrar a questão da similaridade de inteligência da mulher e do homem, contar-te-ei algo sobre mulheres de grandes capacidades intelectuais que alcançaram um profundo saber."

Primeira Parte

XXVIII

*Em que se começa a citar mulheres
que se tornaram ilustres na ciência,
e, em primeiro lugar, a jovem e nobre Cornifícia.*

"A jovem e nobre Cornifícia frequentou a escola com o seu irmão desde cedo, graças ao fato de seus pais acharem que ambos eram meninos. Possuidora de uma inteligência eminente, aplicara-se ao estudo, começando a provar do fruto do conhecimento. Resultou difícil afastá-la de um prazer que desfrutava cada vez mais, deixando de lado qualquer ocupação feminina. Dedicara-se tanto a isso que chegou a tornar-se uma poeta consumada, mas não brilhava apenas na arte poética, pois pareceu ter sorvido a fonte da filosofia. Queria dominar todas as disciplinas, e conseguiu-o ao ultrapassar o seu irmão, que era um extraordinário e culto poeta.

"Não bastou-lhe o saber poético, dedicou-se a trabalhar com papel e pluma, e escreveu livros que se tornaram famosos. O próprio São Gregório cita-os como muito admirados na época. Num de seus livros, o grande poeta italiano Boccaccio elogia esta mulher com os seguintes termos: 'Oh! Honra a ti, mulher que abandonaste as tarefas femininas para dedicar tua elevada inteligência aos estudos realizados pelos maiores eruditos!'. A propósito das mulheres que duvidam de si mesmas e de suas capacidades, e que se desencorajam, dizendo que não são boas para nada além de afagar os homens, trazer filhos ao mundo e criá-los — como se tivessem nascido em alguma montanha remota, ignorando o que são o bem e a honra —, Boccaccio diz ainda, corroborando a tese que eu vos expunha, que Deus deu a elas — se assim o desejarem — uma bela inteligência para se aplicarem a tudo o que fazem os homens mais renomados e ilustres. Se quiserem estudar, isso lhes é permitido tanto quanto aos homens, e elas podem, através de um trabalho honesto, conquistar fama eterna, assim como aquela que os homens mais destacados se esforçam por alcançar. Minha querida filha, podes ver, então, que o testemunho deste autor, Boccaccio, corrobora tudo o que te disse e como ele louva e aprova o conhecimento das mulheres."

XXIX

Em que se trata de Proba, a romana.

"Proba, a romana, mulher de Adelfo, é outro exemplo a destacar. Era cristã, de elevada inteligência, dedicou-se ao estudo apaixonado, chegando a conhecer à perfeição as sete artes liberais. Ótima poeta, frequentou todas as obras em verso e de maneira especial os poemas de Virgílio, que sabia de memória. Ler muito levou-a a refletir bastante. Sempre se esforçou por penetrar no significado dos textos, o que lhe inspirou engendrar o projeto de pôr em verso as Sagradas Escrituras, retomando a densa e cadenciosa poesia de Virgílio. 'Foi extraordinário que um projeto tão arrojado tenha nascido do cérebro de uma mulher', afirmou Boccaccio, 'porém, mais prodigioso ainda foi que o tivesse concretizado.' Entregando-se por inteiro à tarefa de concluir o seu projeto, esta mulher pôs-se a trabalhar, amparando-se tanto nas *Bucólicas* como nas *Geórgicas* e, por vezes, na *Eneida* (pois estes são os títulos das poesias de Virgílio), e, tomando aqui versos inteiros, ali fragmentos, ela compôs versos completos e bem estruturados, com maestria e habilidade surpreendentes; em seguida, ela os montava, os unia e os entrelaçava, respeitando as convenções, a arte e os metros da poesia latina, sem cometer a menor falha. A obra que ela produziu foi tão magistral que nenhum homem teria sido capaz de igualá-la. O livro começava pela criação do mundo e continuava com os relatos do Antigo e do Novo Testamento, chegando até Pentecostes, quando o Espírito Santo baixou sobre os apóstolos. Tudo isso foi feito com tal concordância com as Escrituras que se poderia pensar que Virgílio tinha sido profeta e também evangelista, se não se soubesse como a obra tinha sido feita.

"'Por tudo isso', disse ainda Boccaccio, 'há que reconhecer e louvar nesta mulher o conhecimento tão profundo das Escrituras, semelhante ao dos grandes teólogos do nosso tempo.' Esta nobre senhora quis batizar sua obra *Centons virgiliens*,[45] e apesar do trabalho exigido para com-

---

[45] Literalmente, "Centos" ou "Centenas virgilianas". O título designa coleções de

Primeira Parte

pô-la, poderia ter ocupado a vida de um homem. Dedicou-se a escrever outros livros dignos de elogios, entre eles um texto resgatado de Homero, chamado também de *Centena*, porque apresentava cem versos. Deduz-se disso tudo que conhecera a literatura grega em profundidade. Como observara Boccaccio, as mulheres deveriam regozijar-se ao ouvirem falar dos trabalhos de senhora tão culta."

versos em latim que reconfiguram trechos da obra de Virgílio, adaptando-os para criar um novo texto, procedimento corrente na época medieval. (N. da E.)

XXX

Em que se trata de Safo,
mulher de grande gênio, poetisa e filósofa.

"Nascida na cidade de Mitilene, a inteligente Safo não foi menos erudita que Proba. Era belíssima de corpo e de rosto, e tudo em suas maneiras, no seu porte, no tom da voz e na forma de falar era doce e espirituoso, mas o encanto que sua inteligência oferecia era superior aos seus dons, porque conheceu várias artes e ciências. A sua cultura não abarcara somente obras alheias, pois escreveu e compôs inúmeros livros de poesia. O poeta Boccaccio fizera louvor a ela, com termos repletos de ternura: 'Em meio a homens rudes e ignorantes, Safo, impelida por sua viva inteligência e seu ardor, frequentou as alturas do monte Parnaso, ou seja, o estudo superior. Sua coragem e audácia fizeram-na ser amada pelas Musas, isto é, pelas artes e as ciências. Assim, ela adentrou naquela floresta cheia de loureiros e árvores de maio, de flores de múltiplas cores, perfumes muito suaves e espécies aromáticas, onde habitam e florescem a gramática, a lógica, a alta retórica, a geometria e a aritmética. Avançou tanto por este caminho que entrou na profunda caverna de Apolo, deus do saber. Ela descobriu as águas impetuosas da fonte Castália; aprendeu a tocar harpa com o plectro, extraindo dela doces melodias, e conduzia as danças com as ninfas, isto é, seguindo os acordes da música e as leis da harmonia'.

"Estas palavras de Boccaccio indicam a profunda ciência de Safo e a grande erudição de suas obras, cujo teor, segundo o testemunho dos Antigos, é tão difícil que até mesmo homens sábios e de viva inteligência têm dificuldade em compreendê-las. Notavelmente escritos e compostos, suas obras e poemas chegaram até nós, e permanecem como modelos de inspiração para poetas e escritores ávidos de perfeição. Safo inventou vários gêneros líricos e poéticos: lais[46] e elegias dolorosas, cânticos de amor

---

[46] "Lais" são poemas narrativos curtos, geralmente rimados, que combinam elementos literários e musicais. Esses poemas medievais abordam temas como o amor cor-

desesperado e outros poemas líricos de inspiração diversa, que foram chamados sáficos pela excelência de sua prosódia. A este respeito, Horácio recorda que, à morte de Platão, esse grande filósofo e mestre de Aristóteles, foi encontrado debaixo de seu travesseiro um volume dos poemas de Safo.

"Em suma, essa mulher se distinguiu tanto por sua sabedoria que sua cidade natal, querendo honrá-la e preservar para sempre sua memória, ergueu e lhe dedicou uma magnífica estátua de bronze feita à sua efígie. E foi assim que Safo foi colocada no mesmo plano dos poetas mais renomados, cuja honra, segundo Boccaccio, não é em nada inferior à das coroas e dos diademas reais, da mitra episcopal ou, ainda, das palmas e coroas de louro da vitória.

"Eu poderia te falar longamente ainda sobre mulheres de grande erudição: a grega Leontiona, por exemplo, foi uma filósofa tão notável que se atreveu a refutar, com argumentação límpida e bem fundamentada, o filósofo Teofrasto, um dos mais ilustres do seu tempo."

tês, aventuras cavaleirescas e, frequentemente, acontecimentos sobrenaturais. Com origem na França, foram especialmente populares durante a Idade Média. (N. da E.)

XXXI

Razão discorre aqui sobre a virgem Mantoa.

"Se as ciências e as letras são acessíveis às mulheres e se encontram ao alcance do seu gênio, hás de ver como as artes também. No antigo culto pagão alguém previa o futuro por meio do voo dos pássaros, das chamas do fogo ou das entranhas de animais mortos. Tal arte divinatória era muito respeitada, cuja mestra soberana foi uma virgem, a filha de Tirésias, o grande sacerdote de Tebas (diríamos hoje em dia 'bispo', e recorda que nas outras religiões os sacerdotes podiam casar-se).

"Tal mulher chamava-se Mantoa, viveu nos tempos de Édipo, rei de Tebas, dominou com as suas extraordinárias aptidões a arte da piromancia, a adivinhação pelo fogo, remontando, segundo alguns, aos caldeus e, segundo outros, havia sido descoberta pelo gigante Nimrod. A verdade é que não houve nenhum homem em sua época que soube discernir o movimento, o som e a cor do fogo, ou interpretar com tanta desenvoltura as veias dos animais, a garganta dos touros e as entranhas de todo gênero de feras. Acreditava-se que, graças à sua arte, podia invocar os espíritos para responderem às suas indagações. Viveu para assistir à ruína de Tebas, devido às contendas entre os filhos de Édipo, seguiu depois para a Ásia, onde mandou erguer um templo a Apolo, que se tornaria famoso. Findou seus dias na Itália. Ali foi venerada de tal maneira que batizaram uma cidade com o seu nome, que ainda existe, Mântua, onde nasceu o poeta Virgílio."

Primeira Parte

XXXII

Em que se trata de Medeia
e de outra rainha chamada Circe.

"Medeia, sobre a qual muito já se escreveu, não era menos familiarizada com tais artes praticadas por Mantoa. Filha de Perseia e Eetes, rei da Cólquida, foi uma mulher muito bela, alta e de rosto formoso, e sua sabedoria se sobrepunha à das outras mulheres. Conhecia as propriedades das ervas e com elas elaborava poções. Nenhuma arte lhe era alheia. Graças aos seus sortilégios, entoando certos versos, sabia como toldar o ar, anuviar o céu e provocar ventania, mover tempestades e redemoinhos, parar os rios, produzir venenos, atear fogo em qualquer coisa. Foi graças aos seus encantamentos que Jasão arrebatou o Velocino de Ouro.

"Além disso, Circe, a rainha de uma ilha próxima da Itália, era tão hábil na arte da magia que graças aos seus festiços conseguia o que queria. Detinha o saber de poções que transformavam homens em qualquer animal selvagem. Assim narra a história de Ulisses. Ao tentar voltar para a Grécia, depois da destruição de Troia, Fortuna conduziu os seus barcos em meio a uma grande tempestade, que levara-os até o porto da ilha de Circe. Ali, o sagaz Ulisses não desembarcou sem a permissão da rainha e enviou uma embaixada dos seus valorosos para saber se era do seu agrado e instância. Circe, pensando que eram inimigos, ofereceu bebida a dez cavaleiros, que se transformaram numa vara de porcos. Ulisses não tardou em ajudá-los, persuadindo-a a devolver à forma humana os seus homens. Diz-se que quando outro príncipe grego, Diomedes, atracou no porto de Circe, a maga transformou-o, ele e seus guerreiros, em pássaros, e continuam assim. São pássaros maiores que o normal, com uma forma insólita. Apesar da sua ferocidade, os habitantes da região os olham com orgulho e os chamam de 'diomedeus'."

XXXIII

Em que Christine pergunta a Razão
se já aconteceu alguma vez de uma mulher
criar uma ciência até então desconhecida.

Eu, Christine, depois de ouvir o discurso de Razão, respondi-lhe nos seguintes termos: "Minha Senhora, vejo claramente que se podem encontrar muitas mulheres instruídas em ciências ou artes, mas pergunto-vos se não conheceis alguma que, por intuição, conhecimento, inteligência ou habilidade, tenha criado por si mesma algumas técnicas novas ou ciências necessárias, boas e úteis, que nunca tivessem sido inventadas ou conhecidas antes. Pois não é muito difícil aprender, seguindo os passos de outrem, uma matéria já estabelecida e reconhecida, mas é algo completamente diferente descobrir por si mesmo uma ciência totalmente nova e original".

Ela me respondeu: "Com certeza a inteligência e a habilidade femininas descobriram um número considerável de ciências e técnicas importantes, tanto nas ciências puras, como atestam seus escritos, quanto no campo das técnicas, como comprovam os trabalhos manuais e os ofícios. Vou agora citar-te alguns exemplos.

"Falarei primeiro da nobre Nicóstrata, que os italianos chamam de Carmenta. Esta senhora era filha de Palas, rei da Arcádia. Possuía uma inteligência notável, e Deus a havia dotado de um saber maravilhoso. Conhecia profundamente a literatura grega; sua linguagem era tão bela e sábia, sua eloquência tão admirável, que os poetas da época imaginaram, nos versos que lhe dedicaram, que ela era amada pelo deus Mercúrio. Diziam do filho que ela teve com seu marido, filho este que também possuía grande saber, que ela o tivera desse deus. Após certos distúrbios ocorridos em seu país, esta mulher emigrou para a Itália com seu filho e um grande número de pessoas. Eles deixaram o país com uma grande frota e subiram o Tibre. Lá, ela desembarcou nas margens do rio e subiu ao topo de uma alta colina, que chamou, em homenagem a seu pai, de monte Palatino. Nessa colina é que foi fundada a cidade de Roma. Ali ela construiu um forte castelo, com a ajuda de seu filho e dos que

Primeira Parte

91

a acompanhavam. Como achava que os habitantes daquela terra viviam como animais, ela escreveu leis ordenando-lhes que se conformassem ao direito e à razão, como é justo. Assim, foi a primeira a promulgar leis nesse país, que depois ganhou tanta fama e de onde surgiu todo o direito escrito.

"Entre os seus muitos talentos, ela possuía especialmente o dom da adivinhação e da profecia. Dessa forma, soube que um dia essa terra se tornaria a mais nobre e célebre do mundo. Pareceu-lhe, então, que seria indigno da grandeza romana, pois esse império estava destinado a reinar sobre o mundo inteiro, usar caracteres de um alfabeto bárbaro e inferior, tomado de empréstimo do estrangeiro. Para melhor revelar aos séculos futuros sua perspicácia e a excelência de seu gênio, ela pôs-se a trabalhar e inventou um alfabeto original, cujos caracteres são muito diferentes dos usados em outros lugares, ou seja, o nosso abecedário, a ordem alfabética latina, a formação das palavras, a distinção entre vogais e consoantes, e todas as bases da gramática. Ela fez com que o povo aprendesse e usasse esse alfabeto, zelando pela difusão de sua descoberta, que não foi de pouca importância nem de pouca autoridade. Devemos ser infinitamente gratos a essa mulher, pois a profundidade dessa ciência, sua grande utilidade e todo o bem que trouxe ao mundo justificam a crença de que nunca houve descoberta mais admirável.

"Os italianos deram-se conta de tal benefício e não se mostraram ingratos a Carmenta. A descoberta pareceu-lhes tão admirável que proclamaram que Nicóstrata não era uma simples mortal, mas uma deusa. Ainda em vida celebraram festas em sua honra e, após sua morte, ergueram, ao pé da colina onde ela havia vivido, um templo que lhe foi dedicado. Para perpetuar a sua memória, designaram várias coisas com o nome da ciência por ela inventada, e deram seu próprio nome a muitas outras; assim, os habitantes dessa terra passaram a se chamar *latinos*, em homenagem à descoberta feita por essa mulher. Como a palavra latina *ita*, que significa *oui* em francês, é a maior afirmação da língua latina, não lhes bastou chamar o seu país de 'terra latina', mas quiseram que todo aquele vasto território com seus domínios e províncias além dos Alpes também levasse o nome de Itália. Do seu nome, Carmenta, provém a palavra latina *carmen*, que significa 'poema', e bem depois da sua morte os romanos nomearam Porta Carmentalis uma das entradas de sua cidade. Por muito que vários imperadores desejassem, os habitantes de Roma nunca quiseram mudar esse nome, que ainda hoje se mantém.

"O que mais queres saber, minha filha? Pode-se dizer algo mais honroso de algum homem nascido de uma mulher? Mas não penses, de modo algum, que ela foi a única mulher no mundo a descobrir diversas ciências independentes."

XXXIV

*Em que se trata de Minerva, que descobriu
várias ciências, assim como a arte de fabricar
armaduras de ferro e de aço.*

"Como escreveste num dos teus livros, Minerva era uma donzela de origem grega, a que deram o nome de Palas. Essa virgem era de uma inteligência tão deslumbrante que os néscios da sua época, por não saber quem eram os seus pais, vendo-a realizar coisas prodigiosas e jamais vistas, acreditavam ser uma deusa que viera do céu. Com efeito, Boccaccio assevera, com sabedoria, que a sua superioridade às de outras mulheres do seu tempo assombrava ainda mais porque as origens da sua família eram desconhecidas. O seu talento e dotes intelectuais não se circunscreviam a um só campo. Graças ao seu gênio, inventou um tipo de escritura que permitira reduzir o número de letras e assim transcrever longas narrativas. Os gregos usam ainda esse engenho, fruto de uma mente requintada. Além disso, descobriu as cifras e o cálculo, como forma de somar com mais rapidez. Nasceu dotada para ciência, de tal maneira que encontrou técnicas ignoradas, em particular, tudo o que se referia à arte de fiar e tecer. Foi a primeira a imaginar como tosar, tratar e cardar a lã das ovelhas, enrolar os fios nas brocas de ferro e por fim fiar com o fuso. Também inventou os teares e a técnica para tecer tecidos finos.

"Além disso, descobriu como extrair o azeite prensando as azeitonas e outros frutos da terra para extrair seu sumo.

"Deve-se a ela também a arte de fabricar carros e carroças para transportar com facilidade, de um lugar a outro, toda espécie de objetos.

"Esta mulher fez ainda mais — coisa de que se poderia justamente admirar, pois não está na natureza de uma mulher refletir sobre tais problemas. Com efeito, foi ela que inventou a técnica do arnês e das armaduras de ferro e aço que cavaleiros e soldados usam na guerra para proteger seus corpos. Ela legou esse conhecimento primeiro aos atenienses, ensinando-lhes também como dispor suas tropas e seus corpos de exército para combater em fileiras ordenadas.

"Além disso, foi ela quem primeiro inventou flautas, pífanos, trompas e outros instrumentos de sopro. Essa mulher, dotada de uma inteligência tão elevada, permaneceu virgem durante toda a sua vida. Por causa dessa castidade exemplar, os poetas contaram em suas fábulas que Vulcano, deus do fogo, por muito tempo lutou contra ela, mas que, ao final, ela o dominou e triunfou sobre ele, o que significa que ela venceu os fogos da concupiscência carnal, que ardem especialmente na juventude. Os atenienses tinham tanta veneração por essa virgem que a adoravam como uma divindade, chamando-a de deusa da guerra e da cavalaria, pois foi ela quem primeiro descobriu a arte da guerra. Também lhe deram o título de deusa da sabedoria, tal era a sua erudição.

"Após a sua morte, os atenienses ergueram um templo em sua honra. Nesse templo, erigiram uma estátua com a efígie de uma virgem, que representava a Sabedoria e a Cavalaria. Essa estátua tinha o olhar implacável e aterrorizante, pois o papel da cavalaria é executar as ordens da Justiça, mas também porque raramente se conhecem as intenções do sábio. Ela usava um elmo, porque o cavaleiro deve ser forte, experimentado e resoluto no campo de batalha, mas também porque os planos do sábio estão sempre envoltos em segredo. Ela estava vestida com uma cota de malha, símbolo do poder que é o da cavalaria, mas que também significava que o sábio está sempre armado contra as vicissitudes da Fortuna, tanto para o bem como para o mal. Ela sustentava uma lança muito longa na mão, porque o cavaleiro deve ser a ponta de lança da Justiça, mas também porque o sábio lança seus dardos de longe.

"Junto ao peito, tinha um escudo de cristal, porque o cavaleiro deve estar sempre alerta e atento em tudo à defesa de seu país e de seu povo, mas isso também significava que, para o sábio, tudo é claro e evidente. No centro desse escudo, estava pintada a cabeça da serpente chamada Górgona, porque o cavaleiro deve ser astuto e vigilante em relação aos seus inimigos, assim como a serpente; isso também queria dizer que o sábio sabe desfazer todas as armadilhas que lhe preparam. Ao lado dessa estátua, como que para vigiá-la, os atenienses colocaram uma coruja, ave noturna, o que significava que o cavaleiro deve estar pronto para defender o Estado tanto de dia quanto de noite, se necessário, mas também que o sábio vigia em todas as horas aquilo que é importante fazer. Por muito tempo, essa mulher foi objeto de grande devoção. Sua fama se espalhou tão longe que lhe dedicaram templos em vários países e, mesmo muito tempo depois, os romanos, no auge de seu poder, a incluíram em seu Panteão."

Primeira Parte

XXXV

Em que se trata da rainha Ceres,
que inventou a arte de lavrar a terra
e muitas outras artes ainda.

"Na mais alta Antiguidade, houve no reino da Sicília uma rainha chamada Ceres. Sua inteligência superior lhe valeu o privilégio de ser a primeira a descobrir a ciência e as técnicas da agricultura, para as quais inventou as ferramentas necessárias. Ela ensinou seus súditos a domar e a amansar os touros para torná-los aptos a arar a terra sob o jugo; inventou o arado e lhes mostrou como cortar e separar a terra com a relha, bem como os outros trabalhos de lavoura. Em seguida, ensinou-lhes a semear o grão, a cobri-lo de terra e, quando ele germinasse e crescesse, mostrou-lhes como cortar os trigais e separar o grão da palha, batendo-o com um cajado. Ela os ensinou também a moer mecanicamente, entre duas pedras duras, e a construir moinhos. Da mesma forma, ensinou-os a preparar a farinha e a fazer o pão. Em suma, essa mulher ensinou aos homens, que haviam se acostumado a viver como bestas, comendo bolotas, trigais selvagens, maçãs e frutas, a consumir uma comida mais digna.

"Ceres fez ainda mais: as pessoas daquela época estavam habituadas a viver como nômades, dispersas pelas florestas e campos como animais; ela as reuniu em comunidades e lhes ensinou a construir casas e cidades onde poderiam viver juntas. Assim terminaram os tempos selvagens, e graças a essa mulher, a humanidade pôde entrar na era da civilização e da razão. Os poetas criaram um mito sobre a filha de Ceres, dizendo que ela foi raptada por Plutão, o deus dos Infernos. Mas a eminência de seu próprio saber e todos os benefícios que havia concedido à humanidade fizeram com que fosse adorada por seus contemporâneos, que a invocavam como a deusa dos cereais."

XXXVI

Em que se trata de Ísis,
que inventou a arte de fazer jardins
e cultivar plantas.

"Mais do que simplesmente rainha do Egito, Ísis também foi chamada de deusa, devido aos seus profundos conhecimentos de agricultura. Os egípcios tinham por ela uma devoção toda especial. Nas obras dos poetas podemos ler sobre o amor que Júpiter sentia por ela, bem como a metamorfose de Ísis em vaca, e como ela recuperou sua forma original. Trata-se de uma alegoria sobre o seu vasto saber, como tu mesmo indicastes no teu livro *L'Epistre Othéa*. Trata-se de uma alegoria sobre o seu vasto saber, como tu mesmo indicastes no teu livro. Ela criou um sistema de escrita simbólica e o ensinou aos egípcios, dando-lhes assim um meio de registrar com concisão o fluxo de suas palavras.

"Ísis era filha de Ínaco, rei dos gregos, e irmã de Foroneu, famoso por sua sabedoria. O acaso fez com que deixasse a Grécia junto com seu irmão e fosse para o Egito, onde ensinou, entre outras coisas, a arte de fazer jardins, cultivar plantas e realizar enxertos entre diferentes espécies. Ela criou e promulgou muitas leis justas e boas; ensinou aos egípcios, que então não tinham fé nem lei e viviam como animais, a viver em sociedade civilizada e a respeitar a justiça. Em suma, ela foi tão engenhosa que lhe dedicaram um culto, tanto em vida como após a sua morte. Sua fama percorreu o mundo; foram-lhe erguidos templos e capelas em toda parte. Os romanos, em particular, no auge de seu poder, dedicaram-lhe um templo, onde faziam oferendas e celebravam seus mistérios conforme o rito egípcio.

"O esposo dessa nobre dama chamava-se Ápis. Os pagãos diziam erroneamente que ele era filho de Júpiter e Níobe, mas esta era filha de Foroneu, como testemunham muitos relatos e poemas antigos."

Primeira Parte

XXXVII

Em que se trata de todos os benefícios
que essas mulheres trouxeram ao mundo.

"O que acabo de vos ouvir discorrer, minha Senhora, deixa-me deveras admirada. Tantas benesses propiciadas ao mundo graças à inteligência das mulheres! Porém, os homens afirmam que o saber feminino não tem valor, é um assunto para ouvir quando há alguma necessidade: 'Uma mulher que tinha de ser a ideal!'. Em resumo, a opinião geral dos homens é que as mulheres nunca serviram para outra coisa senão para trazer mais filhos e fiar a lã."

"Eis a ingratidão de quem fala só de si. Tão ingratos como aqueles que vivem do bem alheio, como não sabem de onde vem o dinheiro, não lhes ocorre agradecer a alguém. Agora hás de compreender como Deus, que não faz nada que não seja razoável, quisera mostrar aos homens não ter em menor estima o sexo feminino do que ao oposto. Ficara satisfeito em conceder às mulheres tantas capacidades intelectuais, que a sua inteligência não é só suscetível de compreender e assimilar as ciências, mas também inventar outras novas e com tal proveito para a humanidade que seria difícil encontrar outras mais úteis. Lembra o exemplo de Carmenta, sobre a qual falamos anteriormente. Ela inventara o alfabeto latino e Deus mostrara-se tão favorável a tal descoberta que seu uso expandira-se para várias partes, quase abafando a fama da escritura hebraica e da grega, que tanta importância tiveram antes. A Europa quase inteira — quer dizer, grande parte dos países do mundo — utiliza-o, e com os mesmos caracteres escreveram-se uma quantidade infinita de textos de todas as disciplinas em que tanto brilha a memória dos feitos dos homens como a glória divina, as artes e a ciência. Não serei acusada de ser parcial, porque retomo Boccaccio, cuja autoridade é indiscutível.

"Assim, pode estar certa de que o bem realizado por Carmenta é enorme, porque graças a ela os homens, mesmo não aceitando reconhecer isso, passaram da ignorância à sapiência. Também graças a ela possuem o meio de enviar, tão longe como queiram, os seus mais secretos pensamentos, comunicar a quem quiserem tudo o que desejam. Da mesma maneira, podem conhecer o passado e o presente, inclusive algo do futuro. Graças à descoberta dessa mulher, os homens podem concluir acordos e estabelecer amizades com pessoas que vivem distante, sem jamais se terem visto alguma vez, e até manter correspondência para se conhecerem. Em resumo, não se consegue mensurar todo o bem que devemos à escrita e aos livros e quantas coisas descrevem e permitem conhecer e compreender: Deus, o céu, a terra, o mar, os seres e as coisas do universo. Agora pergunto-te: houve porventura algum homem ao qual se deva tanto?"

Primeira Parte

XXXVIII

Em que se retoma o mesmo assunto.

"Da mesma forma, houve sequer alguma vez um homem que tenha feito mais pela humanidade do que a nobre rainha Ceres, de quem te falei há pouco? Pode-se alcançar fama mais honrosa do que ter conduzido homens bárbaros e nômades, que habitavam nas profundezas das florestas, sem fé nem lei, como feras selvagens, a povoar cidades e vilas onde vivem no respeito às leis? Ela lhes providenciou, além disso, um alimento melhor do que bolotas e maçãs silvestres, a saber, o trigo e o centeio, alimentos que tornam o corpo humano mais belo, o rosto mais radiante, os membros mais fortes e ágeis, pois são alimentos mais substanciais e mais adequados às necessidades da espécie humana. O que há de mais digno do que valorizar uma terra cheia de cardos, arbustos espinhosos e árvores bravas? O que há de mais digno do que arar essa terra, semeá-la e fazer, para o bem comum e público, de um campo selvagem uma terra franca e cultivada? A natureza humana foi enriquecida, dessa maneira, por essa mulher que a conduziu da barbárie selvagem a uma sociedade civilizada, retirando das trevas da ignorância as mentes desses nômades preguiçosos para elevá-las às formas mais altas de pensamento e às ocupações mais nobres. Foi ela quem designou certos homens para fazer os trabalhos dos campos, garantindo assim o povoamento das cidades e vilas e a alimentação daqueles que se dedicam aos outros trabalhos necessários à vida.

"O mesmo pode se dizer de Ísis em relação aos vários cultivos. Quem poderia mensurar os benefícios que proporcionou à humanidade ao dar ao mundo um método de enxerto nas árvores frutíferas e o cultivo de plantas e espécies adequadas à alimentação humana?

"E Minerva também, querida Christine! É graças ao seu engenho que a humanidade desfruta de tantas coisas tão necessárias! Andava-se vestido com peles de animais, e ela deu as roupas de lã; transportavam-se os bens de um lugar a outro nos braços, e ela inventou a arte de fazer carroças e carruagens, aliviando a humanidade desse fardo; ela ensinou aos nobres cavaleiros a arte de fabricar cota de malha, para que seus corpos estivessem mais bem protegidos na guerra; era uma armadura muito mais bela, mais sólida e mais nobre do que aquela que eles tinham antes e que era feita apenas de couro!"

Então eu lhe disse: "Ah! Minha Senhora! Ao vos ouvir, percebo mais do que nunca quão grande é a ignorância e a ingratidão de todos esses homens que tanto difamam as mulheres! Eu já pensava que lhes bastasse, para conterem suas línguas más, terem todos eles tido uma mãe e conhecerem cada um os benefícios evidentes que as mulheres habitualmente fazem aos homens, mas vejo agora que elas verdadeiramente os cobriram de bênçãos e continuam a lhes prodigalizar dádivas. Que se calem, pois! Que se calem daqui por diante, esses clérigos que difamam as mulheres! Que se calem, todos os seus cúmplices e aliados que falam mal delas ou que as mencionam em seus escritos ou poemas! Que baixem os olhos de vergonha por terem ousado mentir tanto em seus livros, quando se vê que a verdade contradiz o que eles dizem, uma vez que a nobre Carmenta foi para eles uma mestra — isso eles não podem negar —, e que receberam de sua alta inteligência a lição de que tanto se honram e se orgulham, quero dizer, a nobre escrita latina.

"Mas o que dizem os nobres e os cavaleiros? Pois muitos deles difamam categoricamente as mulheres, o que, no entanto, é sancionado pelo direito. Que contenham, daqui por diante, suas línguas, sabendo que é a uma mulher que devem o uso da armadura, a arte do combate e da batalha campal, essa arte das armas da qual tanto se orgulham e tiram tanta glória. E, em geral, quando se vê que os homens vivem de pão e habitam em cidades civilizadas sujeitas ao direito civil, quando cultivam os campos, pode-se permitir, diante de tantos benefícios, condenar e desprezar as mulheres a tal ponto, pois muitos o fazem? Certamente não! Pois são as mulheres, isto é, Minerva, Ceres e Ísis, que lhes trouxeram todas essas coisas úteis que eles utilizam livremente durante toda a vida, coisas que os sustentam, e das quais viverão para sempre. São insignificantes, essas coisas? De modo algum, minha Senhora, e me parece que a filosofia de Aristóteles, que, no entanto, foi tão útil ao espírito humano e é tão valorizada — com razão, aliás —, assim como todos os outros filósofos que existiram, não trouxe nem jamais trará tantos benefícios à humanidade quanto as invenções provenientes do engenho dessas mulheres."

Ela me respondeu: "Essas não foram as únicas: houve muitas outras, das quais eu citarei algumas".

Primeira Parte

XXXIX

Em que se trata da jovem Aracne,
que descobriu a maneira de tingir a lã
e inventou a tapeçaria de alto liço,
assim como a arte de cultivar o linho e tecê-lo.

"Como te dizia, não só pela mediação daquelas mulheres Deus supriu a humanidade de artes nobres, mas o talento criativo resplandeceu noutras, tal como a jovem Aracne, que viera da Ásia e era filha de Idmon de Cólofon. O seu engenho foi espantoso: engendrara o procedimento para tingir as meadas de lã com distintas cores, e assim tecer tapetes como se fosse pintar, graças à técnica do pente que dividia os fios. Era muito hábil na arte de tecer, e isso é narrado na fábula sobre a sua cizânia com Palas, que por despeito transformara-a numa aranha.

"Essa mulher descobriu uma das artes mais benéficas, assim como a arte de cultivar e colher o linho e o cânhamo, como deixá-los hidratar na água, esmagá-los para separar a fibra, cardá-los, por fim, girar a roca e tecer. Atrevo-me a afirmar que tais técnicas foram indispensáveis para a humanidade, embora existam homens que desprezam as mulheres por praticarem tais artes. Devemos, também, a Aracne a invenção das redes de pescar, os laços e armadilhas para os cervos e outros animais de maior porte, tal como os engodos para apanhar pássaros, coelhos e lebres, técnicas que antes eram desconhecidas. Parece-me que não foi pouco o trabalho realizado por essa mulher em prol da humanidade, provendo-lhe as artes da caça e da pesca, tão aprazíveis como benéficas.

"É verdade que alguns autores, e notadamente o poeta Boccaccio, de quem extraímos nosso relato, consideram que era uma época mais feliz do que a nossa quando se vivia de bagas e bolotas e se andava vestido simplesmente com peles de animais, ignorando todas essas técnicas que nos permitem viver mais confortavelmente. Mas afirmo, por minha parte, que quanto mais Deus derrama sobre a espécie humana dons, presentes e benefícios, maior é a nossa obrigação de servir ao Criador, a despeito de Boccaccio e de outros que sustentam que a descoberta dessas técnicas que asseguram o bem-estar e uma melhor alimentação para o corpo humano prejudicou a existência humana. Pois, se se faz mau uso dos bens que Deus concedeu à humanidade — que ele fez para o benefício de homens e mulheres, para que todos os usassem sabiamente e de maneira correta —, é por causa da maldade e perversidade daqueles que os utilizam mal. De fato, é bom aproveitar e fazer um uso honesto dessas coisas que são em si mesmas excelentes e salutares. O próprio Jesus Cristo nos deu o exemplo: ele usou pão, vinho, peixes, vestes, cores, linho e todas essas coisas indispensáveis, o que ele não teria feito se fosse melhor viver de bolotas e bagas. Ele prestou uma grande homenagem à arte de Ceres, isto é, ao pão, pois lhe aprouve dar, no rito da comunhão, o seu glorioso corpo aos homens e às mulheres sob as espécies do pão."

XL

Em que se trata de Pânfila,
que foi a primeira a ter a ideia
de colher a seda dos bichos-da-seda,
tingi-la e transformá-la em tecido.

"Entre as artes nobres e úteis descobertas por mulheres, não se deve esquecer aquela descoberta pela nobre Pânfila, nascida no país da Grécia. O excepcional engenho dessa mulher manifestou-se em diversos campos. Gostava tanto de pesquisar e investigar fenômenos curiosos que foi a primeira a descobrir a arte da seda. Dotada de uma imaginação viva e de uma grande capacidade de reflexão, observou os bichos que produzem naturalmente a seda nos galhos das árvores de seu país. Recolheu os casulos feitos por esses bichos, que lhe pareciam muito belos, e juntou seus fios. Em seguida, testou diversas tinturas para ver se o fio tomaria uma cor bonita. Ao terminar as experiências, percebeu que resultara muito bem e decidiu tecer com ele um tecido. Assim, graças à descoberta dessa mulher, o mundo foi enriquecido com algo muito belo e muito útil, cujo uso se espalhou por toda parte, pois, para maior glória do Senhor, é de seda que são feitas as vestes sacerdotais; ela é ainda usada para as alvas e casulas que os prelados portam durante o ofício divino, para os imperadores, reis e príncipes; em certas regiões, até mesmo o povo a utiliza com exclusão de qualquer outro tecido, pois os bichos-da-seda ali abundam e não se encontra lã."

XLI

*Em que se trata de Timarete,
mestra incontestável na arte da pintura;
de Irene, outra pintora, e de Márcia, a romana.*

"Que poderia eu dizer ainda para te convencer de que as mulheres aprendem facilmente as ciências puras e que podem também inventá-las? Mas o mesmo ocorre com as artes manuais, pois vos asseguro que elas podem executá-las muito facilmente e com grande habilidade, e que as praticam com êxito quando as aprendem. Temos o exemplo de Timarete, cujo talento na arte e na técnica da pintura fez dela a maior pintora do seu tempo. Boccaccio nos conta que ela era filha do pintor Mícon e que nasceu na época da nonagésima olimpíada. Chamava-se então 'olimpíada' um dia de festa solene em que se praticavam diversos jogos: concedia-se a quem vencesse tudo o que pedisse, contanto que fosse algo razoável. Esses jogos e festas eram realizados em honra do deus Júpiter. Celebravam-se de seis em seis anos, com quatro anos inteiros entre duas olimpíadas. Hércules foi o fundador dessa festa. A celebração da primeira olimpíada marca o início do calendário grego, assim como o nascimento de Cristo para os cristãos.

"Timarete abandonou todas as ocupações normais das mulheres para dedicar-se à arte de seu pai, com grande engenho e arte. Sua fama era tão grande que, quando Arquelau reinava sobre os macedônios, os efésios, adoradores de Diana, pediram-lhe que pintasse um magnífico quadro com a efígie da deusa. Eles conservaram esse quadro com a veneração devida ao mais perfeito dos mestres e só o expunham aos olhares durante a festa solene da deusa. Essa pintura sobreviveu por muito tempo, testemunhando o gênio dessa mulher, de modo que ainda hoje se fala de seu talento.

"Outra grega, de nome Irene, alcançou tal maestria na arte da pintura que também pôde superar todos os pintores de seu tempo. Ela foi aluna do pintor Cratevas, que era um mestre consumado, mas ela tinha um talento tão grande e aplicou-se tanto à sua arte que adquiriu uma superioridade incontestável sobre ele. As pessoas da época consideraram-

-na um prodígio tão grande que fizeram uma estátua em sua honra, representando uma jovem mulher a pintar; colocaram-na entre as estátuas daqueles que, antes dela, haviam realizado obras-primas. Com efeito, era costume entre os antigos homenagear aqueles que se destacavam em algum domínio — seja no saber, na força, na beleza ou em algum outro talento — e perpetuar sua memória entre os homens erigindo-lhes estátuas em lugares notáveis e apropriados.

"Outro grande talento na arte da pintura foi Márcia, a romana, uma virgem nobre e virtuosa, de costumes irrepreensíveis! Ela trabalhou com tanto engenho e excelência que superou todos os homens, incluindo Dionísio e Sopolino, considerados então os melhores pintores do mundo. A acreditar nos mestres, ela atingiu o ápice de tudo o que se pode saber nessa arte. Como desejava que o mundo se lembrasse dela, fez, entre suas obras mais célebres, um extraordinário quadro no qual, utilizando um espelho, executou seu próprio retrato, e isso com tal perfeição que todos tinham a impressão de vê-la respirar. Esse quadro foi por muito tempo conservado como um tesouro e assinalado aos artistas como uma maravilha de beleza."

"Senhora", disse-lhe eu, "tais exemplos demonstram que os Antigos tinham mais admiração pelas ciências e honravam melhor a cultura do que nós. A propósito de mulheres com talento para a pintura, conheço eu mesma uma certa Anastásia cujo talento para os enquadramentos e bordaduras de iluminuras e para as paisagens das miniaturas é tão grande que não se poderia citar em toda a cidade de Paris, onde vivem os melhores artistas do mundo, um único que a supere. Ninguém executa melhor que ela os temas florais e ornatos dos manuscritos, e como há uma grande admiração pelo seu trabalho, sempre encomendam-lhe ilustrações de livros raros. Sei, por experiência, porque ela pintou para mim certas miniaturas que, conforme a opinião unânime, são ainda mais belas que as dos grandes mestres."

Ela me respondeu: "Creio em ti, minha cara Christine. Encontrar-se-iam muitas mulheres superiores em todo o mundo se alguém se desse ao trabalho de procurá-las. Agora veremos isso com o exemplo de outra romana".

XLII

Em que se trata de Semprônia, a romana.

"Semprônia, a romana, foi uma mulher deslumbrante. A mais bela de corpo e semblante de todas as mulheres da sua época, distinguia-se ainda mais pelas suas capacidades intelectuais. Não havia nada tão sutil ou complexo que não pudesse reter, por mais difícil que fosse. Possuía tal capacidade de memória que conseguia repetir até as narrativas mais longas. Conhecia não só o latim como também o grego, e escrevia à perfeição, deslumbrando todos.

"Além disso, seu modo de falar, sua expressão, seu estilo eram tão belos, agradáveis e justos que, com sua eloquência, ela era capaz de conquistar qualquer pessoa. Se quisesse que alguém se divertisse, não havia quem, por mais triste que fosse, ela não pudesse conduzir à alegria e ao contentamento; mas também podia provocar em quem quisesse a melancolia, as lágrimas e a tristeza. Ela podia, se assim o desejasse, despertar a coragem naqueles que a ouviam para que empreendessem tarefas arriscadas. Com tudo isso, seus modos de falar e de se portar eram tão doces e corteses que ninguém se cansava do prazer de vê-la e ouvi-la. Sua voz era melodiosa, ela tocava admiravelmente bem todos os instrumentos de cordas e vencia todos os concursos. Em resumo, era extremamente habilidosa e engenhosa em todos os campos do espírito."

Primeira Parte

XLIII

*Em que Christine pergunta a Razão
se a Natureza dotou a mulher de discernimento,
e a resposta de Razão.*

Eu, Christine, retomei a palavra: "Minha Senhora, vejo bem que é verdade que Deus — louvado seja! — deu ao espírito feminino discernimento suficiente para compreender, conhecer e reter todas as coisas nos múltiplos campos do saber. Não é raro encontrar pessoas cuja vivacidade de espírito lhes permite compreender e entender tudo o que lhes é ensinado, e que possuem tamanha facilidade que tudo está ao seu alcance e nenhuma ciência lhes é inacessível; basta que se dediquem ao estudo para alcançar um grande saber. E, no entanto, veem-se muitos clérigos bem instruídos, e mesmo alguns dos mais célebres, que carecem de discernimento em sua conduta e na sua vida privada, o que me causa grande espanto. Pois é indubitável que as ciências formam os costumes e ensinam a viver com sensatez. Por isso, ficaria grata, minha Senhora, se quiserdes me responder se o espírito feminino é capaz de julgamento e discernimento, pois agora sei, pelos vossos exemplos e por minha própria experiência, que as mulheres podem reter as coisas mais difíceis, tanto nas ciências como em outros domínios. Contudo, podem elas decidir o que deve ou não ser feito? Aprendem pela experiência, julgando sua conduta presente pela lembrança que têm das coisas passadas? A condução dos assuntos do momento pode torná-las sábias em relação ao futuro? Pois essas são, ao que me parece, coisas que dependem da capacidade de julgar".

Ela me respondeu: "Dizes bem, minha filha. Mas deves saber que o juízo a que aludes é um dom que a Natureza concede tanto aos homens quanto às mulheres, a uns mais do que a outros. Ele não vem absolutamente do saber, embora este o aperfeiçoe naqueles que, naturalmente, são dotados dele. Pois sabes que duas forças unidas são mais poderosas e eficazes do que cada uma delas isoladamente. Por isso, ouso afirmar que se uma pessoa possui naturalmente esse discernimento que chamamos de bom senso e, além disso, o saber adquirido, então ela merece verdadeiramente a palma da excelência. Mas, como tu mesmo disseste, possuir um não significa possuir o outro, pois um é uma disposição natural concedida por Deus, e o outro é obtido ao custo de longos estudos. Ambos, contudo, são bons.

"Entretanto, alguns prefeririam o bom senso sem o saber livresco do que um grande saber livresco acompanhado de pouco bom senso. Pode-se formular muitas opiniões sobre esta proposição que levanta vários problemas. Pois seria preciso admitir que é de longe preferível aquele que mais contribui para o bem geral de todos, e é um fato que um indivíduo instruído é mais útil à coletividade pelo saber que pode difundir do que por todo o bom senso que possa ter. A capacidade de julgamento dura apenas o tempo de uma vida; quando uma pessoa morre, seu bom senso morre com ela. Mas aqueles que, pelo contrário, aprenderam as ciências, poderão gozar delas eternamente, uma vez que estas lhes garantem a celebridade. Muitas outras pessoas também tirarão proveito disso, porque aqueles que sabem podem ensinar e escrever livros para as gerações futuras. Assim, seu saber não morre com eles, como te mostram os exemplos de Aristóteles e de outros que legaram seus conhecimentos ao mundo; o saber que eles acumularam é mais útil à humanidade do que todo o bom senso desprovido de conhecimento de todos os vivos e de todos os que já existiram — mesmo que seja verdade que muitos reinos e impérios foram governados e dirigidos com êxito pela prudência e o discernimento. No entanto, todas essas coisas são efêmeras e desaparecem com o tempo, enquanto a ciência, que é eterna, permanece.

"Mas deixarei essas questões em suspenso para que outros continuem a debatê-las, já que não dizem respeito à construção da nossa Cidade. Retorno ao que me perguntaste, isto é, se a mulher é dotada naturalmente da capacidade de juízo. Respondo afirmativamente. Deverias saber por tudo o que já falei, mas podes também perceber pela maneira como, de modo geral, elas cumprem as tarefas que lhes são confiadas. Observa bem: verás que todas — ou pelo menos a maioria delas — são cuidadosas, atentas e diligentes na condução do lar, ocupando-se de tudo conforme suas possibilidades, a tal ponto que, por vezes, isso incomoda alguns maridos negligentes, que acham que elas querem demais dirigi-los e que insistem demais para que eles cumpram suas próprias tarefas, dizendo que elas se creem mais sábias que eles e querem dominá-los. É assim que eles retribuem com mal o bem que muitas mulheres se esforçam em fazer. É dessas mulheres de bom discernimento que se fala na epístola de Salomão, cujo teor irei agora resumir."

Primeira Parte

XLIV

A epístola de Salomão no Livro dos Provérbios.

"O marido que encontrar uma mulher forte, ou seja, previdente, jamais carecerá de bens. Seu renome é grande em todo o país; seu marido confia nela. Pois ela lhe proporciona bens e prosperidade todos os dias de sua vida. Ela procura e adquire lã, quer dizer, dá trabalho às suas servas para que se dediquem a tarefas úteis; ela abastece sua casa, entregando-se ela mesma ativamente às tarefas de trabalho. Ela é como um navio mercante que traz o pão e os bens. Ela recompensa aqueles que merecem e os abriga na sua intimidade. Em sua casa há abundância de alimentos, até mesmo para as servas. Ela investiga o valor de um terreno antes de comprá-lo; com o fruto de seu discernimento, ela planta a vinha que enriquece sua casa. Corajosa e resoluta, ela se revestiu de força e determinação, e firmou seus braços por meio de trabalhos incessantes e úteis. A lâmpada de seu labor nunca se apaga, nem mesmo no coração da noite. Dedicando-se às tarefas mais nobres, ela não descuida dos trabalhos femininos, mas neles participa ativamente. Ela estende a mão aos pobres e necessitados para lhes prestar auxílio. Previdente, ela não teme nem a neve nem o frio em sua casa, e aqueles sob seus cuidados estão vestidos com grossas vestes. Ela se veste de seda e púrpura, de honra e nobre fama. Com assento na primeira fila ao lado dos anciãos do país, seu marido é honrado. Ela fabrica tecidos de linho fino e os vende, sendo revestida de força e glória. Sua alegria permanecerá eterna. Sua boca espalha palavras de sabedoria, e a doçura governa sua língua. Ela cuida das provisões da casa e não come o pão da preguiça. Pelos modos de seus filhos vê-se quem é a mãe, e as ações deles a fazem feliz. A boa aparência de seu marido lhe rende elogios. Embora não sejam mais crianças, ela reina em todas as coisas sobre suas filhas. Ela despreza a glória ilusória e a beleza vazia. Uma tal mulher, que teme ao Senhor, será louvada; ele a recompensará com o fruto de suas obras, que a louvam em todos os lugares."

XLV

Em que se trata de Gaia Cecília.

"Quanto ao discernimento feminino exaltado na epístola de Salomão, pode-se também recordar o exemplo da nobre rainha Gaia Cecília. Ela era romana ou toscana, e foi esposa de Tarquínio, rei dos romanos. Conduziu-se com o maior discernimento; além de seu bom senso, foi virtuosa, leal e bondosa. Era renomada entre todas as mulheres pela excelente administração de seu lar e por sua notável prudência. Mesmo sendo rainha, não se furtava aos trabalhos manuais, tamanha era sua vontade de ser útil em todos os momentos. Evitando o ócio, estava sempre ocupada com algum trabalho e, além disso, obrigava todas as damas e jovens de sua comitiva a fazerem o mesmo. Sabia selecionar as diferentes qualidades de lã para fazer tecidos finos ou comuns; dedicava seu tempo a isso, o que era, na época, uma ocupação muito nobre. E foi assim que esta nobre mulher mereceu ser louvada, honrada, estimada e admirada por todos. Mais tarde, os romanos lograram um império muito mais forte do que no tempo em que ela vivia, mas mantiveram o costume estabelecido em honra à sua memória. Pois nos casamentos de suas filhas, quando a noiva cruzava o limiar da casa do esposo, perguntavam-lhe qual seria dali em diante o seu nome, e ela respondia 'Gaia', querendo com isso dar a entender que desejava imitar, tanto quanto possível, a conduta e os atos dessa mulher."

Primeira Parte

XLVI

*Em que se trata do discernimento e da sabedoria
da rainha Dido.*

"Como disseste, o juízo é a faculdade de refletir sobre o que se deseja empreender, a fim de levar a bom porto. Para que vejas até que ponto as mulheres dão provas de grande discernimento nas tarefas mais elevadas, eis aqui vários exemplos de mulheres que exerceram o poder político. Começaremos com Dido, também chamada de Elisa, que demonstrou o poder do seu juízo, e agora hei de o relatar. Fundou e mandou construir em terras africanas uma cidade chamada Cartago, da qual foi a rainha. A maneira pela qual tomou posse da terra e manteve a cidade tornou patente a sua capacidade de decisão, nobreza e valor, qualidades sem as quais a prudência não serviria. Dido descendia dos fenícios, que abandonaram as terras distantes do Egito para fundar, na Síria, numerosas cidades fantásticas. A este povo pertencera o rei Agenor, de cuja linhagem vinha o pai de Dido, o rei Belos, que conquistou o reino de Chipre. Ele teve por única descendência masculina o filho chamado Pigmalião, e a filha Dido.

"Ao aproximar-se a morte, recomendou que os seus barões servissem, com lealdade e afeto, aos seus dois filhos, e assim os fizera prometer. Morto o rei, coroaram Pigmalião e sua filha se casou com o chefe que mais poder detivera no país, depois do monarca. Chamava-se Acerbas Siqueu, mais conhecido como Siqueu. Grande sacerdote do templo de Hércules, era imensamente rico. Siqueu e Dido amavam-se e levaram uma vida feliz, mas o rei Pigmalião era perverso e de uma ambição sem limites. Como sua irmã sabia que isso seria perigoso para o seu marido, cujas riquezas eram segredo, aconselhara-o a desconfiar do rei e manter seus bens a salvo. Siqueu seguiu o seu conselho, mas descuidou-se da própria proteção contra a perseguição do rei, como lhe recomendara Elisa, e um dia Pigmalião assassinou-o para se apoderar do seu tesouro. Abatida pela morte do esposo, Dido chegou a pensar em morrer. Sob a imensa dor, maldizia o irmão. Pigmalião encontrou apenas uma parte das riquezas e, ao ver-se enganado, passou a odiar a irmã, com a suspeita de que ela ocultara o tesouro.

"Vendo que sua vida corria perigo, o bom senso aconselhou esta mulher a abandonar o país. Após tomar tal decisão, armou-se de coragem e refletiu sobre o melhor modo de realizar esse intento. Tinha consciência de que o rei, devido aos seus crimes e imposições, não era benquisto pelos seus barões, nem pelo povo. Convocou então os príncipes, alguns burgueses e pessoas do povo. Fez com que jurassem guardar segredo, e expôs-lhes o seu plano com tanta eloquência que todos se comprometeram a acompanhá-la no exílio, jurando fidelidade e lealdade.

"De imediato, e com toda discrição, mandou armar um navio e partiu à noite, acompanhada por inúmeros súditos. Ordenou à tripulação que desempenhasse suas tarefas o mais depressa possível. Levara suas imensas riquezas e, cônscia de que seu irmão a procuraria quando soubesse de sua partida, com grande astúcia engendrou um estratagema. Mandou encher grandes arcas e baús com coisas pesadas e sem valor, para fazer crer que guardavam o seu tesouro. Sabia que se os entregasse aos perseguidores enviados pelo irmão poderia seguir viagem. Assim aconteceu. Enquanto continuavam com o plano, surgiu um contingente armado, enviado pelo rei. Dirigiu-se então a eles com desenvoltura, pediu-lhes que a deixassem prosseguir, mas, percebendo que não queriam permiti-lo, propôs ceder-lhes o tesouro, sabendo que essa era a intenção de seu irmão. Aceitaram, convencidos de que assim apaziguariam o rei. Com o rosto profundamente triste, fez com que entregassem as arcas e os baús. Cientes de que fizeram a coisa certa, após carregar seus barcos, os enviados do rei regressaram céleres, para dar a boa-nova ao rei.

"Sem protestar, a rainha retomou a sua rota. Navegaram de dia e à noite, atracando em Chipre para reabastecer. Após oferecer um sacrifício aos deuses, regressou ao navio, levando consigo o sacerdote de Júpiter e sua família. O sacerdote sabia, através das artes divinatórias, que uma mulher chegaria de terra fenícia e que ele abandonaria o seu país para acompanhá-la. Deixando para trás Creta, navegaram rumo à Sicília, bordejando a costa de Massília até atingirem a África, e aí desembarcaram.

"Ao vislumbrarem o navio, os habitantes correram ao encontro dos tripulantes. Como perceberam que a senhora e seu séquito vinham em paz, ofereceram-lhes víveres. Dido falou-lhes com extrema cortesia, disse-lhes que ouvira falar muito bem sobre aquele país, e por isso decidira viver aí, desde que estivessem de acordo. Aceitaram sem delongas. Como

Primeira Parte

113

quis demonstrar que pretendia ocupar muitas terras e estabelecer uma colônia, a senhora propôs que lhe vendessem tanta terra quanto fosse possível preencher na pele de um boi, e aí acampar com a sua gente. Acataram a proposta, redigiram um contrato e juraram respeitá-lo. Vê-se aí o engenho e a astúcia dessa mulher. Instruiu que cortassem o couro de um boi em tiras finíssimas e fossem atando-as, enquanto acompanhavam o litoral, como se se tratasse de uma cerca, e apropriou-se de muitas terras. Os vendedores ficaram assombrados perante tal habilidade e não tiveram outra saída senão respeitar as condições do que fora tratado.

"Foi assim que ela obteve suas terras na África. No terreno cercado encontrou uma cabeça de cavalo e isso, junto com outros augúrios, como o voo e o grasnido de pássaros, pressagiou que os habitantes da futura cidade viriam a ser bravos conquistadores e hábeis na arte militar. A senhora ordenou que trouxessem trabalhadores e, sem poupar gastos, ergueu uma grande cidade, bela e poderosa, que batizou de Cartago, enquanto à grande torre da cidadela deu o nome de Birsa, ou seja, 'pele de boi'.

"Ela mal tinha começado a erguer as construções da cidade quando recebeu a notícia de que seu irmão se preparava para atacá-la — ela e todos que a haviam acompanhado —, julgando-se enganado e afrontado com relação ao tesouro. Mas ela respondeu aos seus emissários que de fato havia entregado aos outros o tesouro para ser remetido ao irmão; aqueles que o haviam levado poderiam muito bem tê-lo roubado, colocando outra coisa em seu lugar; ou talvez os deuses quisessem, sem dúvida, punir seu irmão pelo crime que ele cometera ao mandar assassinar o marido dela; por isso teriam metamorfoseado seus bens, de modo que não pudesse deles desfrutar. Quanto à ameaça de guerra, ela saberia muito bem, com a ajuda dos deuses, defender-se. Então, convocou todos os que a haviam acompanhado e lhes disse que não queria que ficassem com ela contra sua vontade, nem que por sua causa sofressem qualquer prejuízo. Propôs-lhes, então, que partissem se assim desejassem; àqueles que quisessem deixá-la, e mesmo se todos o quisessem, ela estava pronta a restituir o fruto de seu trabalho e a deixá-los partir. Eles responderam com uma só voz que viveriam ou morreriam com ela, sem jamais abandoná-la, nem por um único dia de suas vidas.

"Os emissários partiram, e a senhora apressou-se em concluir sua cidade o mais rápido possível. Terminadas as construções, promulgou leis e ordens para que o povo pudesse viver segundo o direito e a justiça. Ela se destacou tanto por sua conduta e pela excelência de seu julgamento que sua fama correu todos os cantos; no mundo inteiro, não se falava de outra coisa além dela. Seu valor extraordinário, sua audácia, o brilho de suas ações e a sabedoria de sua política fizeram com que mudassem seu nome para chamá-la de 'Dido', equivalente ao termo latino *virago*, ou seja, 'aquela que possui a coragem e a determinação de um homem'. Durante muito tempo, viveu na glória. E teria continuado a viver assim, se a Fortuna — sempre ciumenta daqueles que prosperam — não se voltasse contra ela. Pois, ao final, de fato, preparou-lhe uma amarga poção, como te será contado no tempo e no lugar devidos."

XLVII

Em que se trata de Opis, rainha de Creta.

"Opis, ou Ops, chamada deusa e mãe de deuses, foi na aurora dos tempos célebre por seu discernimento, pois narram os mitos antigos que ela deu prova de constância e determinação em face da sorte, feliz ou adversa, com que se deparou ao longo de toda a sua vida. Era filha de Urano, homem poderoso da Grécia, e de Vesta, sua esposa. Como aqueles tempos eram ainda muito bárbaros e atrasados, tivera como marido o seu irmão, Saturno, rei de Creta. Num sonho de maus presságios, tal rei viu um dia como a sua mulher daria à luz um varão, que mataria o pai. Para escapar desse destino, mandou executar todos os filhos varões da rainha, mas ela, graças à inteligência e astúcia, conseguiu salvar a vida de três filhos, Júpiter, Netuno e Plutão. Foi elogiada e enaltecida por sua prudência. A sua inteligência e a força extraordinária dos seus filhos consagraram-lhe a fama, e o povo ignaro outorgou-lhe o título de deusa mãe dos deuses, porque durante suas vidas os filhos superaram os outros homens, que ainda eram rudes e de poucas luzes. Dedicaram-lhe templos e oferendas. Como o povo persistiu na crença inverídica, mesmo quando o poder de Roma atingiu o apogeu, continuavam a venerá-la como uma deusa."

XLVIII

Em que se trata de Lavínia, filha do rei Latino.

"Lavínia, rainha dos latinos, muito célebre por seu juízo ponderado, era da estirpe de Saturno — o rei de Creta sobre o qual acabamos de falar — e filha de Latino. Chegou a ser esposa de Eneias, mas, antes de casar-se com ele, Turno, rei dos rútulos, havia sido seu prometido. Seu pai, a quem um oráculo anunciara que ela se casaria com um príncipe troiano, adiava sempre as bodas, apesar da pressão da sua mulher. Quando Eneias chegou à Itália, pediu permissão ao rei Latino para desembarcar. Este não só anuíra como oferecera a mão de sua filha. Quando Turno se inteirou do ocorrido, declarou guerra sangrenta contra Eneias. Turno morreu e Eneias, vitorioso, casou-se com Lavínia, mas logo morreria enquanto ela esperava um filho seu. Ao chegar a hora do parto, Lavínia temeu que Ascânio, filho do primeiro matrimônio de Eneias, matasse a criança para reinar em seu lugar. Ela fugiu para dar à luz num bosque, e daí chamar seu filho de Júlio Sílvio. Essa mulher não quis mais se casar. Viúva, soube governar com inteligência e sua admirável prudência preservou os domínios. Conquistou o afeto do seu enteado que, para não tentar nada contra ela, abandonou o reino e fundou a cidade de Alba. Lavínia governou com seu filho até que este atingiu a maioridade para reinar. Dele nasceram Rômulo e Remo, os fundadores de Roma, assim como todos os grandes príncipes romanos que se seguiram.

"O que mais posso dizer, minha cara? Penso ter dado muitos argumentos em apoio à minha tese, ou seja, ter provado, por demonstrações e por exemplos, que Deus nunca condenou, nem condena, mais as mulheres do que os homens. Podes ver bem isso pelo que já te disse, e o que minhas duas irmãs agora ensinarão te confirmará nessa opinião. Parece-me que já fiz o suficiente; as muralhas da Cidade das Mulheres foram erguidas e a argamassa já está seca. É, portanto, chegada a hora de minhas duas irmãs; com sua ajuda e conselho, poderás concluir as construções que ainda restam fazer."

Primeira Parte

Aqui termina a primeira parte do livro A Cidade das Mulheres.

SEGUNDA PARTE

*Aqui começa a segunda parte
do livro* A Cidade das Mulheres*,
em que se trata de como foi provido
o interior da Cidade com casas e edifícios,
e de como foi povoada.*

I

Em que se trata das dez sibilas.

Assim que Razão, a primeira Senhora, concluiu o seu discurso, a segunda Senhora, chamada Retidão, aproximou-se e disse-me: "Querida Christine, não vou eludir a minha tarefa. Construiremos juntas os edifícios que encerrarão as muralhas erguidas por minha irmã, Razão. Pega as tuas ferramentas e vem comigo. Anda, mistura com tinta esta argamassa, porque hei de prover-te com grande quantidade dela e, graças à virtude divina, seguindo as marcas da tua tão moderada pluma, logo concluiremos a construção dos altos palácios e mansões belíssimas, onde poderão viver para sempre as senhoras de grande fama e mérito, para quem serão construídos".

Eu, Christine, após ouvir as palavras dessa honorável Senhora, respondi-lhe: "Nobilíssima Senhora, aqui estou para o que precisardes, não tenho outro desejo senão vos obedecer". Ela retorquiu: "Observa, querida Christine, estas pedras preciosas tão belas e brilhantes, mais valiosas do que quaisquer outras, as reuni e esculpi para que sejam incrustadas em tua obra. Pensavas que eu ficaria sem fazer nada, enquanto Razão e tu tratavam das fundações? Vamos, pode colocá-las sobre a linha que tracei.

"Entre as mulheres de elevada dignidade, figuram em primeiro lugar as sábias sibilas que, segundo autores de grande autoridade, eram dez. Ouve-me bem, Christine, terá existido um só profeta a quem Deus concedeu o honor da Revelação e tenha sido tão dileto como essas nobres senhoras que estou a evocar? Conferira-lhes tais dons de profecia, e conseguiam não só prever o futuro, mas também discorrer sobre fatos passados, já conhecidos, porque os seus escritos resultam claros e inteligíveis como uma crônica. Anunciaram até a chegada de Cristo, de maneira mais clara e detalhada do que os textos dos profetas. Apodaram-nas de 'sibilas', que significa 'a que conhece o pensamento divino', porque tão milagrosos eram os seus dons de profecia que só podiam ser oriundos do espírito divino. Portanto, *sibila* se refere ao ofício e não a um nome próprio. Nasceram em diversos países do mundo, em épocas distintas, mas todas presenciaram feitos extraordinários que aconteceriam bem depois, como o nascimento de Cristo, que já aludimos. Todas eram pagãs e nenhuma pertencera à religião judaica.

"Chamaram a primeira sibila, que veio da Pérsia, Pérsica, e a segunda, que era líbia, chamava-se Líbica. A terceira recebeu o nome de Délfica, por ter nascido no templo de Apolo, em Delfos. Profetizou a destruição de Troia e Ovídio dedicou-lhe versos. A quarta nasceu na Itália, chamava-se Ciméria. Eritreia era a quinta, nascida na Babilônia. Ela anunciou aos gregos, quando a procuraram, que eles destruiriam Troia e Ílion, sua cidadela, e que Homero deixaria um relato fantástico sobre tais fatos. Deram-lhe o nome de Eritreia porque assim se chamava a ilha onde vivia, e ali descobriram os seus livros. A sexta era conhecida como Sâmia, por ser da ilha de Samos. Natural de Cumas, província da Campânia, Itália, a sétima tinha por nome Cuma. Helespôntica, do Helesponto, em Troia, era a oitava, que viveu na época de Ciro e do famoso Sólon. Nasceu na Frígia a nona, a sibila Frígia, que profetizou a queda de vários reinos e a chegada de um falso profeta ou anticristo. A décima, Tiburtina, antes chamada de Albuneia, foi venerada pelos oráculos porque anunciou a vinda de Cristo. Embora todas fossem pagãs, isso não impedia que denunciassem o politeísmo e proclamaram a falsidade dos ídolos."

II

Em que se trata da sibila Eritreia.

"De todas as sibilas, Eritreia foi a que levou mais longe a visão profética, porque Deus lhe concedeu o dom de descrever o futuro de maneira clara e pormenorizada, tanto que os seus escritos, mais do que profecias, assemelhavam-se ao Evangelho. Quando os gregos a consultaram, expôs com limpidez suas futuras proezas e a destruição de Troia, que parecia tão real quanto o que foi relatado na história. Muito tempo antes de tudo se realizar, vaticinou também sobre o destino de Roma, deixando um relato que mais parece uma crônica de fatos passados e não uma antecipação do futuro.

"Profetizou algo ainda mais espantoso, revelando segredos do poder divino que os profetas aludiram segundo palavras de sentido oculto e figuras obscuras. Anunciou o mistério da Encarnação, e o escreveu em seu livro *Jesu Christos Theonnios Soter*, que significa 'Jesus Cristo, Filho de Deus e Salvador'. Fez ainda profecias sobre a sua vida, milagres, traição, prisão e morte, sobre a Ressurreição e a Ascensão, e como o Espírito Santo baixaria sobre os apóstolos, e tudo com precisão que nem sequer parece uma previsão, mas um resumo dos mistérios da fé cristã.

"Sobre o Juízo Final, descreveu assim: 'Neste dia a Terra tremerá de assombro e suará sangue em sinal do Juízo. Virá do céu o Rei que há de julgar o mundo inteiro e hão de se ver frente a frente, tanto o justo como o mau. As almas hão de encontrar os seus corpos e cada um será galardoado conforme os méritos. Hão de desaparecer as riquezas e cairão os falsos ídolos. O fogo há de se atear, e aniquilará todos os viventes. Haverá pranto e desolação, e ranger de dentes de angústia. O sol, a lua e as estrelas perderão sua luz. Os montes preencherão os vales e o mar, a Terra; toda a Criação será invadida. Soarão as trombetas celestiais alertando para o Juízo. Todos enlouquecerão de medo e chorarão como celerados. Um Novo Mundo será criado. Reis, príncipes e a humanidade inteira hão de comparecer perante o Juiz Soberano, que há de galardoar cada um se-

Segunda Parte

gundo os méritos. Do alto do céu virá um raio que chegará às profundezas do inferno'.

"Vinte e sete versos bastaram-lhe para expressar tudo isso. Escreve Boccaccio — e assim afirmam outros autores — que os seus méritos nos levam a crer que essa sibila havia sido eleita por Deus e ela merecera reverência, mais do que qualquer outra mulher, depois das santas do Paraíso. Podemos pensar, também, que tal mulher casta atingira a pureza perfeita porque só um coração puro pode se iluminar com o espírito da profecia."

III

Em que se trata da sibila Amalteia.

"A sibila Amalteia nasceu, como já dissemos, na Campânia, próximo a Roma. Detinha, segundo parece, especiais dotes de clarividência. Sabe-se, pelas crônicas, que nasceu na época da destruição de Troia, e viveu até o reinado de Tarquínio, o Soberbo. Alguns a chamavam de Febe. Esta senhora foi longeva. Mantivera-se casta, mas por causa da sua sabedoria, os poetas imaginaram que havia sido amante de Febo, deus do sol, que lhe concedera a longevidade e o dom da sabedoria. Esta fábula deve ser interpretada como se fosse graças à sua pureza dedicada a Deus, o sol em toda a sabedoria a iluminara com a luz profética. Diz-se que quando estava vaticinando no oráculo de Baïes, às margens do lago Averno, teve a revelação divina preservando-a ao transcrevê-la em versos. Continua a assombrar aqueles que a consultam. Segundo certos poetas, guiou Eneias até o inferno.

"Essa mulher veio até Roma, onde visitou o rei Tarquínio para mostrar-lhe nove livros que queria lhe vender. Como o rei negou-se a pagar o preço exigido, queimou três deles em sua presença. No dia seguinte, pediu pelos seis livros restantes o preço que exigira pelos nove, afirmando que se ele continuasse a recusar a oferta, queimaria outros três e no dia seguinte os três restantes. Então Tarquínio recuou e pagou o preço pedido no início. Os livros foram guardados tal um tesouro dos imperadores romanos, e por conterem predições sobre o futuro de Roma, eram consultados como oráculo."

Segunda Parte

IV

Em que se trata de várias outras profetisas.

"As dez sibilas não foram as únicas mulheres com o dom da profecia, porque em todas as religiões professas surgiram muitas outras. Se procurar na religião judaica, hás de encontrar muitas, como, por exemplo, Débora, pitonisa nos tempos dos Juízes de Israel que, graças à sua inteligência, libertou o povo judeu da escravidão em que o encerrara o rei de Canaã, por mais de vinte anos.

"Não teria sido o espírito de profecia que inspirara Santa Isabel, prima da Virgem, tais palavras de saudação: 'Como vem até mim a mãe de Nosso Senhor?'. Como saberia que a Virgem concebera do Espírito Santo?

"E Ana, a excelente mulher judia que acendia as lâmpadas do Templo, não teve igualmente o dom da profecia, assim como Simeão, o profeta, a quem Nossa Senhora apresentou Jesus Cristo no altar do Templo no dia da Candelária? O santo profeta sabia que aquele era o Salvador do mundo, quando disse, ao tomá-lo nos braços: *'Nunc dimittis'*.[47] Mas a excelente Ana, que cumpria seus deveres no Templo, soube por revelação divina, ao ver a Virgem entrar carregando seu filho nos braços, que ele era o Salvador; ela ajoelhou-se para adorá-lo e proclamou em alta voz que havia chegado aquele que salvaria o mundo. Encontrarás muitas outras profetisas ao estudar atentamente a história judaica, e quanto à religião cristã, ela conta com um número quase infinito delas; os exemplos são abundantes entre as santas. No entanto, deixaremos de lado essas,

---

[47] A rigor, *"Nunc dimittis servum tuum, domine"* (Despede agora o teu servo, senhor). Christine alude à passagem do Evangelho de Lucas, 2, 27-30: "Movido pelo Espírito [Simeão] foi ao Templo; e, quando os pais trouxeram o menino Jesus para fazerem com ele o que a lei ordenava,// Simeão o tomou nos braços e louvou a Deus, dizendo:// Despede agora o teu servo, senhor, segundo a tua palavra;// porque os meus olhos já viram a tua salvação". (N. da E.)

pois alguém poderia dizer que Deus lhes concedeu tal dom por um privilégio especial, e passando adiante, falaremos novamente das pagãs.

"Contam as Escrituras que quando a rainha de Sabá, mulher de grande inteligência, ouviu falar da sabedoria de Salomão, cuja fama se estendera pelo mundo, quis conhecê-lo. Viajou então às terras mais distantes do mundo, cavalgando desde os confins do Oriente, atravessou a Etiópia e o Egito, cruzou o Mar Vermelho e os imensos desertos da Arábia. Acompanhada por um séquito de príncipes, senhores, cavaleiros e nobres senhoras, chegou à cidade de Jerusalém carregada de tesouros para visitar o rei e comprovar se era merecida a sua fama. Salomão recebeu-a com toda a pompa de que fazia jus. Ela permaneceu a seu lado por muito tempo, colocando à prova a sua sabedoria com perguntas e problemas. Apresentou-lhe enigmas difíceis, que ele respondia com facilidade, e ela concluiu que tanta sabedoria não poderia ser fruto de uma mente humana, mas de um dom divino. Entre os presentes que lhe oferecera, havia ramos de arbustos de cuja seiva se extraíam bálsamos. O rei deu ordens para que fossem plantados próximo ao lago Asfaltite e cuidara para que os podassem com zelo. Ele, por sua vez, oferecera à rainha joias muito valiosas.

"Certos relatos mencionam também que, quando visitou o Templo de Jerusalém com Salomão, viu um longo tronco de madeira sobre um charco que as pessoas usavam como ponte para cruzá-lo. Ela parou diante do tronco e ajoelhou-se, dizendo: 'Há de chegar o dia em que esta madeira, hoje desprezada e pisada por vossos pés, será honrada acima de todas as madeiras do mundo, adornada com pedras preciosas, será guardada como tesouro de príncipes, porque sobre ela há de morrer quem aniquilará a religião judaica'. Os judeus não ouviram a profecia como algo confortador, retiraram o tronco e enterraram-no, pensando que jamais voltariam a encontrá-lo. Mas, como o que Deus deseja guardar bem, guardado estará, o tronco reaparecerá no tempo de Cristo, cumprindo-se a profecia, já que com aquele madeiro seria construída a cruz em que o Nosso Salvador sofrerá a Paixão e a Morte."

Segunda Parte

V

*Em que se trata de Nicóstrata,
de Cassandra e da rainha Basina.*

"Nicóstrata, sobre a qual já falamos, foi uma profetisa. Não só cruzou o Tibre com o filho, Evandro, como subiu até o Palatino e de lá vaticinou que sobre aquela colina seria erguida uma cidade, a mais insigne do mundo. Como queria ser a primeira a colocar uma pedra, construíra uma fortaleza ali onde seria fundada Roma, como já vimos.

"Cassandra, nobre virgem troiana, filha de Príamo e irmã de Heitor, dominara todas as artes e era pitonisa. Nunca aceitou que homem algum mandasse nela, mesmo que fosse um príncipe. Como sabia de antemão o que o futuro reservara para Troia, sofreu angústia enorme. Durante todo o período anterior à guerra entre gregos e troianos, até a prosperidade de Troia, ela se acabava em prantos, pois sabia que aquilo não duraria. Contemplando a opulência e a beleza da cidade e pensando em seus irmãos tão célebres, sobretudo o bravo Heitor, não parava de pensar nas desgraças que padeceriam. Quando a guerra estourou, a sua dor aumentou. Não cessava de lamentar-se e tentou com seus lamentos e advertências convencer o pai e os irmãos a promoverem a paz com os gregos ou todos morreriam. Não prestaram atenção às suas palavras, porque não acreditavam nela. Contudo, como Cassandra não parava com os lamentos sobre as ruínas e desgraças futuras, seu pai e seus irmãos repreendiam-na, dizendo que estava louca. Mesmo assim, Cassandra não parava de falar, porque nem a advertência de uma morte certa a teria feito calar. Por isso, para abafar os seus gritos e serenar, o pai e os irmãos acabaram por aprisioná-la num cômodo distante de tudo. Mais valia acreditarem nela, porque tudo o que profetizou aconteceu, e quando já era demasiado tarde, arrependeram-se por não terem ouvido Cassandra.

"Assombrosa foi também a profecia da rainha Basina, esposa do rei da Turíngia, e depois de Quilderico, quarto rei dos franceses segundo as crônicas. Conta a história que na noite de suas bodas com o rei Quilderico, ela lhe pediu para manter-se casto naquela noite, e teria uma visão

128 A Cidade das Mulheres

maravilhosa. Em seguida, disse-lhe para que levantasse, fosse até a porta e prestasse atenção ao que vislumbrava. O rei seguiu a recomendação e lhe pareceu ter visto animais como unicórnios, leopardos e leões que erravam pelo palácio. Ele regressou completamente apavorado e perguntou à rainha o significado daquela visão. Ela respondeu que ele ficaria sabendo no dia seguinte e que não deveria se assustar, mas, ao contrário, voltar lá e continuar observando. Ele obedeceu e, dessa vez, acreditou ver grandes ursos e lobos enormes, prontos para atacar-se mutuamente. A rainha o enviou uma terceira vez: lá ele acreditou ver cães e outros pequenos animais em luta voraz. Quando o rei voltou, aterrorizado e espantado com essa visão, a rainha explicou que a aparição dos animais que ele tinha visto representava as diferentes gerações de príncipes que reinariam na França, seus descendentes; a natureza e a diversidade dos animais que ele havia visto simbolizavam seus costumes e feitos. Podes ver, assim, minha querida Christine, que Nosso Senhor frequentemente revelou seus segredos ao mundo por intermédio das mulheres."

VI

*Em que se trata daquela
que se tornou a imperatriz Antônia.*

"Não foi de pouca importância o segredo que Deus revelou a Justiniano, imperador de Constantinopla, por via de uma mulher. Naquele tempo, era guardião dos tesouros do imperador Justino. Um dia, ao passear pelo campo, levou uma mulher por quem tinha apreço, chamada Antônia. Quando as doze horas se completaram, sentiu cansaço e deitou a cabeça sobre o regaço de sua amiga, sob uma árvore. Enquanto dormia, desceu até eles uma águia e Antônia contemplou como pairava sobre Justiniano com as asas abertas, protegendo assim o seu rosto do sol ardente. A sua sabedoria permitiu-lhe entender aquele sinal e, quando Justiniano despertou, dirigiu-lhe estas palavras: 'Terno amigo, vos quero muito. Sois detentor do meu corpo e do meu amor, sabeis disso. Como o amado não pode negar nada à sua amada, vos peço em troca de minha honestidade e amor um favor que vos parecerá insignificante, mas que para mim é de suma importância'. Justiniano respondeu à sua amiga que não hesitasse em pedir, porque lhe concederia tudo o que estivesse ao seu alcance. Antônia então falou: 'Este é o favor que vos quero pedir: quando imperador for, não desprezais a vossa amiga Antônia. Fazei-a companheira de vossa glória imperial com os honrosos laços do matrimônio. Rogo-vos essa promessa agora'. Justiniano começou a rir, porque achava que havia sido uma anedota, já que pensava ser impossível tornar-se imperador, mas jurou-lhe perante os deuses e ela lhe agradeceu. Para selar a promessa, trocaram anéis. 'Justiniano', disse-lhe Antônia, 'prometo-te solenemente que num futuro próximo hás de ser imperador.' Com tais palavras, separaram-se.

"Pouco tempo depois, quando marchava com o seu exército para combater os persas, o imperador Justino adoeceu e morreu. Reuniram a assembleia dos barões e príncipes para eleger um novo imperador e, como não conseguiam chegar a um acordo, conclamaram Justiniano. Ele reagiu com grande galhardia e de imediato partiu para a batalha. Venceu os persas e capturou o seu rei, conquistando assim glória e um opulento despojo de guerra. Ao regressar, Antônia, que conseguira com astúcia penetrar na sala do palácio, ajoelhou-se diante dele, implorando justiça e que respeitasse o compromisso estabelecido com ela. O imperador, que não se recordava de nada, respondeu-lhe que se prometera matrimônio, era justo que a tomasse por esposa. Ele, como imperador, garantiria isso se ela lhe mostrasse uma prova. Antônia então tirou o anel e mostrou-lhe, dizendo: 'Nobre imperador, este anel servirá como prova. Olhai-o, para ver se o reconheceis'. O imperador viu que estava preso às suas próprias palavras, mandou que seguisse aos aposentos, onde, após ser ajaezada com ricos presentes, foi tomada como esposa."

VII

Em que Christine se entretém com Retidão.

"Minha Senhora, agora que vejo e entendo até que ponto é justa a causa das mulheres, há que deixar bem claro os erros daqueles que as acusam. Agora não posso calar sobre um costume comum dos homens, inclusive de algumas mulheres: quando dão à luz uma menina, acontece de seus maridos protestarem e se queixarem de que não havia nascido um menino, e as tontas das mulheres, em vez de se alegrarem e darem graças a Deus porque o parto ocorrera bem, sentem-se desgraçadas ao verem seus maridos reclamarem."

"Querida amiga", respondeu, "já que mencionaste, dir-te-ei que é por causa da ingenuidade e da total ignorância haver quem procede de tal forma; o principal motivo é que temem o quanto há de custar o dote e as bodas; outros também pensam no perigo de que suas jovens filhas, sem experiência, deixem-se seduzir. Todas as razões não resistem ao exame sério. Sobre a possível desonra, basta uma educação desde cedo das meninas, e que a mãe exponha bons exemplos de integridade e prudência. Também há que atentar para preservá-las das más companhias. Aos filhos de todas as condições convém inculcar-lhes desde cedo a disciplina, isso os prepara a assumirem qualidades para toda a vida. Em relação aos gastos, se os pais observassem como lhes custam os filhos em educá-los, formá-los numa profissão, dotá-los com uma função — mesmo os gastos supérfluos criados pelas más companhias —, creio que não hão de encontrar vantagens econômicas em ter filhos em vez de filhas. Se alguém pensa nas preocupações que alguns varões causam, provocando brigas, como é comum, ou desordens de uma vida dissoluta, tudo isso custa aos pais, ver-se-á que o prejuízo não é inferior ao daquele que requer uma filha.

"Diz-me quantos filhos cuidam com carinho e paciência de seus pais, quando chega a velhice, como é sua obrigação fazê-lo. Acredito que bem poucos; há quem cuide, mas escasseiam. Pelo contrário, ocorre que quando o pai ou a mãe educam os seus filhos como se fossem deuses, e graças a essa instrução que lhe fora proporcionada ou a riqueza, e se tornaram ricos, se o pai porventura cair em desgraça, estes mesmos filhos os desprezam e envergonham-se de tal fim. Por outro lado, se o pai é rico, desejam a sua morte para herdarem logo os bens. Deus sabe quantos filhos de grandes senhores e homens ricos desejam a morte dos pais, para apossarem-se logo da abastança e das terras! É verdade o que diz Petrarca: 'Pobre ignaro que quer ter filhos, não sabes que serão logo inimigos mortais? Se for pobre, hás de exasperá-los, desejarão a tua morte, para que desapareças; se for abastado, será o mesmo, para herdarem logo os teus bens'. Não digo que todos sejam assim, mas há muitos, e se forem casados, com que avidez hão de querer sacar dinheiro dos seus pais! Pouco lhes importa que morram de fome. É uma maneira de ajudá-los! Quantas mães, já viúvas, a quem os filhos deveriam apoiar e alegrar na velhice, elas, que tanto se dedicaram a educar e mimar, serão recompensadas com a tristeza! Tais filhos indignos pensam que tudo deveria ser seu, e suas mães viúvas não lhes dão tudo o que querem, não titubeiam em ofendê-las, faltando com o respeito e até chegam a processá-las. Este é o prêmio pela dedicação da sua vida perante os filhos. Há filhas indignas que assim procedem, mas se fizer o balanço, hás de ver como a maioria é composta de filhos.

"Mesmo que todos os filhos fossem bons, é mais fácil ver as filhas mantendo-se ao lado de seus pais, visitando-os, cuidando deles na doença durante a velhice. O motivo é que os filhos viajam pelo mundo, enquanto as filhas não se afastam tanto, como sabes pela tua própria experiência. Aos teus irmãos não lhes faltou bondade ou amor filial, mas se foram para longe e deixaram-te só com tua mãe, o que para ela foi uma companhia ótima na velhice. Conclui-se com isso que aqueles que ficam tristes quando nasce uma filha não passam de insensatos. Já que estamos tratando de tal tema, deixa que te fale sobre algumas mulheres que a história lembra por terem dedicado aos pais provas de um amor filial natural."

VIII

Em que se começa a citar as filhas que amaram seus pais, começando por Dripetina.

"Dripetina, rainha da Laodiceia, era muito querida por seu pai, o grande rei Mitrídates, e ela amara-o a tal ponto de acompanhá-lo no campo de batalha. Não foi agraciada com a beleza, porque tinha uma dupla fila de dentes — uma anomalia esquisita —, mas seu pai a adorava tanto que ela jamais o abandonou, nem na prosperidade, nem no infortúnio. Era senhora de um grande reino que lhe permitira uma vida de ócio e calma, sem preocupações, mas compartilhava todas as penas de seu pai, desse modo acompanhando-o em suas campanhas. Quando Mitrídates foi vencido pelo grande Pompeu, ela se manteve ao seu lado para cuidar dele com toda a diligência."

IX

Em que se trata de Hipsípile.

"Hipsípile arriscou a vida para salvar seu pai, rei dos lêmnios. O povo se rebelara e, quando se lançava contra o palácio para matá-lo, ela se apressou a escondê-lo numa arca e enfrentou a multidão. Os rebeldes, sem encontrar o rei, ameaçaram sua filha com a morte, colocando a lâmina de uma espada em sua garganta, caso não revelasse o paradeiro do pai. Prometeram-lhe também que, se os ajudasse, seria coroada e jurariam fidelidade. Ela, que pensava apenas na vida de seu pai, não temeu as ameaças e teve coragem de dizer que o rei fugira. Procuraram-no por muito tempo, mas como ela afirmava com firmeza que ele partira em fuga, acabaram por acreditar nela e coroaram-na rainha. Governou em paz durante algum tempo, mas, preocupada com que descobrissem que o pai se mantinha escondido, embarcara-o à noite, com muitas riquezas, rumo a um país longínquo. Alguns súditos desleais, no entanto, descobriram o estratagema e destronaram a rainha, que quase foi morta se outros súditos não interviessem, comovidos ante provas de tanta fidelidade."

Segunda Parte

X

Em que se trata da virgem Claudina.

"Grande mostra de amor ao pai deu a virgem Claudina, no dia em que ele regressou vitorioso de uma longa campanha militar! Os romanos dedicavam-lhe as honras do triunfo — uma cerimônia faustosa, reservada aos heróis —, pelas múltiplas façanhas, quando, em pleno evento, um chefe militar que o odiava agrediu-o. Claudina, que seguia no cortejo com outras virgens consagradas à deusa Vesta — as 'vestais', que hoje seriam como as freiras das abadias — ao encontro do herói para recepcioná-lo, como era a tradição, ouviu o som de armas e pensou que seu pai havia sido agredido — o amor filial fê-la esquecer a conduta recatada que se impunha a uma vestal. Deixando o medo de lado, saltou do carro onde estava e correu entre a multidão. Dispôs-se firme entre a espada do agressor e seu pai, com a força dos punhos. O exército acabou com a peleja. Como os romanos têm por costume honrar a quem se destaca pelo valor dos atos, tiveram em grande estima esta jovem e louvaram o seu heroísmo."

XI

*Em que se trata de uma mulher
que amamentou sua mãe na prisão.*

"Certa mulher romana, sobre as quais discorrem as crônicas, também demonstrou provas de amor filial por sua mãe. Como castigo por um crime, uma mulher foi condenada a morrer de sede e de fome no cárcere. Aflita pela condenação, sua filha requereu a permissão para visitar a mãe, enquanto ela vivesse, e assim tivesse algum alento. Através de súplicas, convencera os carcereiros que, movidos pela piedade, permitiram as visitas diárias. Contudo, sempre era revistada, para evitar que levasse alguma comida. Muitos dias se passaram, parecia impossível sobreviver tanto tempo sem comer, mas a mulher prisioneira continuava viva. Como a única pessoa que a visitava era sua filha, os guardas, que nunca deixavam de revistá-la, decidiram esclarecer o mistério. Observando ambas numa das visitas, constataram como a pobre filha, que acabara de dar à luz, amamentava a sua mãe, que se alimentava até deixar as mamas sem leite. Dessa maneira, a filha devolvia à velha mãe o que ela lhe dera quando pequena. Diante de tão extrema prova de amor filial, não só os carcereiros se comoveram, como os juízes também, e assim decidiram libertar a mãe, que seguiu com a filha.

"A respeito do amor de uma filha por seu pai, pode-se ainda mencionar o caso da excelente e sábia Griselda. Ainda vou discorrer, mais adiante, acerca da virtude exemplar, a firmeza e a constância de caráter daquela que mais tarde seria marquesa de Saluzzo. Oh! quão grande foi esse amor inspirado por uma natureza íntegra! Foi ele que a tornou tão apta a servir humildemente e a obedecer com tanta constância ao seu pobre pai Giannucolo, já velho e doente, a quem ela, na flor de sua juventude tão pura, cuidava e alimentava com toda a dedicação. Consumindo-se em trabalhos manuais, ela mal conseguia sustentar a vida miserável de ambos. Oh! Bem-nascidas são as filhas que devotam aos pais tanto amor filial e carinho! Pois se é verdade que elas apenas cumprem o seu dever, suas almas encontram aí uma justa recompensa. Elas merecem também os elogios e louvores do mundo, assim como os filhos que se honram dessa forma.

"Queres que acrescente mais alguma coisa? Poderia evocar ainda muitos outros casos, mas estes devem bastar."

XII

*Em que Retidão anuncia
que a construção dos edifícios está concluída
e que já é tempo de povoar a Cidade.*

"Parece-me, querida Christine, que a nossa construção está bastante adiantada. Ao longo das avenidas da Cidade das Mulheres já se erguem altos edifícios, mansões admiráveis e palácios, as torres e as atalaias são tão altas que vislumbram a vastidão. Agora é hora de povoar esta nobre Cidade, para que não fique vazia como uma província morta. Pelo contrário, será habitada por mulheres de grande mérito, são as únicas que desejamos aqui. Quão felizes viverão as senhoras da nossa Cidade! Não hão de temer serem expulsas pelos exércitos estrangeiros, porque a obra que levantamos possui a propriedade peculiar de ser inexpugnável. Agora é a era do Novo Reino da Feminilidade, muito superior ao remoto reino das Amazonas, as senhoras que viverem aqui não terão que fugir para conceber e dar à luz às novas herdeiras, manterão as suas possessões e aqui perpetuarão sua linhagem. Quem vier agora, viverá nesta Cidade para sempre.

"Quando estiver povoada com mulheres insignes, minha irmã virá para o nosso lado, Justiça, a maior Rainha de todas. Ela e seu séquito de princesas hão de morar nos formosos aposentos que coroam as mais elevadas torres. Ela é a Imperatriz do Gênero Feminino, e é justo que faça uma entrada triunfal nesta Cidade, onde todas as mulheres hão de recebê-la. Quais cidadãs serão acolhidas em nossa Cidade? É claro que não queremos mulheres frívolas e caprichosas, mas de grande virtude e renome, porque não há melhor habitante para uma cidade nem maior encanto do que mulheres virtuosas. Anda, querida Christine, acompanha-me, vamos procurá-las."

Segunda Parte

XIII

Em que Christine pergunta a Retidão
se é verdade, como afirmam os livros e os homens,
que são as mulheres que, por sua culpa,
tornam a condição do casamento tão difícil de suportar.
Resposta de Retidão, recordando as mulheres
que amaram seus maridos com profundo amor.

Enquanto caminhávamos à procura de futuras habitantes da nossa Cidade, falei assim com Retidão:

"Na verdade, Senhora, vós e Razão haveis respondido às minhas perguntas e espaireceram todas as minhas dúvidas. Com ambas aprendera algo determinante: tudo o que é possível fazer e aprender está ao alcance das mulheres, seja em que campo for, material e intelectual, mesmo que exija força física, inteligência ou outra qualidade. Podem abarcar tudo e, além do mais, conseguem fazê-lo com facilidade. Agora rogo-vos que respondeis a uma questão que me deixa perplexa. A acreditar no que dizem tantos homens, que se apoiam em outros — os autores de livros —, por causa das suas esposas os maridos teriam, segundo eles, que enfrentar as tormentas que as mulheres provocam no matrimônio com sua amargura e seu rancor. Os livros proclamam desse modo, dizem e repetem as pessoas. A elas nada mais seria tão cansativo quanto a companhia dos seus maridos, por isso muitos aconselham a não se casar como a maneira de conjurar os agravos, já que nenhuma mulher, ou bem poucas, mantêm a fidelidade.

"Lê-se na 'Epístola de Valério a Rufino'[48] que o sábio não deve se casar porque uma esposa é a fonte de muitas preocupações, pouco amor

---

[48] A "Epístola de Valério a Rufino" é hoje atribuída a Walter Map (1130-c. 1210), clérigo e escritor de origem galesa, que a incluiu em seu livro *De nugis curialium* (Trivialidades da corte), redigido por volta de 1180. Seu texto, satírico e marcadamente misógino, amplamente difundido na Europa medieval, recorre com frequência a Teofrasto, filósofo grego do século IV a.C., conhecido por seu *Liber de nuptiis* (Livro sobre o casamento), no qual elenca uma série de motivos pelos quais os homens deveriam evitar o matrimônio. (N. da E.)

e muitos gritos — entre outras tantas afirmações resgatadas de um texto de Teofrasto. Se alguém se casar, prossegue a narrativa, para ser servido e cuidado, em caso de enfermidade, um criado há de fazer isso com mais lealdade e por muito menos dinheiro; e se, por acaso, é a esposa que adoece, o marido, tomado de tristeza, não ousa se afastar de sua cabeceira. Esses comentários são abundantes, e levaria muito tempo para relatá-los todos aqui. Mas se essas coisas são verdadeiras, cara Senhora, as mulheres estão contaminadas por defeitos tais, que eclipsam e aniquilam qualquer outra virtude ou qualidade que possam ter."

Ela me respondeu: "É verdade, minha criança, como tu mesma disseste, quem é julgado sem estar na sala a parte contrária, assim é fácil. Posso assegurar-te que tais livros não foram escritos por mulheres. Tenho certeza de que se alguém procurasse recolher informações sobre os fatos da vida doméstica para escrever um livro real, descobriria algo bem distinto. Quantas mulheres vemos, e tu conheces algumas, querida Christine, que por crueldade de um marido dilapidam suas vidas, presas a um matrimônio em que são tratadas como escravas dos mouros! Meu Deus, como atacam-nas a todo instante e sem motivos! Quantas humilhações, ofensas e injúrias têm que suportar mulheres leais, sem gritar sequer para pedir ajuda! Pensa nas mulheres que passam fome e morrem de amargura numa casa repleta de filhos, enquanto os seus maridos embriagam-se e peregrinam pelos bordéis e tabernas da cidade. Todavia, quando voltam para casa, elas apenas recebem violência. Diz-me se minto ou se é o caso de algumas das tuas vizinhas".

"É verdade, Senhora", respondi-lhe, "vi e conheço muitas que sofrem dessa maneira, com grande dor."

"Acredito em ti. Ainda mais, ouvi falar de maridos com o coração partido, mas esses, querida, diz-me onde estão. Olha, Christine, creio que não é preciso continuar para que te conscientizes: todas as necessidades e os tópicos que narram sobre as mulheres não procedem. Foram inventados e forjados a partir do nada e contra toda a verdade, porque são os homens que mandam nas mulheres e não estas nos maridos. Eles jamais suportariam tal situação. Por outro lado, assevero-te que as dissensões não acontecem em todos os matrimônios. Há casais que vivem em harmonia, com amor e fidelidade, tranquila e razoavelmente. Há maridos maus, mas também há aqueles que são honrados, excelentes e cautelosos. As mulheres que os encontram, nasceram sob uma boa estrela e devem agradecer ao céu a felicidade. Foi exatamente o teu caso, pois aquele que

Segunda Parte

tiveste te convinha tão perfeitamente que não poderias ter desejado melhor; ninguém, em tua opinião, jamais poderia igualá-lo em bondade, doçura, lealdade e terno amor, e agora que a Morte o arrebatou, tu carregas para sempre o luto em teu coração. Contudo, se é verdade, como te disse, que muitas mulheres excelentes são maltratadas por seus perversos maridos, é preciso também admitir que existem algumas bem perversas, e isso sem motivo algum, mesmo que se trate de uma ínfima minoria. Com efeito, se te dissesse que todas são boas, rapidamente me convenceriam de mentira. Mas nada direi a respeito dessas, pois as mulheres desse tipo são desnaturadas, e, por assim dizer, monstros.

"Voltando a falar sobre a benevolência das mulheres e a citação de Teofrasto em que afirma que, em caso de desgraça ou doença, um homem seria mais bem tratado por um criado, são muitas as mulheres que vivem por seus maridos, enfermos ou saudáveis, a quem amam com amor que parece uma verdadeira adoração. Duvido que haja casos ao contrário. Para seguir com o tema, dar-te-ei exemplos de mulheres que atingiram a suprema fidelidade no amor. Agora regressemos à nossa Cidade, na companhia das mulheres insignes e de mérito, que aqui hão de viver. No palácio que preparamos para elas acolheremos, em primeiro lugar, porque o seu valor reporta-se a tempos remotos, a nobre rainha Hipsicrateia, esposa do rei Mitrídates."

XIV

Em que se trata da rainha Hipsicrateia.

"Dir-se-ia ser difícil maior prova de amor e lealdade do que demonstrara a rainha Hipsicrateia ao seu esposo, o grande rei Mitrídates. Aquele poderoso monarca reinava sobre um império onde se falavam pelo menos vinte e quatro línguas distintas. Os romanos lutaram impiedosamente contra o seu domínio, ao longo de campanhas duradouras, e sua mulher acompanhara-o em todas as partes, inclusive combatendo ao seu lado. O rei tinha concubinas, como era costume entre os bárbaros. Contudo, a rainha dedicava-lhe um amor tão pródigo que não suportava deixar de acompanhá-lo, mesmo no fragor das batalhas, onde colocava a vida e o reino contra o poder de Roma. Até países longínquos, entre mares perigosos e desertos imensos, ela sempre o acompanhara e não houvera desafio mortal em que não estivera ao seu lado.

"Essa senhora sabia que, ao contrário do que escreveu Teofrasto a esse respeito, reis e príncipes foram traídos por seus servos e esta era a razão pela qual a rainha continuava sempre ao lado do rei, de sentinela e cuidando de tudo, em que pesem os sofrimentos e as repreensões. Como as vestimentas femininas não eram as mais recomendáveis para tais situações, tampouco aconselhável ver uma senhora combatendo ao lado do rei e nobre guerreiro, então a rainha cortou os longos cabelos loiros — que tanto embelezam a mulher —, para ter um aspecto varonil. Tampouco se preocupou em manter o frescor do seu rosto, pois usava um elmo sobre a pele manchada amiúde de poeira e suor. Ocultava sob o peso da armadura o seu corpo formoso e delicado, cingindo-o com os anéis de ferro da cota de malha. Tirou as pulseiras e os anéis, e em vez de tais adornos as suas mãos manejavam o machado, o arco e as flechas. Na cintura delgada, nada de cinturões cravejados de joias, mas uma espada. A força do seu amor inspirou essa senhora corajosa a proezas e o seu jovem corpo, esbelto e frágil, gerado para a ternura, tornara-se vigoroso, armado de musculatura como se fosse de um cavaleiro. Boccaccio, que narra

Segunda Parte

143

tal história, não se assustou: 'Do que o amor não será capaz quando empurra uma mulher acostumada a toda blandície e requinte de uma vida dolente, como dormir sob lençóis de seda, a cavalgar à vontade, de dia e à noite, entre vales e montes, dormindo sobre a areia do deserto ou no chão do bosque, ameaçada por inimigos, cercada por serpentes e feras, e tudo como se fosse um homem vigoroso!'. Tudo isso era suportável porque estava ao lado do seu marido para confortá-lo, aconselhá-lo e servi-lo em todos os assuntos.

"Quando ambos já haviam suportado muitas provas, seu esposo foi vencido furiosamente pelo general romano, Pompeu, e teve que fugir. Foi abandonado por todos, perdeu a esperança, mas sua gentil esposa continuava a dar-lhe ânimo para que voltasse a acreditar em melhores dias. Agora que se encontravam numa situação aziaga, era ainda maior o conforto que ela lhe dedicava, alegrava-o com palavras amáveis e inventava jogos engenhosos para tirá-lo da melancolia. Com essa ternura, a senhora conseguia aliviar o rei a tal ponto que o fazia esquecer o sofrimento, a miséria e as privações, entre tanta desgraça. Costumava dizer o rei que não achava que estava sofrendo no exílio, mas sim vivendo uma vida de deleite em seu palácio, ao lado da sua esposa."

XV

Em que se trata da imperatriz Triária.

"O destino da nobre imperatriz Triária, tal como a lealdade de seu amor pelo esposo, o imperador romano Lúcio Vitélio, são parecidos à história da rainha Hipsicrateia, que acabamos de narrar. Incitada pelo amor, ela não se afastava do marido, que acompanhava em combate, paramentada com armadura e lutando com grande intrepidez. Quando seu esposo disputava com Vespasiano o poder do império, atacou à noite uma cidade volsca, conseguindo penetrar aí enquanto os habitantes dormiam, e começou a massacrá-los furiosamente. Triária, que estava a seu lado, brandira a espada e, para afiançar a vitória do marido, começou a assestar golpes à esquerda e à direita, lutando entre a escuridão, esquecendo-se do temor e do horror da guerra. Realizou tão indômitas aventuras que mereceu a admiração de todos. Demonstrava assim o amor que dedicava ao marido, como observou Boccaccio, autor que defende os laços do matrimônio, quando muitos outros os agridem sem piedade."

Segunda Parte

XVI

Em que se trata novamente da rainha Artemísia.

"De todas as senhoras que amaram os seus companheiros com devoção, e deram provas de amor perfeito, quis voltar ao caso da nobre rainha Artemísia, rainha de Cária. Como antes acentuei, ela acompanhou o rei Mausolo em inúmeras batalhas e, quando este morreu, caiu no desespero, pensando que não suportaria dor tão grande. Contudo, morto o rei, ela lhe demonstraria tanto amor como em vida. Mandou celebrar as exéquias com toda a solenidade, como era costume na época, em honra do monarca. Seguida por um séquito de príncipes e vassalos, a rainha conduziu o corpo até a pira fúnebre. Ela mesma recolheu as cinzas, lavando-as com suas lágrimas, colocou-as numa copa de ouro. Refletiu que seria injusto que cinzas tão amadas tivessem outro sepulcro, senão o corpo e o coração que guardavam amor tão arraigado. Assim, todo dia, pouco a pouco, bebeu as cinzas misturadas com vinho, até esvaziar a taça.

"A rainha quis perpetuar a memória do marido com um sepulcro que fosse um monumento maravilhoso. Sem poupar gastos, arregimentou os maiores artesãos da arquitetura funerária, ou seja, Scopas, Briáxis, Timóteo e Leocáris, que se destacavam nessa arte. A rainha lhes disse que queria erguer ao esposo a tumba mais magnificente que já existira em honra de um príncipe ou rei, pois desejava que essa obra tornasse imortal o nome do rei Mausolo. Eles responderam que seguiriam suas instruções. Artemísia encomendou mármores e jaspe de todas as cores, assim como outros materiais. Diante das muralhas de Halicarnasso, capital de Cária, levantaram então uma construção soberba de mármore finamente esculpido. A base era quadrada, com sessenta e quatro pés de largura. O admirável da estrutura era que sua massa se amparava sobre trinta colunas de mármore. Cada artista encarregou-se de esculpir uma das quatro fachadas, e um procurava superar o outro. A obra resultou de uma beleza que não só imortalizou a memória do homem homenageado, como despertou a admiração sobre a arte dos seus criadores. Um quinto artista, chamado Iteron, veio concluir a obra, que culminou com uma cúpula coroando o edifício, elevando-se uns quarenta pés acima do restante. Por fim, o sexto artista, Pítis, esculpiu um carro de mármore disposto sobre a estrutura.

"Esse monumento era tão extraordinário que chegou a ser considerado uma das sete maravilhas do mundo, e, devido ao nome do rei Mausolo, passou a se chamar 'mausoléu' o sepulcro mais suntuoso jamais construído e logo, como disse Boccaccio, todas as tumbas de reis e príncipes. Com tal gesto da leal Artemísia, tornou-se o exemplo da constância de um amor pelo esposo, amor que só deixou de existir com ela."

Segunda Parte

XVII

Em que se trata de Argia, filha do rei Adrasto.

"Quem se atreveria a dizer que as mulheres pouco amam seus maridos, à luz do grandíssimo amor que Argia, filha de Adrasto, rei de Argos, dedicava ao seu esposo Polinices? O marido de Argia disputava com Etéocles, seu próprio irmão, a soberania do grande reino de Tebas; o trono, de fato, lhe pertencia, segundo um acordo que eles haviam feito entre si. Mas, como Etéocles queria apoderar-se de todo o reino, seu irmão Polinices lhe declarou guerra, sendo apoiado pelo rei Adrasto, seu sogro, e por todo o exército deste. Contudo, a Fortuna voltou-se contra Polinices, e ele e seu irmão mataram-se mutuamente no campo de batalha. O rei Adrasto, terceiro entre os adversários, foi o único sobrevivente de todo o exército.

"Informada de que o seu marido morrera, Argia abandonou o palácio, acompanhada de todas as mulheres de Argos. Assim narra Boccaccio: 'Quando a nobre Argia soube que o corpo do seu marido, Polinices, jazia sem sepultura, entre cadáveres e carniças de soldados mortos, ela, desvairada de dor, arrancou a túnica luxuosa e outros sinais de realeza e abandonou o conforto dos seus cômodos. Superou a debilidade e a brandura. Após uma viagem de vários dias, chegou ao local do combate, sem vacilar perante as emboscadas do inimigo pérfido. Atravessou com suas forças a longa viagem e o calor intenso'. Já no campo de batalha, não temeu as feras nem as aves de rapina que estavam ao redor dos cadáveres, tampouco os espíritos malignos que, segundo os estouvados, perseguem os mortos. 'Algo admirável', prossegue Boccaccio, 'desafiou o édito do rei Creonte', que proclamara a interdição, sob pena de morte, de honrar e enterrar os mortos, quem quer que fossem. Não viera de tão longe para obedecer a tal ordem. Anoitecia já quando chegou à imensa planície onde um odor pestilento se desprendia dos cadáveres, o que não a impediu de verificar cada corpo, um a um, com a determinação de procurar em todo lado o homem que amava.

"Continuou a busca até que, à luz de uma pequena tocha que portava, encontrou enfim o amado esposo. 'Amor extraordinário, paixão fervorosa, terna piedade', comentou Boccaccio. O rosto do seu marido, devorado pela corrosão da armadura, estava já pútrido, ensanguentado e enegrecido, irreconhecível. Mas era tal a força do seu amor, que Argia o reconheceu. Apesar do rosto terrível, que recendia como a peste, beijou-o e permaneceu abraçada ao seu corpo. Desafiando a proibição de Creonte, ela clamava aos gritos a sua desgraça: 'Encontrei o homem que amava'. Não havia édito que impedisse o seu pranto. Após beijar-lhe a boca, para ver se guardava ainda algum sopro de vida, purificou com suas lágrimas os membros putrefatos, e, chamando-o por seu nome, entre lágrimas e lamentos, entregou seu corpo às chamas entre os gritos das carpideiras. Cumprindo piedosamente o rito até o fim, recolheu as cinzas num vaso de barro. Concluídas as honras fúnebres, ainda quis ir além no desafio, porque estava disposta a morrer para vingar o marido, e com a ajuda de outras mulheres atacou a cidade, abrindo uma brecha na muralha e penetrando para semear a morte."

XVIII

Em que se trata da nobre Agripina.

"A nobre e leal Agripina merece figurar entre as mulheres que demonstraram aos maridos provas de amor profundo. Era filha de Marco Agripa e Júlia, filha do imperador Augusto, senhor do mundo. Fora dada em matrimônio a Germânico, valente e cauto príncipe, preocupado com o bem do Estado e as coisas públicas, enquanto a corrupção grassava em Roma sob o imperador Tibério. Este sentia tanta inveja da fama e do afeto que dedicavam a Germânico que dera ordens para emboscá-lo e assassiná-lo. Agripina sentiu imensa dor e desejou que a matassem de uma forma semelhante. Repreendeu e insultou o imperador Tibério, que a castigou com a tortura e o cárcere. Como ela preferia a morte, pois não queria sobreviver ao marido, resolveu deixar de comer e beber. Quando o tirano Tibério inteirou-se disso, mandou torturá-la, obrigando-a a se alimentar, prolongando assim seu sofrimento. Como foi inútil, determinou que fosse nutrida à força, mas ela pôs fim aos seus dias, demonstrando ao imperador que, se ele tinha o poder de matar alguém, não teria para mantê-la viva contra sua vontade."

XIX

Em que Christine toma a palavra.
Resposta de Retidão, que lhe dá exemplos,
citando a excelente Júlia,
filha de Júlio César e esposa de Pompeu.

Após ouvir Retidão, respondi-lhe: "Certamente, Senhora, parece-me uma honra enorme para o sexo feminino ouvir a história de mulheres com tanta coragem e virtude. Todos deveriam se alegrar de que, entre as qualidades da mulher, haja a constância do seu amor nos vínculos do matrimônio. Agora, que vão dormir e se calem de uma vez, Mateolo e todos esses difamadores que caluniam as mulheres por inveja! Porém, minha Senhora, todavia recordo que o filósofo Teofrasto, mencionado anteriormente, afirma que as mulheres passam a odiar seus maridos quando estes envelhecem e que elas não amam nem os sábios nem os clérigos. Ele também diz que os serviços devidos a uma mulher que se ama são incompatíveis com uma vida dedicada ao estudo".

Ela me respondeu: "Ora! Querida Christine! Cala-te! Eu te darei exemplos que contradizem e refutam tais mentiras.

"Júlia, a mais nobre das romanas da sua época, era filha de Júlio César — que logo seria imperador — e Cornélia, descendentes de Eneias e Vênus de Troia. Essa senhora foi esposa de Pompeu, o grande conquistador que, segundo Boccaccio, fazia e desfazia reis porque, após vencê-los, destronava-os e entronizava outro no lugar. Ele subjugara nações, aliado a piratas, conquistara o favor de Roma, assim como de soberanos do mundo inteiro. Como resultado das vitórias brilhantes, conquistara amplos domínios por terra e mar, estava acima de toda as honras, mas já velho e decadente. Ao contrário, Júlia, sua mulher, ainda era bastante jovem. Amava-o muito e quis o destino que fosse tão profundo o seu amor que a fez perder a vida. Um dia, Pompeu quis agradecer aos deuses uma vitória e ofereceu um sacrifício, como era comum naqueles tempos. O animal degolado estava sobre a pedra do altar; quando Pompeu pegou-o e ergueu-o num gesto piedoso, o sangue salpicou a sua túnica. Mandou que um servo fosse ao palácio buscar outra.

Segunda Parte

"A má sorte levou-o até Júlia, que o viu com as vestes ensanguentadas na mão. Ao ver o sangue na roupa do marido foi tomada pela angústia, pois sabia que em Roma era frequente atentar contra a vida de um rival poderoso, emboscando-o para matá-lo. Convencera-se de que algo semelhante ocorrera com Pompeu, e achou que a vida não fazia mais sentido. Fragilizada pela gravidez, caiu desmaiada como se fosse fulminada por um raio. Com o olhar desvairado, o rosto transformado pela palidez mortal, sem que pudessem fazer algo, o espírito entregou-se. A dor foi muito grande para o marido, e ao mesmo tempo uma perda irreparável para os romanos e outros povos porque, caso ela e o menino vivessem, jamais teria estalado a guerra sangrenta entre Júlio César e Pompeu, conflito que resultou em desastre para o mundo todo."

XX

Em que se trata da nobre Emília.

"A bela e virtuosa Emília Tércia, esposa de Cipião Africano, também não teve nenhuma aversão por seu marido ser velho. Esta senhora era uma mulher de juízo atento e bem-humorada. Embora o seu companheiro já tivesse bastantes anos, enquanto ela era jovem e formosa, isso não impedia de ele deitar-se com uma escrava que servia Emília, e com muita regularidade, a ponto de a senhora saber do que ocorria. Mesmo que tal atitude lhe causasse tristeza, em vez de entregar-se ao ciúme essa bela mulher enfrentou a situação com os recursos da razão. Ocultou a sua ferida de forma inteligente que nem o marido nem ninguém se deu conta. Não queria discutir, pensando que seria lamentável reprovar um homem ilustre, ainda menos comentar com outra pessoa, o que seria macular a reputação e atentar contra a honra de quem conquistara reinos e impérios. Não deixou de servi-lo lealmente, de amá-lo e honrá-lo, e, quando ele morreu, concedeu a liberdade àquela escrava, casando-a com um homem livre."

Eu, Christine, respondi-lhe: "De fato, não posso acrescentar nada ao que estais narrando sobre a experiência de mulheres que não conheci e não deixaram de amar os seus maridos nem demonstrar-lhes afeição, em que pese a sua falta de fidelidade para com elas, e até consolaram mulheres que chegaram a ter filhos com os seus maridos, como é o caso de uma senhora da Bretanha, a condessa de Coëmen, sobre a qual ouvi falar pouco tempo atrás. Muito jovem ainda, e de uma beleza superior à de outras mulheres, deixou-se levar pelo altruísmo e atuou com generosidade exemplar".

Segunda Parte

153

XXI

*Em que se trata de Xantipa,
esposa do filósofo Sócrates.*

"A nobre Xantipa possuía muitas qualidades, como a sabedoria e a bondade, e por isso casou-se com o eminente filósofo Sócrates. Ele já era entrado em anos e preferia passar o tempo entre os livros, inquirindo a verdade, em vez de procurar formas novas e delicadas de agradar a uma mulher. Esta preciosa senhora não deixou de amá-lo, pelo contrário, a superioridade da sua inteligência e a força do seu caráter levaram-na a admirá-lo e amá-lo ainda mais. Quando esta mulher arrojada teve a consciência de que seu marido fora condenado pelos atenienses, aos quais criticara por render culto aos ídolos, quando só há um Deus a quem adorar, não suportou e seguiu desgrenhada, batendo no peito, até o palácio onde Sócrates havia sido preso. Chegou lá no momento em que Sócrates acabava de tomar a cicuta. Lançou-se sobre ele na tentativa de tirar-lhe a taça das mãos. Sócrates repreendeu-a, e em seguida consolou-a e animou-a. Como não pôde impedir sua morte, lamentou clamando: 'Que infelicidade! Que perda irreparável! Dar a morte tão injustamente a um homem tão justo!'. Sócrates, que continuava a consolá-la, morreu dizendo que mais valia sucumbir vítima da injustiça do que ter recebido uma condenação justa. A dor que abarcou o coração daquela mulher, que tanto o amava, nunca mais a abandonou."

XXII

Em que se trata de Paulina,
esposa de Sêneca.

"O filósofo Sêneca, que já era velho, continuava a dedicar ao estudo toda a sua energia, mas isso não impediu que sua mulher, Pompeia Paulina, ainda jovem e bela, o amasse com todo o coração. Esta nobre senhora entregou-se de maneira tão leal, que cuidava para preservar a paz ao redor do marido e cercá-lo de ternura. Quando soube que o imperador Nero — de quem Sêneca havia sido preceptor — o havia condenado a morrer em seu banho, cortando os pulsos, ficou louca de dor. Como queria morrer junto com o marido, correu até Nero, insultando-o, para que o imperador se vingasse e a condenasse também. Foi em vão, mas a dor que sentiu pela morte de Sêneca foi tamanha que lhe restou apenas um sopro de vida."

Então Christine perguntou: "Mui nobre Senhora, vosso relato trouxe-me à memória exemplos de outras mulheres jovens e formosas que amaram profundamente seus maridos, apesar da fealdade e da idade avançada. Pela própria experiência, conheci muitas que permaneceram leais por toda a vida. Recordo-me de Joana de Laval, filha dos barões da Bretanha, que se casou com o bravo condestável Bertrand du Guesclin, que tinha um corpo feíssimo e já era velho. Ela, com a beleza da primeira juventude, prestara mais atenção às suas virtudes do que ao aspecto físico, e amara-o tanto que levou a vida chorando sua morte".

"Acredito em ti", respondeu a Senhora. "Falar-te-ei do amor de algumas mulheres por seus maridos."

XXIII

Em que se trata da nobre Sulpícia.

"Sulpícia era a esposa de um patrício romano, chamado Lentúlio Crucelion. O amor que lhe dedicava revelou-se diante de todos quando o marido foi acusado de alguns crimes, condenado pelos juízes ao exílio e a acabar a vida na miséria. A admirável Sulpícia, que possuía uma grande fortuna, poderia ter permanecido confortavelmente em Roma, desfrutando das suas riquezas, mas preferiu segui-lo, dividindo a miséria, em vez de ter uma vida de prazer e luxo. Renunciou aos seus bens, à herança e ao seu país, que abandonou sob um disfarce para se furtar da vigilância de seus pais e ir ao encontro do seu marido."

Eu disse então: "É verdade, Senhora, o que estais contando. Recorda-me de exemplos semelhantes que conheci. Vi mulheres cujos maridos doentes de lepra tinham de viver afastados do mundo. Elas, que poderiam ter ficado em casa comodamente, preferiram segui-los à leprosaria para cuidar deles até o último momento. Agora mesmo conheço uma mulher jovem e bela, cujo marido suspeita-se que tenha essa doença. Os seus pais querem que deixe o marido e vá viver com eles, mas ela lhes disse que não o abandonará enquanto viva for, e que se disserem a um médico que o declare leproso — o que significaria ter que se isolar do mundo — ela o acompanhará, por isso os seus pais não a obrigam que um médico examine o marido.

"Conheço outras mulheres — cujos nomes não revelarei — que têm maridos tão cruéis e de vida tão desregrada que os sogros prefeririam que estivessem mortos, e fazem de tudo para que suas filhas os deixem e voltem para casa. Elas, entretanto, preferem a violência, comida ruim, a pobreza e a servidão do que abandoná-los, e dizem aos amigos: 'Eu o conquistei. Vivo com ele e com ele morrerei'. São coisas que vemos todos os dias, mas ninguém presta a devida atenção."

XXIV

*Em que se trata de várias mulheres que, juntas,
salvaram seus maridos da morte.*

"Falarei agora de um grupo de mulheres que, como as que acabamos de evocar, sentiam por seus maridos um amor profundo. Após Jasão deixar a Cólquida, onde conquistara o Velocino de Ouro, vários cavaleiros da sua comitiva, que eram oriundos de Orcômeno, na Beócia, abandonaram essa cidade grega e foram para outra, chamada Lacedemônia. Ali os receberam de forma efusiva e os admiravam por causa da sua linhagem. Casaram-se com as filhas das famílias mais ilustres, amealharam tanta riqueza e poder que chegaram a conspirar contra as autoridades. A conspiração foi descoberta, foram presos e condenados à morte. Desesperadas, suas mulheres reuniram-se em assembleia como se fossem carpir juntas, mas na verdade era para achar uma maneira de salvá-los.

"Decidiram por um artifício. Vestiram-se com roupas velhas, ocultaram os rostos com capas para que não fossem reconhecidas, e seguiram assim disfarçadas até o cárcere onde, através de lágrimas e dádivas, convenceram os guardas para que as deixassem ver os prisioneiros. Quando os viram, trataram de trocar as roupas com seus maridos e os fizeram sair. Os carcereiros pensaram que eram elas que deixavam a visita. No dia da execução, o algozes conduziram os réus até o suplício. Ao chegarem ali, descobriram que os condenados eram suas mulheres, admiraram tal ato e prezaram-nas por isso. Os cidadãos se comoveram, declarando-as inocentes. Dessa maneira, as valentes mulheres salvaram seus maridos."

Segunda Parte

XXV

*Em que Christine se insurge na presença de Retidão
contra aqueles que afirmam que as mulheres
não conseguem guardar segredo.
Resposta de Justiça,
que dá o exemplo de Pórcia, filha de Catão.*

"Agora tenho consciência, Senhora, como antes suspeitava, que muitas mulheres demonstraram e continuam a dar provas de amor profundo e leal a seus maridos. Por isso surpreende ainda mais que retomo tal tema tão comum entre os homens — como voltou a proclamar Jean de Meung em seu *Roman de la Rose*, e ele não é o único autor a fazê-lo —, a afirmação de que o homem jamais deve confiar algum segredo a uma mulher, porque ela não saberá guardá-lo."

"Querida Christine", respondeu, "nem todas as mulheres são discretas, tampouco os varões, e um homem terá que assegurar-se com prudência da sua mulher, antes de se arriscar a confessar-lhe um segredo. No entanto, se tem certeza de que sua mulher é cônscia e possui um juízo ponderado, ninguém será mais digno da sua confiança, tampouco melhor e que saiba atenuar as suas dores.

"Brutus, patrício romano, marido de Pórcia, jamais pensou que as mulheres não sabem manter a discrição, como pretendem esses autores. Essa nobre senhora, Pórcia, era filha de Catão de Útica, sobrinho de Catão, o Velho. Seu marido, que conhecia sua prudência, confiara-lhe que, a par de Cássio, tentaria matar César no Senado. Imaginando as consequências terríveis de ato tão grave, a senhora usara de todas as energias para dissuadi-lo, aconselhando-o a não realizar tal intento. O assunto causara-lhe tanta angústia que não conseguia conciliar o sono. Na manhã seguinte, quando Brutus deixou o leito, indo praticar o seu desígnio, como última tentativa para não consumá-lo ela pegou uma lâmina como se fosse cortar as unhas. Deixara-a cair e, quando se abaixou para pegá-la, fincou-a na mão. Ao ver o sangue jorrar, suas criadas gritaram tão alto que Brutus voltou. Vendo-a ferida, reprendeu-a por ser imprudente. Pórcia respondeu-lhe que não era néscia, fizera aquilo de propósito, para ver como se suicidaria, caso fracassasse naquilo que ele estava disposto a cumprir. Brutus não se deixou convencer e seguiu com o intento. Pouco depois, partiu em busca de César e, quando encontrou-o ao lado de Cássio, cometeu o assassinato. Os conjurados foram punidos com o exílio e, mesmo tendo abandonado Roma, Brutus foi morto. Quando sua excelente esposa, Pórcia, soube de sua morte, sua dor foi tamanha que ela renunciou ao riso e à própria vida. Como lhe haviam tirado os punhais e qualquer objeto capaz de matar — pois adivinharam bem suas intenções —, ela se aproximou do fogo, encheu a boca com carvões ardentes e os engoliu. Ninguém conheceu uma morte mais paradoxal do que a da nobre Pórcia, que escolheu assim extinguir-se pelo fogo."

Segunda Parte

XXVI

Em que se conta o exemplo da excelente Cúria,
que ilustra esse mesmo argumento.

"Deixa-me retomar esse tema e responder aos homens que acham que as mulheres não sabem guardar segredos, aduzindo alguns exemplos, por sua vez, de extremas demonstrações de lealdade conjugal. A nobre Cúria, esposa de Quinto Lucrécio, amara-o com especial firmeza e discrição. Condenado à morte, junto com outros, os demais réus evadiram-se, refugiando-se em cavernas que tiveram de abandonar por causa de feras selvagens. Lucrécio, ao contrário, ouviu os conselhos da mulher e não deixou a sua habitação. Quando vieram à sua procura, ela escondeu-o de maneira que ninguém o viu. Depois ocultou-o numa parede falsa, e nem sequer os criados sabiam da sua presença ali. Continuou a enganar todos, fingindo que estava louca. Perambulava pelas ruas esfarrapada e desgrenhada, perguntando se alguém tinha visto seu marido, se sabiam onde se escondera, porque queria reunir-se a ele para partilhar o exílio. Fez isso tão bem que ninguém suspeitou de nada. Graças à loucura dissimulada, salvou o marido, preservando-o assim do exílio e da morte."

XXVII

Em que se retoma o mesmo assunto.

"Poderia continuar com muitos outros exemplos, refutando os que querem crer que as mulheres não sabem guardar segredos, bastará só mais um caso. Quando Nero exerceu sobre Roma o seu poder tirânico, muitos romanos chegaram a cogitar, em vista das atrocidades, que para o bem de todos seria melhor assassiná-lo. Iniciaram a conspiração e, para deliberar sobre a maneira de matá-lo, os conjurados reuniram-se na casa de uma mulher em quem confiavam, e não se furtaram de mencionar perante ela todos os pormenores da conspiração. Numa noite em que jantavam naquela casa, a fim de planejar o que levariam a cabo no dia seguinte, não tiveram precaução em falar, de tal forma que um homem sem escrúpulos os ouviu e, para arrebatar a benevolência do imperador, de imediato se dirigiu à sua presença para revelar tudo. Pouco depois de os conjurados deixarem a reunião, a guarda imperial chegou à casa daquela mulher e, ao não encontrar os homens, levaram-na para ser ouvida pelo tirano e ele mesmo a interrogou por um longo tempo. Ela se manteve impassível, ninguém conseguiu tirar dela nenhum nome, nem sequer admitir que sabia de alguma coisa. Nem os magníficos presentes que Nero lhe prometeu, nem sob a tortura de que não a poupou, nada quebrou discrição tão exemplar."

XXVIII

Em que se refuta aqueles que consideram desprezível
o homem que ouve sua mulher e segue seus conselhos.
Perguntas de Christine e respostas de Retidão.

"Senhora, por todas as razões que me haveis dado, e pela minha experiência, observando o juízo sensato e a prudência das mulheres, não posso compreender como certos homens acreditam que um marido capaz de ouvir os conselhos de sua esposa é um néscio desprezível."

"Como disse antes", respondeu, "nem todas as mulheres são razoáveis. Contudo, estulto é precisamente quem ignora uma mulher atenta. Podes constatar tu mesma com os exemplos que narrei. Se tivesse ouvido Pórcia, quando suplicara para que desistisse de matar César, Brutus não teria morrido e evitado todo o mal despertado pelo crime. Posto que me interrogas sobre o tema, comentarei as desgraças ocorridas com outros que também não acataram os conselhos de suas mulheres. Em seguida evocarei os que se beneficiaram com tais conselhos. Se Júlio César, sobre o qual acabamos de falar, tivesse ouvido os conselhos da sua prudente mulher, não teria ido ao Senado onde seria assassinado, já que muitos presságios, e um sonho que ela teve à noite, anunciavam claramente o assassinato de seu marido. Ela tentou demovê-lo de várias maneiras para que não fosse lá naquele dia.

"O caso de Pompeu é semelhante. Como já disse, ele havia se casado com Júlia, filha de Júlio César, e, em segundas núpcias, com outra mulher muito nobre chamada Cornélia. Ela ilustra bem o nosso ponto, pois amava tanto o marido que jamais quis deixá-lo, apesar de todas as desgraças que sobre ele recaíram. E mesmo quando ele se viu obrigado a fugir pelo mar após a derrota infligida por Júlio César, essa excelente mulher estava ao seu lado, compartilhando todos os perigos. Quando Pompeu chegou ao reino do Egito, o traidor Ptolomeu, que era então o faraó, fingiu alegrar-se com sua chegada e enviou soldados ao seu encontro, dissimulando boas-vindas, mas era um ardil para matá-lo. Os guardas o convidaram para subir a bordo numa embarcação mais veloz e deixar o seu séquito no navio, para que assim pudessem levá-lo na frente ao por-

162   A Cidade das Mulheres

to. No instante de embarcar, a prudente Cornélia suplicara-lhe para que não se separasse dos seus soldados. Quando compreendeu que recusaria tal conselho e tudo estava perdido, quis ir com ele para o outro navio, mas Pompeu não aceitou e mandou que ela fosse contida à força. Para a mulher começaram os piores momentos da sua vida porque, assim que se afastaram, ela, mantendo o olhar fixo nele, viu como era assassinado a golpes pelos traidores. A duras penas evitaram que ela se afogasse, em total desespero.

"Infortúnio semelhante caiu sobre o bravo cavaleiro, Heitor de Troia, na noite anterior à sua morte. Sua mulher, Andrômaca, tivera uma visão prodigiosa em sonhos, o presságio de que Heitor morreria em batalha no dia seguinte. Sobressaltada pela visão, que considerou uma genuína profecia, ajoelhou-se ante seu marido, suplicando-lhe em nome dos formosos filhos que tinha nos braços que não fosse para o combate. Pensando que seria reprovado por não ter ido à guerra por culpa de uma mulher, Heitor não fez caso das suas palavras. Ela então fez intervirem o pai e a mãe dele, mas mesmo suas súplicas não puderam dobrá-lo. O que ela havia predito acabou acontecendo, pois Aquiles ceifou a vida de Heitor. Quem ousaria negar que teria sido melhor para ele aceitar o conselho da sua mulher?

"Não faltam exemplos de desastres que se abateram sobre homens que não ouviram os conselhos de suas prudentes mulheres, mas, quem recusa um bom conselho, não há que se compadecer quando enfrentar a desgraça."

Segunda Parte

XXIX

Em que se mencionam homens que se beneficiaram
por seguir os conselhos de suas mulheres.

"Dar-te-ei alguns exemplos de homens que foram favorecidos pela Fortuna por seguirem os conselhos de mulheres. Tentarei não me prolongar porque são muitos, mas aplicam-se ao caso que vimos antes, sobre as mulheres de juízo ponderado. O imperador Justiniano, sobre o qual já falamos, teve por companheiro um barão por quem dedicava amizade sincera. Chamava-se Belisário, e como era um guerreiro valente, o imperador nomeou-o chefe das suas legiões. Ele se sentava ao seu lado à mesa e era atendido como se fosse o monarca. Tantas demonstrações de afeto provocaram a inveja dos seus vassalos, e fizeram chegar ao imperador que Belisário conspirava contra ele, com o intuito de açambarcar o império. Sem refletir, Justiniano acreditou nessas alegações, e escolheu um ardil para matar Belisário, determinando que lutasse contra os vândalos, um povo indômito impossível de ser subjugado. Ao receber essa ordem, Belisário percebeu que havia perdido a confiança do imperador, ou jamais teria lhe encarregado de tal missão, e regressou para casa afrontado pela tristeza.

"Quando sua mulher, Antônia, irmã do imperador, viu-o na cama, pálido e reflexivo, os olhos rasos d'água, sentiu pena e procurou saber o motivo daquela aflição. Com dificuldade, ele lhe contou tudo. Após ouvi-lo, sua mulher, com ar jovial, disse-lhe: 'Se é só isso, não é preciso preocupar-se'. Era a época dos primeiros cristãos e Antônia, que pertencia à nova religião, prosseguiu: 'A fé de Cristo vos ajudará a triunfar. Assim, há de mostrar aos invejosos que estão errados e que querem destruí-lo para tornar as coisas a seu favor. Credes em mim e não desprezeis o meu conselho. Não deveis aparentar pesar nem preocupação, mas mostrar-vos beligerante e tranquilo. Eu direi quando há de reunir o exército e a frota, cuidando para que ninguém saiba das vossas intenções. Dividireis o exército em dois para partir em segredo, o mais rápido, rumo à África, com uma parte das tropas, e, assim que chegar, atacar logo o inimigo. Conduzirei o restante e, quando o inimigo estiver ocupado na batalha, vamos surpreendê-lo a partir do porto, atacando pelo outro flanco, conquistaremos e saquearemos as cidades, até a destruição total'. Belisário seguiu o seu conselho, organizou a expedição, conforme a esposa aconselhara; tudo correu bem. Venceu e capturou o rei dos vândalos. A prudência e a perspicácia de sua mulher valera-lhe a vitória brilhante, e assim voltou a conquistar o afeto do imperador.

"Não demorou para que outros invejosos tentassem, pela segunda vez, que o imperador retirasse a sua confiança e o afastasse do comando do exército, mas estes últimos destituíram Justiniano. Sua mulher voltou a estimulá-lo com ânimo e esperança, e Belisário reconduziu o imperador ao trono, apesar do prejuízo que havia lhe causado. Justiniano então mensurou a traição de seus cortesãos e a lealdade do seu vassalo, tudo graças ao conselho ponderado de uma mulher.

"O rei Alexandre também se deixou aconselhar por sua companheira, filha de Dario, rei dos persas. Quando Alexandre se conscientizou de que fora envenenado por seus servidores desleais, quis jogá-los ao rio para acabar logo com suas dores. Encontrou sua esposa pelo caminho e, apesar da imensa tristeza, ela reconfortara-o e fizera-o ver que teria que continuar até o fim, falando com seus vassalos sobre questões do Estado, elaborando leis e regulamentos, como cabia à sua soberana dignidade, para que ninguém falasse depois da sua morte que capitulara diante da dor. Alexandre acedera às palavras da sua mulher, e retomou o comando antes de morrer."

XXX

*Em que se trata do grande bem que as mulheres fizeram
e ainda fazem pelo mundo.*

Eu, Christine, disse: "Vejo, minha Senhora, quantas benesses propiciaram ao mundo as mulheres. Contudo, os homens continuam a afirmar que elas são a fonte de todos os males".

"Querida Christine", respondeu, "pelo que ouviste, podes ver tu mesma o contrário. Não há homem capaz de calcular em cifras a soma dos benefícios que as mulheres ofereceram e continuam a oferecer. Teve a prova de quanto tantas mulheres contribuíram nas artes e nas ciências, mas, se não bastam os bens materiais, hei de falar dos espirituais. Haverá homem tão ingrato para contradizer que foi uma mulher que abriu a porta do Paraíso? Falo, é claro, da Virgem Maria. Como já recordei, graças a ela Deus se fez homem. Tampouco esquecer-se-á de todo o bem que as mães fazem aos filhos e as mulheres aos seus maridos, mas observemos no campo espiritual, por exemplo, a antiga lei judaica. Se lês a história de Moisés, hás de ver como uma mulher salvara-o da morte, como agora te recordarei.

"Quando os judeus eram escravos dos reis do Egito, havia uma profecia segundo a qual nasceria do povo hebreu o homem que redimiria Israel. Quando nasceu o nobre chefe, Moisés, sua mãe não se atreveu a criá-lo e viu-se obrigada a abandoná-lo numa pequena cesta que deixou nas águas do rio. Como Deus salva o que quer salvar, fez com que a filha do faraó estivesse às margens do Nilo a passear, quando a cesta surgiu. Curiosa em saber o que continha, mandou que a trouxessem. Alegrou-se ao ver que era um menino, e decidiu criá-lo, dizendo a todos que era seu. Milagrosamente, Moisés recusou o peito de uma mulher de outra religião, e ela precisou confiá-lo a uma judia para amamentá-lo. Ao atingir a idade adulta, o eleito de Deus recebeu as Tábuas da Lei e salvou os judeus dos egípcios, conduzindo-os para Israel através do Mar Vermelho. Esta enorme benesse só poderia ter acontecido graças à intervenção de uma mulher."

XXXI

Em que se trata de Judite, a nobre viúva.

"Quando Nabucodonosor, o Grande, após conquistar o Egito, mandou Holofernes combater os judeus, a nobre viúva, Judite, salvou o povo de Israel. Com uma força descomunal, Holofernes atacou a cidade dos judeus, lançando contra eles uma campanha feroz, cortando-lhes a água e os víveres. No limite da resistência, continuaram a rezar. Deus, que salvaria a humanidade através de uma mulher, ouviu as suas orações e libertou o povo judeu.

"Havia na cidade uma mulher jovem, de grande beleza e virtude, a quem Deus inspirara um estratagema corajoso. Uma noite, dirigiu-se com sua serva até o acampamento de Holofernes. Quando as sentinelas a contemplaram sob a luz da lua, levaram-na de imediato ao chefe, que ficou radiante com a sua beleza. Mandou que sentasse ao seu lado e ficou admirado com sua sabedoria e graça. Quanto mais a olhava, mais ardia o desejo de possuí-la. Ela rogava a Deus pelo sucesso da sua missão, enquanto continuava a seduzir Holofernes com palavras lisonjeiras, aguardando pelo momento certo. Na terceira noite, Holofernes convidou seus barões para cear e beber até que, excitado pelo vinho e a comida, não quis outra coisa senão deitar-se com a mulher judia. Ele então a mandou chamar, e ela veio até ele. Ele expressou seu desejo; ela não o rejeitou. Contudo, por pudor, pediu-lhe que fizesse seus homens saírem da tenda e que ele se deitasse primeiro; ela viria sem falta por volta da meia-noite, quando todos estivessem dormindo. Ele atendeu ao seu pedido. Essa excelente dama começou então a orar, suplicando a Deus que desse ao seu pobre coração de mulher a força e a coragem para libertar seu povo daquele cruel tirano.

"Quando Judite percebeu que Holofernes dormira, aproximou-se da tenda sem fazer barulho, acompanhada de sua serva, e, ao ouvir seu ronco, disse: 'Tenhamos agora coragem, Deus está conosco'. Entrou e, empunhando sem temor a espada que estava à cabeceira da cama, desem-

Segunda Parte

167

bainhou-a, ergueu-a com toda a força e degolou a cabeça do tirano com um só golpe. Ninguém ouviu nada. Fugiu logo com a cabeça do inimigo oculta. Ao chegar às portas da cidade, gritou: 'Vinde, abri-me as portas, porque Deus está conosco!'. Quando entrou em Jerusalém, a alegria dos sitiados explodiu. Dispuseram a cabeça de Holofernes num mastro colocado em cima das muralhas e, com a alvorada, todos armados, avançaram bravamente contra o acampamento inimigo. Surpreendidos ainda a dormir — não havia vigilância porque não parecia ser necessário —, correram então até a tenda de Holofernes para acordá-lo. Quando descobriram sua morte, o pânico disseminou-se. Os judeus mataram e aprisionaram todos. Dessa maneira, o povo de Deus foi libertado pela corajosa Judite, que é louvada nas Sagradas Escrituras."

XXXII

Em que se trata da rainha Ester.

"Deus também elegeu uma mulher, a nobre Ester, para alforriar seu povo da escravatura do rei pagão, Assuero, cujo poder se propagou por vastos domínios. Como ele queria se casar, dera ordens para trazerem à corte as mais formosas e bem-educadas donzelas dos seus reinos. Entre elas havia uma jovem de nome Ester, que era judia e amada por Deus. Foi ela a eleita pelo rei. Apaixonara-se por ela de forma tão extraordinária que realizava todos os seus desejos.

"Algum tempo depois das bodas, um conselheiro vil, chamado Amã, tentou fomentar ódio contra os judeus, e mandou que os prendessem e matassem. Antes das ordens serem executadas, o chefe dos judeus, Mardoqueu, avisou a rainha Ester, que ignorava a perseguição em curso contra seu povo. Muito sensibilizada, a rainha decidiu fazer algo. Adornou-se com as suas mais vistosas prendas e, sabendo que o rei estava em seus aposentos, cujas janelas davam para o jardim, saiu do seu cômodo com suas aias, como se fossem passear. Passou várias vezes debaixo dos aposentos reais, até que levantou os olhos e viu seu esposo à janela. Então ela ajoelhou-se para saudá-lo. Agradado de tanta humildade e seduzido ainda mais pela sua beleza, o rei chamou-a, dizendo que realizaria qualquer desejo seu, e ela respondeu que queria apenas cear com ele nos seus aposentos e também com Amã, seu magistrado. Ele acedera logo e, ao jantar na terceira noite, enquanto festejavam, o rei, em júbilo com a beleza de sua mulher e feliz com a ceia, voltou a dizer-lhe que pedisse o que quisesse. Então ela ajoelhou-se aos seus pés, a rogar-lhe que tivesse piedade do seu povo, e já que fizera dela uma rainha, não a desonrasse perseguindo e matando à traição as pessoas da sua linhagem. O rei perguntou furioso quem poderia atrever-se a tais atos, e a rainha respondeu: 'Senhor, vosso magistrado Amã, aqui presente'.

"Para encurtar a história, o rei revogou a sentença; Amã, que urdira tantos crimes, foi condenado à forca e Mardoqueu assumiu o seu lugar,

Segunda Parte

169

enquanto os judeus, livres da servidão, foram favorecidos em relação aos outros povos para aceder a postos e honras. Uma vez mais, como nos tempos de Judite, Deus elegeu uma mulher para salvar o seu povo, e não penses que são as únicas citadas nas Escrituras; estou a omitir Débora, de quem já falei, e muitas outras."

XXXIII

Em que se trata das sabinas.

"A Antiguidade pagã oferece-nos numerosas histórias de mulheres que salvaram os seus países ou cidades. Restringir-me-ei a dois exemplos que se destacam e bastam para rematar o meu argumento.

"Após fundarem Roma, Rômulo e Remo não conseguiram encontrar esposas para os seus guerreiros, porque os reis e príncipes sabinos desconfiavam dos romanos, os viam como bárbaros e selvagens. Rômulo engendrara então um engodo astucioso. Ele concebeu um torneio e convidou reis e príncipes de outros povos para assistirem com suas filhas às festas realizadas por guerreiros estrangeiros. Muitos vieram ao evento, com suas esposas e donzelas jovens. Entre elas, o rei dos sabinos trouxe sua filha, de deslumbrante beleza, acompanhada de um séquito numeroso de suas donzelas. As mulheres estavam sentadas em fileira, de acordo com sua classe, nas cercanias de uma colina. Os cavaleiros travavam combates renhidos, numa disputa cavaleiresca, incitada pela presença de tantas belas representantes do sexo feminino. Já haviam travado várias contendas quando Rômulo decidiu que chegara o momento de executar seu plano, e começou a tocar com intensidade uma corneta de marfim, sinal que todos conheciam. Seus guerreiros abandonaram o torneio e, em grande alvoroço, capturaram as mulheres. O próprio Rômulo raptou a filha do rei dos sabinos, pela qual estava apaixonado. Cada guerreiro levou uma mulher amarrada à garupa do seu cavalo, e seguiram rumo à cidade para encerrarem-se entre as muralhas. Os pais se lamentavam em vão. Do outro lado das muralhas, as filhas lamuriavam-se, presas contra sua vontade. Rômulo celebrou bodas faustosas com a mulher que raptara e assim os outros também procederam.

"O rapto foi motivo de uma longa guerra. O rei dos sabinos, que atacou os romanos, não conseguia vencer um povo tão bravo, e a batalha sangrenta durava já cinco anos, quando ambos os lados reuniram seus exércitos para travar a batalha derradeira, que prometia se tornar

Segunda Parte

171

um grande massacre. Já haviam abandonado a cidade as imensas hostes romanas quando a rainha reuniu as mulheres num dos templos, para discutirem sem demora. Dirigiu-se à assembleia dizendo: 'Honoráveis irmãs e companheiras, não preciso recordar-vos de como nossos maridos se apoderaram de nós, contra quem hoje nossos pais e irmãos pelejam. Seja de quem for a vitória, para nós sempre há de ser um desastre. Se nossos maridos forem vencidos, será doloroso perder os pais de nossos filhos. Se os nossos pais e familiares perderem, será uma desgraça ter provocado as suas mortes! O que está feito não pode ser desfeito, não há remédio. Parece-me que o desejável é buscar o meio-termo para acabar com a guerra, e se quereis seguir o meu conselho, creio que conseguiremos a paz'.

"Todas aceitaram sua ideia com prazer. Então a rainha descalçou-se, soltou suas melenas, e, enquanto fazia isso, as outras mulheres também faziam o mesmo. As que tinham filhos, os levaram pela mão ou nos braços, e havia muitas que estavam grávidas. A rainha encabeçava o cortejo desventurado. Chegaram ao campo de batalha e com dificuldade se interpuseram no preciso momento em que os exércitos formavam fileiras para atacar, de tal maneira que os contendores teriam que passar por cima de seus corpos para combater. A rainha ajoelhou-se à frente de todas as mulheres, que fizeram o mesmo, e gritou: 'Queridos pais e irmãos, amados esposos, por piedade, selai a paz, porque todas preferimos morrer aqui mesmo, sob os cascos de vossos cavalos!'.

"Vislumbrando as mulheres e os filhos, os maridos, vencidos pela piedade, choravam, creia-me, e perderam todo o ódio em batalhar. Quanto aos pais, o amor dessas mulheres conseguiu transformar seu ódio em piedade filial. Comovidos até às profundezas da alma, pais e maridos se entreolharam. Abandonaram as armas, abraçaram-se e selaram a paz. Rômulo conduziu o rei dos sabinos até Roma, o pai de sua mulher, para recebê-lo com todas as honras, ele e seu séquito. Dessa maneira, acabara a matança de romanos e sabinos, graças ao juízo ponderado e à coragem de uma rainha."

XXXIV

Em que se trata de Vetúria.

"A nobre Vetúria, senhora romana, mãe de Márcio, homem valoroso e audaz que os romanos enviaram para combater os coriolanos, e que os derrotara. Em memória daquela vitória, batizaram-no de Coriolano. Sua fama era de tal monta que detinha o poder absoluto, e como sempre é perigoso que um só homem responda por um governo, os romanos acabaram por rebelar-se e expulsaram-no para o exílio. Soube vingar-se do seu desterro, aliando-se aos que vencera e incitando-os ao levante contra Roma. Elegeram-no chefe e partiram rumo à guerra, arrasando tudo por onde passavam. Assombrados por tais saques, os romanos enviaram várias missões para negociar a paz, mas Coriolano não as recebeu. Regressaram com outras embaixadas, e a barbárie continuou. Encaminharam então sacerdotes paramentados, que rogaram-lhe humildemente o fim da guerra, mas foi em vão. Decidiram então pedir que algumas senhoras falassem com a nobre Vetúria, e que ela mediasse a trégua da belicosidade de Coriolano. Assim, ela partiu de Roma com outras patrícias ao encontro de Coriolano. Quando ele vislumbrou a mãe, desceu de seu cavalo e a recebeu com todo o respeito de um filho. Como Vetúria foi suplicar-lhe a paz, Coriolano lhe disse que não era responsabilidade de uma mãe implorar ao filho, senão este respeitar o poder materno e acompanhou-a até Roma. Assim, esta senhora salvou a cidade da aniquilação, o que deveria ter sido feito pelos mais altos dignitários."

Segunda Parte

XXXV

Em que se trata da rainha da França Clotilde.

"Voltando ao caso das benesses que as mulheres facilitaram no campo espiritual, recordemos Clotilde, filha do rei da Borgonha, esposa do poderoso rei Clóvis. Qual maior benesse pôde propiciar à França como a religião cristã? Iluminada pela fé, rogara ao marido para que se convertesse, mas ele recusou. A rainha clamava por Deus, que se apiedou dela. Um dia, enquanto Clóvis combatia os germanos, percebeu a derrota próxima e, levantando o olhar para o céu, disse: 'Deus todo-poderoso, no qual minha esposa crê, dignai em ajudar-me na batalha, juro-te que converter-me-ei sob a tua divina lei'. Mal acabara de rogar, a sorte mudou. Quando regressou, diante do fervor da rainha, recebeu o batismo junto com seus barões e todo o povo. Desde então, ao contrário de outros reinos e impérios, a França nunca conheceu a heresia porque, ao ouvir a santa rainha Clotilde, Deus estendeu a sua graça sobre o reino, cujos soberanos sempre foram chamados de 'as majestades mui cristãs'.

"Se alguém quiser falar sobre tudo o que devemos às mulheres, este livro aumentaria bastante. Restringindo-nos ao lado espiritual, quantos mártires sobre os quais falaremos logo foram acolhidos, alimentados e reconfortados por mulheres dedicadas, viúvas ou da mais alta classe! Se lerem as vidas dos santos, hão de ver como quase todos foram aliviados dos seus sofrimentos graças a uma mulher. Apóstolos como São Paulo e mesmo Cristo foram cuidados por mulheres.

"Os franceses, que veneram o beato São Dionísio — com razão, porque foi o primeiro a trazer o Evangelho à França —, graças a uma mulher seu corpo foi conservado e os dos seus companheiros, São Rústico e São Eleutério. Com efeito, o tirano que os degolara mandara lançar seus corpos ao Sena. Levando-os em sacos pela margem os carrascos pararam na casa de uma viúva honesta, chamada Catula. Ela lhes dera de beber, até que ficaram bêbados. Aproveitou para retirar os corpos dos santos e trocá-los por porcos. Enterrou em sua casa os mártires, com uma inscrição para que no porvir conservassem a sua memória. Naquele mesmo local, tempos depois, outra mulher, Santa Genoveva, levantou a igreja que hoje conhecemos."

XXXVI

*Em que se refuta aqueles que afirmam
que não é bom que as mulheres estudem.*

Eu, Christine, após ouvir o seu testemunho, respondi: "Observo, minha Senhora, quanto bem as mulheres fizeram, mesmo que muitas tenham causado danos, parece-me que em comparação — tendo em conta sobretudo o saber ao qual contribuíram com as ciências e as letras, como já comentamos —, as benesses foram imensas. Por essa razão, assombra-me homens afirmarem que as mulheres não podem estudar e impedem as filhas de fazerem o mesmo, assim como esposas e familiares, dizendo que os estudos arruínam os seus costumes".

"Isto demonstra", respondeu-me, "como as opiniões dos homens não estão fundamentadas na razão, porque está bem claro o equívoco. Não se pode admitir que o conhecimento das ciências morais, que ensinam precisamente a virtude, corrompa tais costumes. Pelo contrário, é verdade que aperfeiçoa e enobrece. Como crer que aviva a corrupção? É algo impossível de pensar ou afirmar. Não digo ser bom que um homem ou uma mulher se embebedem das artes da bruxaria ou outras ciências cuja prática a Igreja proibira. Mas dizer que o conhecimento do bem e da verdade corrompe as mulheres é inadmissível.

"Quinto Hortênsio não compartilhava essa opinião, ele fora um hábil retórico e um grande orador romano. Teve uma filha, Hortênsia, que amava muito e admirava pela vivacidade da sua inteligência. Incutira-lhe o gosto pelas letras, ensinara-lhe retórica, chegando a dominá-la à perfeição, em nada desmerecendo seu pai: não só se assemelhava a ele, como igualava-o na eloquência e na arte oratória. Essa mulher destacara-se com uma contribuição extraordinária — e com isso voltamos ao capítulo das benesses propiciadas pelo sexo feminino. Quando Roma era governada sob o triunvirato, Hortênsia apoiara a causa das mulheres e empreendera o que nenhum homem se atrevera a fazer. Como o governo precisou enfrentar graves dificuldades financeiras, cogitou-se ajudar o erário público criando impostos sobre joias e adornos femininos. O discurso dessa

176   A Cidade das Mulheres

mulher foi tão eloquente que todos a ouviram com a mesma atenção e convencimento, como se fosse seu pai, e conquistou a vitória nesse caso.

"Sem recorrer a exemplos da Antiguidade, vejamos algo mais recente, como o caso de Giovanni d'Andrea, o famoso jurista que ensinou em Bolonha há sessenta anos. Longe de pensar que o estudo não era para as mulheres, sua filha querida, a formosa Novella, estudou letras e direito, até um grau tão avançado que, quando se via ocupado com outras tarefas, enviava sua filha para dar aulas magistrais aos seus estudantes. Para que sua beleza não fosse objeto de distração, instalou uma pequena cortina diante da cátedra. Assim, a filha substituía o pai e o aliviava de seus encargos. Para perpetuar a memória de uma filha que muito amava, ele deu seu nome a um notável comentário do decreto que redigiu, intitulando-o *Novella*.[49]

"De fato, como vês, nem todos os homens, sobretudo os mais cultos, acham mal que as mulheres estudem. Se é verdade que pensam assim os que possuem uma formação inferior, é porque não gostariam de ver que muitas mulheres sabem mais do que eles. O teu pai, grande sábio e filósofo, não pensou que por dedicarem-se à ciência as mulheres seriam inferiores. Pelo contrário, como bem sabes, ficou extremamente feliz por tua tendência para os estudos. Foram os problemas de tua mãe que te impediram, na juventude, de aprofundar e aumentar os teus conhecimentos, porque ela queria que só te dedicasses a fiar e outras minudências, ofícios típicos de mulheres. Entretanto, como reza o dito que antes foi citado, 'O que a Natureza dá não se tira', tua mãe não conseguiu subtrair de ti o gosto pela ciência, essa tendência natural que te permitiu colher o saber, ainda que fosse recolhendo migalhas. Tu não achas, tenho certeza, que teria perdido a tua dedicação ao estudo se não soubesses que o consideras, com razão, que é o teu maior tesouro?"

Eu, Christine, só pude então responder: "O que dizeis, minha Senhora, é tão verdadeiro quanto o Evangelho".

---

[49] A passagem não é clara no original. Giovanni Andrea (*c.* 1270-1348) foi um célebre jurista italiano. Sua obra *Novella super libros Decretalium*, redigida entre 1335 e 1345, é um comentário detalhado dos *Decretos* compilados a mando do papa Gregório IX, em 1234, com o objetivo de reunir as leis canônicas que estavam dispersas em várias fontes. Por sua clareza e precisão, a obra de Giovanni Andrea influenciou o ensino jurídico nas universidades europeias nos séculos seguintes. (N. da E.)

Segunda Parte

XXXVII

*Em que Christine se dirige a Retidão,
e esta refuta a opinião dos que afirmam
que poucas mulheres são castas;
exemplo de Suzana.*

"Pelo que vejo, Senhora, as mulheres possuem muitas qualidades, mas como os homens podem afirmar que há poucas castas? Se assim fosse, as outras virtudes não valeriam nada. Segundo o que os ouvi dizer, pensar-se-á que o contrário é verdadeiro."

Ela me respondeu: "Claro que é o contrário que é verdadeiro! Sabes disso e repetiria até o fim dos tempos. Sobre quantas mulheres as Escrituras falam, que preferiram a morte a renunciar à pureza! Foi o caso da bela Susana, mulher de um judeu rico e influente chamado Joachim. Um dia, ao passear sozinha por um jardim, dois anciãos, dois sacerdotes concupiscentes, aproximaram-se dela convidando-a ao pecado. Ela recusou e, vendo-se rejeitados, ameaçaram denunciá-la à justiça por flagrante delito de adultério com um jovem. Nesses casos, naquela época a lei condenava as mulheres a serem apedrejadas. Ao perceber que estava em perigo, pensou: 'Se me negar a fazer o que esses homens querem, exponho-me à morte; se aceitar, ofenderei o Criador, pelo que prefiro morrer inocente'.

"Então Susana começou a gritar e pessoas de sua casa a ajudaram. Em resumo, os sacerdotes corruptos, por meio de falsos testemunhos, conseguiram condená-la à morte. Mas Deus, que jamais abandona aqueles que ama, a inocentou pela boca do profeta Daniel. Ele era uma criança ainda nos braços da mãe, quando viu passar o cortejo de pessoas chorando que a acompanhavam a caminho da morte, e então ele gritou que aquilo era injusto, pois ela era inocente. Regressaram à cidade para interrogar os dois sacerdotes que, pressionados a confessarem-se culpados, foram castigados com a morte, enquanto Susana era libertada."

XXXVIII

Em que se trata de Sara.

"Sobre a virtude da castidade de Sara, mulher do grande patriarca Abraão, fala-se no primeiro livro da Bíblia, no capítulo XX. Deixo de lado muitas qualidades suas, mencionadas nas Escrituras, para circunscrever-me ao tema. Detentora de uma beleza singular, Sara despertava o desejo de muitos príncipes, aos quais rechaçava. O faraó raptou-a, mas ela conseguiu a ajuda de Deus, que fez cair sobre o faraó tremendas desgraças e visões assombrosas, e viu-se forçado a devolver Sara, sem tocar nela."

XXXIX

Em que se trata de Rebeca.

"Não menos sábia e formosa que Sara foi a virtuosa Rebeca, esposa do patriarca Isaac. Seus louvores são evocados no livro primeiro, capítulo XXIV, e narra a Bíblia como ela foi exemplo de castidade para as demais mulheres. Comportava-se com seu marido de forma humilde, esquecendo-se de que pertencia a uma estirpe elevada, mas Isaac a amava e reverenciava profundamente. Sua virtude valera-lhe algo mais precioso que o amor do seu marido, já que Deus concedera-lhe a graça admirável de fazer com que o seu corpo, senil e estéril, fosse capaz de gerar dois filhos, Jacó e Esaú, que deram origem às tribos de Israel."

XL

Em que se trata de Ruth.

"Como pretendo resumir, não citarei todas as mulheres excelentes e castas mencionadas na Bíblia, apenas recordo-te da nobre Ruth, de cuja linhagem procede o profeta Daniel. Brilhara por sua virtude de esposa, e, ao enviuvar, deu uma prova singular de fidelidade quando abandonou a própria família e o seu país para viver com os judeus e a mãe do seu marido, até o fim de seus dias. Foi escrito um livro sobre ela na Bíblia, para testemunhar sua vida exemplar."

XLI

Em que se trata da esposa de Ulisses, Penélope.

"Lemos em textos antigos exemplos de mulheres pagãs que cultivaram a virtude. Assim foi Penélope, esposa do príncipe Ulisses, entre cujos méritos destaca-se a castidade. É famosa a história de como gastou toda a sua sabedoria e empenho, ao longo de dez anos de ausência do seu marido, que guerreava em Troia, a repelir os lances amorosos e as propostas de inúmeros príncipes e reis cativados pela sua beleza, sem se interessar por nenhum deles. Após a destruição de Troia, ainda precisou esperar mais dez anos, enquanto achavam que o seu marido se perdera nos infortúnios do mar. Quando por fim Ulisses volta, encontra Penélope sendo assediada por um rei que, atraído por sua fidelidade, queria casar-se com ela. Disfarçado de peregrino, Ulisses perguntou sobre a sua mulher, e muito agradou-lhe o que ouviu de sua admirável virtude; também ficou muito feliz ao ver o seu filho, Telêmaco, menino quando o deixara, agora um homem."

Então eu, Christine, lhe disse: "Observo, Senhora, que a beleza dessas mulheres não foi um obstáculo a sua virtude. Contudo, muitos homens afirmam que é impossível encontrar uma mulher bela e casta".

Ela me respondeu: "Quem assim fala é cego: sempre houve, há e haverá mulheres muito castas e ainda assim muito belas".

XLII

*Em que se refuta novamente
aqueles que sustentam que é difícil
para uma mulher bela permanecer casta;
exemplo de Mariana.*

"Mariana, filha do rei hebreu Aristóbolo, foi de tão singular beleza que não só se sobrepunha às mulheres mais belas da sua época como dir-se-ia uma aparição divina, mais do que simples mortal. Foi composto um retrato seu e enviado ao Egito para o rei Marco Antônio. Deslumbrado por sua beleza, falou que não podia acreditar que um simples mortal tivesse gerado uma mulher tão magnífica, que ela devia ser filha de Júpiter. Príncipes e reis, com os corações ardendo, cortejavam-na incessantemente. Ela resistia, mantendo a virtude admirável, suscitando louvores unânimes. Era ainda mais digna de elogio por ser mal casada — ela era esposa do rei Herodes Antipas. Ela o odiava pelas atrocidades, a violência e o escárnio com que a tratava. Ele não deixara que se mantivesse casta, e ela sabia que Herodes dera ordens para matá-la, caso ele morresse, para que ninguém depois dele pudesse desfrutar da sua beleza."

XLIII

*Em que se trata de Antônia, esposa de Druso Tibério,
que ilustra esse mesmo argumento.*

"Diz-se comumente que é mais difícil para uma bela mulher não sucumbir, quando está cercada de jovens galantes, ávidos por prazeres amorosos, do que se manter no meio de uma fogueira sem se queimar. Contudo, a bela e virtuosa Antônia, esposa de Druso Tibério, irmão do imperador Nero, soube muito bem se preservar. Essa mulher ficou viúva ainda muito jovem e no esplendor de uma beleza maravilhosa, após seu marido Tibério ter sido envenenado por seu próprio irmão, Nero. Tomada por uma grande dor, decidiu jamais se casar novamente, vivendo no estado de viuvez e castidade. E assim permaneceu durante toda a sua vida, tão perfeitamente que, de toda a Antiguidade pagã, nenhuma mulher foi mais glorificada por sua castidade. E isso, nos diz Boccaccio, é tanto mais admirável porque ela permaneceu virtuosa em uma sociedade mundana, cercada por jovens bem-vestidos e elegantes, corteses e galantes, que viviam na ociosidade. Ela passou sua vida sem jamais ser caluniada ou acusada da menor falta. Segundo o autor, isso é digno dos maiores louvores, pois essa jovem mulher, de extrema beleza, era filha de Marco Antônio, que vivia na licenciosidade e dissolução. Contudo, os maus exemplos não tiveram nenhum efeito sobre ela, e, em meio à luxúria desenfreada, soube permanecer pura. Essa conduta não foi passageira, mas durou toda a sua vida, até que morreu de velhice.

"Poderia citar o exemplo de muitas mulheres belas que mantiveram sua virtude em meio a uma sociedade mundana, sobretudo no ambiente das cortes, onde tantos rapazes solicitam os seus favores. Hoje mesmo elas são bastante numerosas e insisto em relembrá-las para calar as más-línguas, porque acredito que jamais se falou tão mal das mulheres como atualmente, nem houve tantos homens suscetíveis da infâmia mais vil. Asseguro-te que se todas essas mulheres virtuosas vivessem, em vez de saudar as suas qualidades, como ocorrera na Antiguidade, não deixariam de receber críticas e admoestações."

XLIV

*Em que se citam vários exemplos
para refutar aqueles que dizem que as mulheres
gostam de ser violadas,
começando pelo exemplo de Lucrécia.*

Eu, Christine, respondi-lhe: "Minha Senhora, o que dizeis é bem verdadeiro, e estou convencida de que há muitas mulheres belas, virtuosas e castas, que sabem resguardar-se das armadilhas dos sedutores. Por isso, fico desolada e indignada ao ouvir homens repetirem que as mulheres desejam ser estupradas e que não lhes desagrada nem um pouco serem forçadas, ainda que protestem em voz alta. Não posso acreditar que sintam prazer com algo tão abominável".

Ela me respondeu: "Não creias, minha querida Christine, que as mulheres honradas e virtuosas sintam o menor prazer em ser violadas; ao contrário, nenhuma dor poderia ser mais insuportável para elas. Muitas delas demonstraram isso por si mesmas, como Lucrécia. Ela era uma romana de alta nobreza, a mais castiça de todas as mulheres de Roma, e esposa do patrício Tarquínio Colatino. Mas Tarquínio, o Soberbo, filho de Tarquínio, o Antigo, ardia de amor pela castíssima Lucrécia. No entanto, não ousava declarar-lhe seu amor devido à grande virtude que lhe conhecia. Desistindo de alcançar seu objetivo por meio de presentes ou súplicas, imaginou que poderia possuí-la por meio de artimanhas. Assim, ele se insinuou nas boas graças do marido, conseguindo ser recebido na casa a qualquer momento. Em um dia em que sabia que o marido estava ausente, ele se apresentou, e essa nobre esposa o recebeu com todas as honras devidas a alguém que considerava amigo íntimo de seu marido. Mas Tarquínio, com um objetivo muito diferente, encontrou um meio de penetrar na alcova de Lucrécia durante a noite, o que a deixou apavorada. Para resumir a história, quando, com promessas, presentes e oferecimentos, ele a pressionou a ceder aos seus desejos e viu que as súplicas eram em vão, ele sacou sua espada e ameaçou matá-la se ela gritasse ou se recusasse a submeter-se à sua vontade. Lucrécia respondeu que era melhor que ele a matasse imediatamente, pois preferia morrer a se submeter. Vendo que isso não adiantava, Tarquínio encontrou um estratagema ig-

Segunda Parte

185

nóbil: disse que declararia publicamente que a havia encontrado com um de seus servos. Então ela temeu, pensando que acreditariam em suas palavras, e teve que ceder à força.

"Mas Lucrécia não pôde suportar em silêncio tal vergonha. Pela manhã, ela chamou seu marido, seu pai e seus parentes próximos, que pertenciam à alta aristocracia romana, para confessar-lhes, gemendo e chorando, o que lhe havia acontecido. Enquanto seu marido e parentes tentavam consolá-la — pois compreendiam seu desespero —, ela puxou um punhal, que trouxera escondido sob o vestido, e disse: 'Se é verdade que posso me perdoar pelo meu erro e provar minha inocência, não posso me esquivar da vergonha e do castigo, de medo que mulheres depravadas ou libertinas invoquem meu exemplo'. Após dizer essas palavras, ela cravou fundo o punhal em seu peito e caiu, mortalmente ferida, diante de seu marido e amigos. Furiosos, eles se lançaram contra Tarquínio. Roma inteira inflamou-se por essa causa e expulsou seu rei; quanto ao filho, este seria um homem morto se o tivessem encontrado. Desde então, nunca mais houve um rei em Roma. Alguns afirmam que, devido ao estupro de Lucrécia, foi promulgada uma lei condenando à morte todo homem que violasse uma mulher; é uma pena legítima, moral e justa."

XLV

Em que se conta o exemplo da rainha da Galácia,
que ilustra esse mesmo argumento.

"Quando os romanos ampliavam as suas conquistas pelo mundo, prenderam em plena batalha o rei de Galácia e sua rainha. Durante o cativeiro no acampamento, um general romano apaixonara-se pela senhora formosa, cortês e honrada. Perseguira-a e tentara conquistá-la com favores e dádivas extraordinárias, mas, ao perceber que não atingiria o seu propósito, tomara-a à força. A senhora aviltada não desistiu da vingança, manteve-se em silêncio, à espera do momento certo. Quando chegou o resgate a pagar por sua liberdade, ela pediu para entregá-lo pessoalmente ao general que guardava a prisão. Dera instruções para que verificasse o peso do ouro e assim não ser enganado. Quando o viu absorto na tarefa, sacou um punhal e apunhalou-o. Em seguida, sem se abalar, cortou sua cabeça e entregou-a ao marido, a quem relatou a história e o motivo da vingança."

Segunda Parte

XLVI

*Em que se contam os exemplos
das sicambras e de outras virgens
que ilustram esse mesmo argumento.*

"Acabei de relatar exemplos de mulheres casadas cuja dignidade não suportou a angústia da violação. Citar-te-ia muitos outros de viúvas e virgens. Assim, uma mulher grega, Hipo, foi raptada por piratas que saqueavam os mares da Grécia. Como era muito bonita, perseguiram-na com tanto fragor que, ao ver que não subtrair-se-ia ao horror da violação, preferiu a morte à angústia de tão abominável destino, e lançou-se ao mar, morrendo afogada.

"Da mesma maneira, os sicambros — chamados hoje de franceses — atacaram os romanos com um exército enorme e uma multidão, pois, pensando que ocupariam Roma, trouxeram mulheres e filhos. Quando as mulheres perceberam que os sicambros estavam perdendo a batalha, reuniram-se para deliberar e concordaram em morrer para não serem desonradas, já que sabiam, conforme os costumes guerreiros, que seriam violadas. Cercaram-se de carros e carroças, como uma fortaleza, e, recolhendo algumas armas, lutaram com grande bravura. Conseguiram derrotar alguns soldados romanos, mas quase todas elas pereceram. As outras defenderam sua honra, implorando que as deixassem consagrar-se no templo de Vesta, e, se não ouvissem suas súplicas, tirariam as próprias vidas.

"O mesmo aconteceu com Virgínia, nobre donzela romana, a quem Cláudio, um juiz corrupto, acreditou poder pressioná-la e possuí-la à força. Embora fosse jovem, preferiu a morte a ser violada.

"Por fim, direi que, em uma cidade da Lombardia que caiu nas mãos do inimigo, as filhas do senhor, após a morte deste, sabiam que tentariam violá-las. Portanto, elas encontraram um estratagema curioso que lhes fez grande honra. Pegaram carne de frango crua e a colocaram entre seus seios. Logo, o calor fez com que a carne apodrecesse, de modo que, quando os soldados inimigos tentaram se aproximar delas, foram acometidos pelo mau cheiro. Então, eles se afastaram rapidamente, exclamando: 'Deus! Como elas fedem, essas lombardas!'. Mas daquela pestilência emanava um perfume de virtude."

Segunda Parte

XLVII

Em que se refuta o que se diz
sobre a inconstância das mulheres.
Christine é a primeira a falar.
Resposta de Justiça sobre a inconstância
e a falta de firmeza em alguns imperadores.

"Minha Senhora, acabais de citar provas de destaque da admirável força e nobreza das mulheres. Por acaso surgiram tantos varões robustos? Os homens, sobretudo os autores de livros, vociferam contra as mulheres, a quem reprovam a frivolidade e a inconstância; retratam-nas sempre volúveis e flexíveis como crianças, e sem caráter. Tais homens que acusam as mulheres de serem débeis, são porventura tão corajosos no cotidiano, jamais fraquejam nem mudam de opinião? Se for assim, falta-lhes firmeza, e não é vergonhoso exigir aos outros aquilo que não possuem?"

Ela me respondeu: "Minha cara Christine, não ouviste que o tolo encontra a palha no olho alheio mas não no seu? Demonstrar-te-ei como os homens são inconsequentes, e as contradições em que incorrem quando acusam as mulheres de serem volúveis e inconstantes. De fato, como todos acham que a natureza feminina é instável, supor-se-ia que eles sempre têm o ânimo moderado, ou pelo menos que são mais constantes do que as mulheres. Contudo, exigem muito mais das mulheres do que eles demonstram. Os homens, que propagandeiam sua força e coragem, derrapam em falhas incríveis e erros terríveis, não por ignorância, mas cônscios dos equívocos, e sempre procuram desculpar-se, dizendo que o erro é humano. No entanto, quando uma mulher produz o mínimo erro — provocado, em geral, pelo abuso de poder do homem —, estão prontos para acusá-las de inconstância e futilidade! Parece-me que deveriam tolerar, de maneira justa, essa ligeireza que tanto reprovam, e não proceder como se fosse um crime, o que no caso determinam como *peccata minuta*. Não há lei nem tratado capaz de outorgar-lhes o direito de pecar mais do que as mulheres, nem estipular que os defeitos masculinos são desculpáveis. Na verdade, investem-se de tanta autoridade moral que atribuem a si mesmos o direito de acusar as mulheres dos piores defeitos e crimes, sem tentar compreendê-las ou desculpá-las. Os que difamam as mulheres jamais reconhecem sua força e constância, que lhes permitem suportar tantos maus-tratos pelos homens. Dessa maneira, o homem sempre tem o direito a seu favor porque pleiteia representar ambas as partes, como bem escreveste na tua *Epistre au Dieu d'amours*.[50]

"Perguntaste-me se os homens são tão fortes e resolutos a ponto de se permitirem censurar a inconstância das outras pessoas. Se te debruçares sobre a história, da Antiguidade aos nossos dias, asseguro-te de que nos livros, como em tudo o que viste em tua própria vida e no que ainda vês todos os dias — não entre os homens comuns ou de condição baixa, mas entre os maiores —, então, verás, sim, a perfeição, a força e a constância! Claro que me referi à grande maioria, pois é verdade que também encontramos entre os homens comuns aqueles sábios, constantes e valorosos, que, é preciso reconhecer, são muito necessários.

"Se quiser exemplos antigos ou recentes, sobre tal acusação feita pelos homens às mulheres, como se estivessem acima de toda suspeita, no que se refere à firmeza e à seriedade, pensa na vida dos homens poderosos e ilustres, o que resultará ainda mais escandaloso. Tomemos o exemplo dos imperadores, e pergunto-te se alguém viu mulher tão frágil de caráter, temerosa, instável e inconstante como foi o imperador Cláudio. Era tão volúvel que ao fim de uma hora seria capaz de revogar ordens recém-criadas; ninguém se fiava na sua palavra, porque estava sempre concordando com o último que falara. Sua tolice e crueldade o levaram a mandar assassinar sua esposa, e na mesma noite ele perguntava por que ela não vinha se deitar. Ele mandava chamar para brincar com ele pessoas a quem acabara de mandar cortar a cabeça. Ele tinha tão pouca coragem que tremia de medo constantemente e não confiava em ninguém. O que mais dizer? Esse infeliz imperador não tinha uma gota de coragem nem de moralidade. Mas por que me limitar a ele? Teria sido o único homem sem caráter a governar o império? O imperador Tibério foi melhor? Encontrar-se-ia alguma vez em uma mulher o equivalente à sua inconstância, à sua leviandade, ao desregramento de seus costumes?"

---

[50] Datada de 1399, a *Epístola ao Deus do amor* assinala uma ruptura significativa no desenvolvimento da obra de Christine de Pizan. No período anterior, ela havia se dedicado a composições líricas de molde convencional, tratando os temas amorosos dentro da tradição da poesia cortês. Na *Epístola*, ela assume um tom mais crítico e engajado, consciente da posição da mulher na sociedade e introduzindo uma dimensão argumentativa e feminista dentro na literatura. (N. da E.)

Segunda Parte

XLVIII

Em que se trata do imperador Nero.

"No capítulo dos imperadores, o que dizer de Nero? A tibieza e a instabilidade do seu caráter eram explícitas. No início do seu reinado tentou satisfazer todos de maneira equânime, mas logo se entregou à lascívia, à avidez e à perversidade. Para dar livre curso às suas tendências, pegava suas armas e saía à noite, percorrendo as ruas com amigos de luxúria, dedicando-se a orgias ou qualquer gênero de cupidez em lupanares e locais de má fama. Com o intuito de provocar brigas, empurrava as pessoas pelas ruas, as quais feria ou matava, caso reclamassem. Adentrava em tabernas e bordéis para violar mulheres e quase foi assassinado pelo marido de uma delas. Nos banhos, onde celebrava festas noite afora, tudo era motivo de luxúria. Por simples capricho, dava ordens que revogava em seguida. Motivado pela vaidade e o luxo desenfreado, dilapidou uma fortuna imensa apenas para satisfazer suas fantasias e gostos cruéis. Perseguia os justos, e a maldade o atraía. Foi cúmplice do assassinato de seu pai, mandou matar sua mãe. Após a sua morte, ordenou que abrissem seu ventre para ver de onde viera e comentou, depois de examinar detidamente, que ela era muito bonita. Assassinou a nobre Octavia, sua mulher, e casou-se com outra, a quem depois também ceifou a vida. Matou Antônia, filha do seu predecessor, que se negara a casar-se com ele. Por fim, deu ordens para tirar a vida do seu enteado, um menino de sete anos, porque um criado, brincando com ele, chamara-o de príncipe.

"Condenara o seu mestre, Sêneca, o grande filósofo, a morrer porque só a sua presença já lhe parecia reprovar os seus crimes. Fingindo oferecer-lhe um remédio contra dor de dentes, envenenara um dos seus generais e usara o veneno, que vertia em taças ou mandava misturar nos alimentos, para acabar com a vida dos mais respeitáveis patrícios, enquanto pensavam que estavam conquistando riquezas e poder. Após matar sua tia, confiscara os seus bens. Quantos nobres romanos executara ou enviara ao exílio, massacrando em seguida seus filhos! Ensinou um servo egípcio, notável por sua crueldade, a comer apenas carne humana, e assim ele devorava as vítimas vivas. É impossível listar todas as suas atrocidades, o relato das suas depravações não tem fim! Mesmo assim, rematou os seus crimes com o incêndio de Roma, que ardeu por seis dias e seis noites, provocando um terrível desastre e uma enorme mortandade. Contemplando a queda de uma torre em chamas, ficou feliz perante o espetáculo e começou a cantar. Deu ordens para degolar São Pedro e São Paulo, como diversão. Após um reinado de quatorze anos, os romanos, que sofreram incontáveis atrocidades por sua causa, rebelaram-se contra ele que, desesperado, acabou com a própria vida."

XLIX

*Em que se trata de Galba
e de outros imperadores.*

"Não hás de pensar que queria te escandalizar com os relatos da crueldade de Nero. Parecer-te-á um caso excepcional, mas podes ter certeza de que, caso vivesse mais tempo, o seu sucessor, Galba, teria praticado as mesmas barbaridades, pela sua depravação e vícios desmesurados. Sempre vacilante e instável, ora cruel e colérico, ora terno ao extremo, cioso, vingativo, pleno de suspeitas infundadas e ódio contra os príncipes e seus cavaleiros, assustadiço e covarde, e acima de tudo mesquinho, não ficou no poder mais de seis meses, pois foi assassinado para acabar com seus crimes. E quanto a Oto, o imperador seguinte, pode-se dizer que ele foi melhor? Diz-se que as mulheres são vaidosas, mas esse homem era tão refinado, tinha um corpo tão delicado que jamais se viu alguém mais sensível. Era um fraco, buscando apenas o próprio conforto. Saqueador descarado, perdulário, glutão, hipócrita, devasso, desleal, traidor e desprezível, entregava-se a todas as depravações. Pôs fim à própria vida após três meses de reinado, quando seus inimigos o derrotaram.

"Vitélio, o sucessor de Oto, não foi em nada superior a ele. Tinha todos os vícios. Sem dúvida é desnecessário dizer-te mais, mas não creias que exagero; basta consultares a história dos imperadores e suas biografias para veres quantos deles foram virtuosos, justos ou constantes! Júlio César, Otávio, o imperador Trajano e Tito estão entre as exceções, mas asseguro-te que, para um bom, encontrar-se-iam dez infames.

"Falemos agora dos papas e dos homens da Igreja, que deveriam galgar maior perfeição do que o restante dos mortais. Nos primeiros tempos da Igreja se alçaram até a santidade, mas desde que Constantino dotou a Igreja de riquezas e rendas abundantes, o que resta da santidade... O que dizer? Não precisa consultar os livros de história. Se dizes que isso está como antes e agora tudo está bem, olha as condições para decidir se o mundo está melhor e se os feitos e ditos dos príncipes, o poder temporal e espiritual, demonstram firmeza e constância. Está bem claro, e não acrescentarei mais nada. No entanto, pergunto-me como os homens podem falar de inconstância caprichosa das mulheres sem sentirem pressão, como não se envergonham com a ligeireza sobre assuntos dos quais são responsáveis — assuntos que dizem respeito a eles, e não às mulheres —, demonstrando uma hesitação nas suas condutas que resulta de todo pueril. Deus sabe se eles se atêm às resoluções e aos acordos fixados em suas assembleias!

"Por fim, como definir a inconstância e a ligeireza senão como algo que colide com a razão que toda criatura possui para realizar o bem? Quando um homem ou uma mulher permitem que a sensualidade possa toldar a razão, isto é fragilidade e inconstância. Quanto mais uma pessoa afunda no erro, mais vulnerável ela se torna porque a sua razão já não brilha. De tudo o que relatam os livros de história — segundo creio, a experiência não o desmente —, fica claro que, ao contrário do que os filósofos podem afirmar, e os demais autores que amealham a autoridade sobre a inconstância das mulheres, nunca existiu mulher alguma que alcançasse o grau de perversidade de muitos homens.

"Como exemplo de mulheres perversas narram os livros e as crônicas de Atalia e de sua mãe, Jezebel, rainhas de Jerusalém; de Brunhilde, rainha da França, e mais algumas. Mas pensa na perversidade de Judas, traindo o seu Mestre, que só fazia o bem, ou a crueldade do povo judeu, que não só o matara por ódio ao Cristo, como vários profetas que o precederam, quebrando seus ossos. Observa o caso de Juliano, o apóstata, cuja crueldade fez pensar que era o anticristo; o tirano Dionísio da Sicília, de tão abominável vida, que apenas ler sobre ela já é execrável. Se consideras quantos reis indignos e imperadores desleais reinaram sobre o mundo, quantos papas heréticos e mesquinhos, prelados desguarnecidos de fé — e todos os falsos profetas e anticristos por vir —, hás de imaginar que os homens bem podiam se calar e as mulheres agradecerem a Deus que tivesse disposto suas preciosas almas em corpos femininos. Agora, para refutar com exemplos os argumentos dos homens sobre a fragilidade das mulheres, falar-te-ei de mulheres de grande poder, cujas histórias são ótimas de ouvir."

Segunda Parte

L

*Em que se trata da força de caráter de Griselda,
marquesa de Saluzzo.*

"Fala-se dos livros de um marquês de Saluzzo, chamado Gualtieri,
homem bonito e cortês, mas cuja conduta destacara-se por ser rara. Os
seus barões não paravam de admoestá-lo para que se casasse e gerasse
um sucessor. Após negar-se por muito tempo, acabou por concordar, mas
exigiu de seus vassalos que aceitassem a mulher que escolhesse, qualquer
que fosse, e todos firmaram promessa. O marquês adorava a caça e a fal-
coaria. Perto do castelo havia uma pequena vila onde, entre camponeses,
vivia um lenhador chamado Giannucolo. Esse homem justo e honrado
era um ancião, mas tinha uma filha de dezoito anos chamada Griselda,
que cuidava dele e fiava lã. O marquês, ao passar pela vila observou sua
conduta discreta, e a beleza do seu rosto e do seu corpo agradava-o. Convocou então os barões, a quem prometera casar-se, para que junto com
as suas senhoras marcassem uma data para as suas bodas.

Iniciaram-se os preparativos da cerimônia faustosa, e, no dia fixado,
o marquês ordenou que todos tomassem suas cavalgaduras, e dispôs-se
à frente do cortejo, partindo em busca da noiva. Seguiu direto até a casa
do lenhador e encontrou Griselda, que voltava da fonte, levando à cabeça um cântaro cheio de água. Ela se ajoelhou e Gualtieri mandou-a trazer
seu pai. Quando lhe disse que ia se casar com sua filha, este respondeu
que assim fosse, se tal era de seu gosto. Então as senhoras entraram na
casa humilde, vestiram a noiva com ricos adornos e joias preciosas, dignas do seu posto, tudo preparado pelo marquês. Ele a levou para o palácio, onde se casaram. Para abreviar, direi que, devido às suas qualidades
e o trato afável, esta mulher conquistou a admiração e o afeto de todos,
servindo e amando seu marido profundamente.

"Naquele mesmo ano, a marquesa deu à luz uma menina, nascimento que causou grande alegria, mas, quando chegou à idade de ela largar
o peito materno, para pôr à prova a paciência e a constância de Griselda,
o marquês fê-la acreditar que os barões, indignados com a ideia de que

sua filha se tornasse rainha, queriam matá-la. Diante dessa notícia — difícil para qualquer mãe —, Griselda respondeu que se ele era o pai, o destino dela estava em suas mãos. Entregou a menina a um escudeiro, que fingiu levá-la para lhe dar a morte, mas foi com ela para Bolonha, e a deixou na casa da condessa Panice, irmã do marquês, para ser cuidada e educada. Pensando que sua filha havia sido morta, Griselda sufocou a tristeza e a dor. No ano seguinte, a marquesa engravidou outra vez, dando à luz um menino, cujo nascimento foi muito saudado. Para pôr à prova mais uma vez a esposa, Gualtieri disse-lhe que o menino teria que morrer porque assim exigiam os seus vassalos. A senhora respondeu-lhe que, se não lhes bastasse a morte de seu filho, ela também estava disposta a dar sua vida, se ele assim quisesse. Como antes fizera com a filha, entregou o menino ao escudeiro, sem demonstrar dor. Só recomendou que o enterrasse, para que sua terna carne não fosse pasto de pássaros e feras, e mesmo perante tanta crueldade o rosto de Griselda se manteve impassível.

"O marquês não se deu por satisfeito e decidiu continuar a testar sua mulher. Viviam juntos há doze anos, e tão irreprovável fora a sua conduta que o razoável teria sido pensar que as provas eram bastantes. Mesmo assim, chamou-a aos seus aposentos um dia e disse-lhe que estava à beira de perder o feudo, porque os barões se recusavam a render vassalagem à filha de Giannucolo; para apaziguá-los era necessário que voltasse para a casa de seu pai e ele tomaria por esposa alguém de mais alta linhagem. Griselda, a quem esta notícia deve ter sido cruel e dolorosa, respondeu: 'Senhor, sempre soube e muitas vezes pensei que não havia nada em comum entre a magnificência de tua nobreza e a minha pobreza. Nunca me considerei digna de ser tua amante, muito menos tua esposa. Estou agora pronta para retornar à casa de meu pai, onde terminarei meus dias. Quanto ao dote que me ordenaste levar, lembro-me, e tu o sabes, que antes de cruzar o limiar da casa paterna, ordenaste-me que deixasse todas as minhas vestes e me adornasse com os trajes que me destinaste para me levares; eu não trazia outro dote senão a minha fidelidade, minha virtude, meu respeito e minha pobreza. É justo que eu te devolva o que é teu; portanto, tiro minha veste para restituí-la a ti. Aqui está também a aliança com a qual me desposaste, aqui estão as outras joias, anéis, vestes e adornos com que fui paramentada e embelezada na câmara nupcial. Toda nua saí da casa de meu pai, e toda nua a ela retornarei. No entanto, parece-me indecente que a nudez deste ventre que abri-

Segunda Parte

gou os dois filhos que geraste seja exposta aos olhares do povo; por isso, rogo-te, se assim for do teu agrado — pois não tenho outra preocupação —, que tenhas a bondade de me conceder, em compensação pela virgindade que te trouxe — e que não levarei deste palácio —, uma única camisola para velar a nudez daquela que foi outrora tua esposa e marquesa'. Diante disso, o marquês não pôde deixar de derramar lágrimas de comoção, mas conteve-se e, saindo do quarto, ordenou que lhe dessem como única veste uma camisola.

"E assim aconteceu; perante os barões e suas senhoras, Griselda partiu despida, descalçara-se, tirara as joias e com uma camisola se foi. Já havia corrido pelo país o rumor de que o senhor pretendia repudiar sua mulher e pessoas seguiram para o palácio, desesperadas com a notícia. A cabeça nua, descalça, o corpo nu sob a camisola, Griselda partiu cavalgando, acompanhada pelos barões, cavaleiros e senhoras, que maldiziam o marquês e choravam comovidos pela bondade de sua senhora. Griselda, pelo contrário, não deixou cair nenhuma lágrima. Ao ouvir o alvoroço, seu pai, que sempre temera que o marquês se cansasse de matrimônio tão peculiar, saiu ao encontro da filha, levando seu velho vestido rasgado, que guardara para tal circunstância, e, sério, o entregou. Ela retomou a vida simples e humilde, cuidando do pai, a quem consolava da dor amarga que sentia ao ver sua filha, que chegara tão alto, agora na miséria.

"Quando Gualtieri percebeu que já havia colocado à prova sua esposa até o limite mais extremo, deu ordens para que sua irmã viesse de Bolonha com um rico séquito de senhoras e cavaleiros, junto com os seus filhos, mas que não falasse a ninguém quem era o pai deles. Anunciou aos seus vassalos novas bodas com uma jovem nobre que estivera na tutela em casa de sua irmã. Reuniu no palácio uma assembleia de cavalheiros e senhoras para recepcionarem sua irmã, e mandou que Griselda voltasse, dando-lhe as seguintes ordens: 'Griselda, amanhã há de chegar com a minha irmã a jovem que desposarei. Quero que sejam recebidas com todas as honras. Como tu conheces meus hábitos, a disposição dos aposentos e as salas do palácio, quero que te encarregues de tudo e ordenes aos criados que cada um receba o tratamento de acordo com sua classe, e, antes de todos, minha futura esposa. Cuida para que tudo esteja arrumado'.

"No dia seguinte começaram os faustos. Griselda continuou vestida humildemente, mas nem por isso tratou com menos cortesia e distinção aquela que seria a futura esposa, dizendo-lhe com reverência: 'Bem-vinda sejais a esta casa, minha senhora'. Com amável trato e graça, também recebeu o jovem e cada cavaleiro e dama da corte, sem descuidar-se de ninguém. Se o seu vestido revelava sua baixa condição, as suas maneiras, os seus gestos, o seu porte, levava a pensar que era uma senhora da mais alta linhagem e sabedoria. Os convidados estrangeiros espantaram-se que tão humildes hábitos ocultassem tanta nobreza e eloquência. Os festejos prosseguiam sem nenhuma falha, porque Griselda previra tudo. Ela estava fascinada pela donzela e pelo jovem, louvava a beleza de ambos e não se afastava deles.

"Na hora prevista para a missa, o marquês, que todos pensavam que iria se casar com a jovem, apresentou-se diante da assistência, mandou vir Griselda e inquiriu-lhe: 'O que pensa, Griselda, de minha futura esposa? Não te parece boa e honrada?'. 'Certamente, senhor', respondeu sem titubear. 'Seria difícil encontrar outra mais bela e honrada. Mas peço-vos, com toda a humildade, que não a trate com crueldade como tratou a primeira, porque é mais jovem e sua educação foi mais delicada, pelo que não suportaria tantas provas como vossa outra esposa.'

"Ao ouvir tal resposta, o marquês ficou assombrado perante tanta força de caráter e tão firme e moderado valor. Ficou admirado com sua extraordinária constância e sentiu compaixão pelo sofrimento que lhe havia causado durante tanto tempo, assim como a desgraça que ela continuava a padecer, mesmo que não merecesse. E começou a falar diante de todos: 'Griselda, já provaste enormemente a tua constância, fidelidade, lealdade e o profundo amor por mim. Creio que nenhum homem recebeu tantas provas de amor conjugal como o que me foi dedicado por ti'. Aproximou-se, abraçou-a carinhosamente e, beijando-a, disse-lhe: 'Só tu és minha esposa. Não quis outra, nunca terei outra. Esta jovem, que pensavas ser minha nova esposa, é a nossa filha. Este é o teu filho. Que todos os presentes saibam que agi para pôr à prova minha esposa, não para condená-la. Aqui estão meus filhos, os que não mandei matar, mas educar em casa de minha irmã'.

"Quando ouviu tais palavras, refém da felicidade, a marquesa desmaiou. Ao voltar a si, abraçou os filhos, inundou-os de lágrimas, e entre os presentes não se viu ninguém que não chorasse de compaixão e felicidade. Griselda arrebatou ainda mais admiração. Voltou para junto dos convivas adornada com toda a opulência e começaram os festejos extraordinários. Viveram por vinte anos sob a paz e compartilhando a felicidade. O marquês conquistou o respeito de todos ao trazer para o palácio Giannucolo, o pai de Griselda, com o qual não se preocupara até então. Casou seus filhos honrosamente e, ao morrer, com o consentimento dos barões seu filho tornou-se o seu sucessor."

LI

Em que se trata de Florência, a romana.

"Se Griselda, marquesa de Saluzzo, foi um modelo de constância e valor, a nobre Florência, imperatriz romana, também suportou a adversidade com admirável perseverança, como lemos em *Les Miracles de Notre Dame*.[51] Essa mulher era de uma beleza inigualável e não menos virtuosa. Aconteceu que seu marido precisou partir em expedição familiar, rumo a um país longínquo, e deixou o império e sua mulher aos cuidados do irmão. Então, uma paixão pela cunhada apoderou-se deste. Ele a pressionava com demasiado ardor para satisfazer seus desejos, a tal ponto que Florência foi obrigada a encarcerá-lo numa torre, onde o manteve prisioneiro até o regresso do imperador. Quando seu marido anunciou a sua chegada, ela libertou o cunhado para que fosse ao encontro do irmão, sem que ele soubesse da sua traição. O que ela não imaginava é que o cunhado fosse caluniá-la, acusando-a de prendê-lo para satisfazer suas inclinações perversas. O imperador deu crédito à versão do irmão, sem dar oportunidade à mulher de se defender, e mandou matá-la. Não queria voltar a falar com ela nem encontrá-la viva. Aturdida pela sentença cruel, Florência persuadiu os que iriam tirar-lhe a vida para que a deixassem partir oculta sob um disfarce.

"Começou a sua peregrinação, até que lhe foi confiada a educação do filho de um príncipe. Ocorreu então que o irmão daquele príncipe caiu apaixonado por ela. Perseguiu-a ardentemente por muito tempo e, ao ver-se recusado, vingou-se de maneira brutal matando o menino que dormia ao seu lado. Acusada e condenada à morte, levaram-na ao cadafalso, mas, comovidos com a recordação da sua virtude exemplar, os príncipes

---

[51] *Les Miracles de Notre Dame* (Os milagres de Nossa Senhora) são uma coletânea de 30 mil versos, redigidos pelo abade Gautier de Coinci (1177-1236). Inspirada em modelos latinos, essa compilação de poemas-orações que celebram milagres da Virgem Maria deu origem a baladas bastante conhecidas, ainda hoje cantadas e gravadas. (N. da E.)

Segunda Parte

201

a perdoaram e deixaram que partisse para o exílio. Conheceu então muitas desventuras e miséria. Um dia, quando se encontrava descansando num relvado, sonhou que a Virgem lhe dizia que colhesse uma planta do prado que encontraria onde tinha a cabeça apoiada; com ela poderia ganhar a vida, curando todas as enfermidades. Com efeito, tornou-se uma curandeira famosa. O irmão de um príncipe caíra gravemente doente — o mesmo que matara o sobrinho —, e mandaram buscá-la para que o curasse com a erva. Ela então, quando na sua presença, disse-lhe que só o curaria se reconhecesse publicamente sua culpa. Quando soube do crime do irmão, o príncipe quis sentenciá-lo à morte, mas Florência, que curara o enfermo, devolveu-lhe o bem pelo mal, perdoando-o ao intervir a seu favor.

"Ao fim de muito tempo, a história se repete. Caiu enfermo de lepra o irmão do imperador, por cuja culpa Florência tivera que exilar-se. Como já alcançara fama sem limites, curando todas as doenças, mensageiros do imperador partiram em sua busca. Este, acreditando que sua mulher morrera, como havia ordenado, não a reconheceu. Ela exigiu do enfermo uma confissão pública, e ele durante algum tempo se negou, mas, temendo que a lepra fosse um castigo divino, revelou o que urdira contra a imperatriz. Louco de dor, pensando que por sua culpa mandara à morte sua amada e leal esposa, o imperador quis matar o irmão, mas Florência o apaziguou. Com sua fantástica paciência, mereceu reaver a sua condição e a felicidade, para a alegria de todos."

LII

*Em que se conta a história
da esposa de Bernabó, o Genovês.*

"Para ilustrar a discussão sobre as mulheres virtuosas, invocar-se-á a história narrada por Boccaccio no *Decamerão*.[52] Havia em Paris, reunidos em torno de uma mesa, vários mercadores lombardos e italianos que, discutindo sobre vários assuntos, começaram a falar das mulheres. Um deles, que se chamava Bernabó, de Gênova, dera início ao louvar sua bela mulher, sábia e discreta, e enumerara uma longa lista dos seus méritos, e insistira que cumprira a castidade mais do que qualquer outra. Estava entre os convidados um homem arrogante, chamado Ambrogiolo, o qual lhe fizera atentar para o fato de que se inferiorizara elogiando a sua mulher, em particular sobre a sua virtude, pois não havia nenhuma mulher, por mais casta que fosse, capaz de resistir entre promessas, dádivas, lamentos e palavras carinhosas de um sedutor decidido a conquistá-la. Os ânimos esquentaram, eles discutiram e acabaram por apostar cinco mil florins de ouro. Bernabó apostou que, por muito que tentasse, Ambrogiolo jamais conseguiria deitar-se com sua mulher. Apostando o contrário, o seu desafiante prometeu fornecer evidências confiáveis do seu triunfo. Os outros mercadores tentaram demovê-los de tal aposta, mas foi em vão.

---

[52] Uma das obras mais influentes da literatura ocidental, *ll Decamerone* foi escrito pelo poeta e humanista Giovanni Boccaccio (1313-1375) entre 1348 e 1353. Redigida em dialeto toscano, uma das bases do italiano moderno, a narrativa se passa durante a peste negra que de fato assolou Florença em 1348. Nela, dez jovens — sete mulheres e três homens — refugiam-se em uma vila no campo para escapar da epidemia e, para passar o tempo, cada um conta uma história por dia, durante dez dias, resultando em exatamente cem contos. As histórias, de natureza bastante variada, revelam a diversidade das experiências humanas e proporcionam um retrato vibrante e bem-humorado da sociedade medieval. Christine de Pizan aproveita algumas histórias de Boccaccio em *A Cidade das Mulheres*. (N. da E.)

Segunda Parte

"Ambrogiolo partiu o quanto antes para Gênova, e, ao chegar, informou-se sobre a vida e os hábitos da mulher de Bernabó. Ouviu falar tão bem dela, que lhe pareceu ter se metido numa empresa desatinada. Confuso e desesperado, arrependeu-se do que considerava algo infame, mas, como a ideia de perder cinco mil florins lhe doía no coração, pensou num artifício. Como conheceu uma anciã que vivia na casa da senhora, decidiu corrompê-la com dinheiro para que, escondido num baú, o levasse até a alcova da virtuosa senhora. A velha cumpriu o combinado e, com o pretexto de que aquele baú guardava objetos preciosos e caros e que tinham tentado roubá-lo, pediu à senhora que o guardasse em seu cômodo por alguns dias, até que ele pudesse devolvê-lo aos donos. A senhora concordou com prazer. Ao cair da noite, Ambrogiolo, oculto no baú, não parou de observar a senhora até vê-la despida. Sem fazer nenhum barulho, saiu do esconderijo e pegou uma bolsa e um cinto que a mulher de Bernabó bordara, e voltou para dentro do baú, sem despertar a senhora nem a menina que dormia ao seu lado. Ela não se dera conta de nada, e ao fim de três dias a velha voltou para pegar o baú. Contentíssimo com a trama, sentindo-se muito astucioso, Ambrogiolo voltou para Paris e, na presença de todos os mercadores, anunciou ao marido que havia se deitado com sua mulher e conseguira tudo a que se propusera. Primeiro, descreveu como era o seu cômodo e as pinturas lá existentes. Em seguida, dizendo que eram presentes da senhora, mostrou a bolsa e o cinto, que Bernabó reconheceu de imediato. Quando o apostador descreveu o corpo nu da senhora, acrescentou que havia sob o seio esquerdo um sinal cor de morango. Como eram já muitas as provas manifestas, ninguém pôde duvidar da veracidade do que contara. Sentindo uma dor como se tivesse sido apunhalado no coração, pagou os cinco mil florins e saiu sem demora rumo à Gênova. Ao aproximar-se da cidade, e antes de adentrá-la, enviou uma mensagem por um criado seu até alguém em quem confiava e cuidava dos seus bens, que matasse sua mulher, com instruções detalhadas para atingir esse fim, mas sem explicar-lhe os motivos de tal ordem. Ao receber a carta, o servidor convenceu a mulher de Bernabó que era para irem ao encontro de seu marido, notícia que a alegrou bastante. Ambos se puseram a caminho e, quando chegaram à beira de um bosque solitário, o servidor contou que ia matá-la por ordens do seu marido. Para resumir, essa senhora era muito bela e amável e conseguiu convencê-lo de que a deixasse fugir, sob a promessa de abandonar o país.

"Quando ela se viu em segurança, foi para uma pequena cidade onde convenceu uma senhora idosa a lhe vender roupas masculinas. Cortou o cabelo e se disfarçou de rapaz. Acabou entrando ao serviço de um rico fidalgo da Catalunha chamado Segner Ferrant, que havia ancorado no porto para se refazer. Ela o serviu tão bem que ele ficou perfeitamente satisfeito, pois nunca, dizia ele, tinha visto um criado tão bom. Esta dama se fazia chamar Sagurat de Finoli. Segner Ferrant voltou a bordo de seu navio, levando Sagurat com ele, e velejaram até Alexandria. Lá, comprou cavalos magníficos e falcões. Munido desses presentes, foi visitar o sultão do Egito, com quem mantinha uma grande amizade. Já estavam lá havia algum tempo, quando o sultão notou Sagurat, que servia seu mestre com tanta devoção e parecia tão belo e amável que lhe causou a melhor das impressões. O sultão então pediu a Ferrant que o cedesse, prometendo fazer dele seu grande intendente. Segner Ferrant consentiu, embora a contragosto. Em resumo, Sagurat serviu tão bem ao sultão que este quis confiar-lhe tudo; de fato, Sagurat exerceu tanta influência que a gestão de todos os negócios ficou a seu cargo.

"Uma feira estava prestes a acontecer em uma das cidades do sultão, e os mercadores afluíam de todas as partes. O sultão ordenou a Sagurat que fosse até lá como governador para zelar por seus interesses. Quis Deus que o traidor Ambrogiolo, que havia enriquecido graças ao dinheiro de Bernabó, também fosse para lá, na companhia de outros italianos que vieram vender joias. Todos procuravam ganhar o favor de Sagurat, que era o representante do sultão na cidade. Como mestre e grande intendente, os mercadores estrangeiros vinham regularmente lhe oferecer joias para comprar, tanto que um dia o dito Ambrogiolo se apresentou diante dele. Abriu uma pequena caixa cheia de joias para mostrá-las a Sagurat. Ora, nessa caixa estavam a pequena bolsa e o cinto. Sagurat, que os reconheceu de imediato, os pegou para examinar, perguntando-se como poderiam ter chegado até ali. Ambrogiolo não pensava no assunto havia muito tempo; então, começou a sorrir. Vendo-o tão alegre, Sagurat lhe disse:

"'Creio, meu amigo, que estás rindo porque me interesso por essa pequena bolsa, que é um objeto de mulher. Reconheça, contudo, que ela é bem bonita.'

"Ambrogiolo respondeu: 'Senhor, ela é sua se a quiser, mas eu ri ao me lembrar de como a obtive'.

"'Por favor', disse Sagurat, 'conte-me essa história.'

Segunda Parte

"'Ora', disse Ambrogiolo, 'recebi-a de uma bela mulher que me deu de presente após uma noite de amor. E, além disso, ganhei cinco mil florins de ouro numa aposta feita com o estouvado do seu marido, um tal Bernabó, que me desafiou a deitar-me com ela. O infeliz mandou matar a mulher, mas é ele quem deveria ser punido, pois os homens devem saber que as mulheres são fracas e facilmente conquistadas, e é preciso estar louco para confiar nelas.'

"A dama ficou conhecendo assim o motivo da ira de seu marido, o que até então ignorava. Mas, como era uma mulher sagaz e de grande autocontrole, decidiu não demonstrar nada até que chegasse o momento oportuno. Sagurat fingiu achar divertida a aventura de Ambrogiolo; disse-lhe que era um sujeito alegre e que desejava torná-lo seu melhor amigo; até esperava que ele permanecesse no país para cuidar dos negócios, pois queria tê-lo como sócio e lhe entregaria grandes quantias. Ambrogiolo ficou encantado com esse discurso. E, de fato, Sagurat lhe deu uma loja e, para melhor enganá-lo, confiou-lhe muito dinheiro e demonstrou tanta amizade que se viam todos os dias. Com o pretexto de fazer o sultão rir, pediu-lhe que contasse esse divertido golpe. Por fim, Sagurat investigou a situação de Bernabó, que havia caído na miséria, tanto pela grande soma de dinheiro que havia perdido quanto pelo desgosto que o abatera. Para resumir em poucas palavras o final da história, Sagurat convenceu alguns genoveses que se encontravam no país a comunicar a Bernabó que o sultão desejava que ele viesse se estabelecer em suas terras. Quando Bernabó se apresentou ao sultão, Sagurat mandou chamar Ambrogiolo. Mas, antes, ele havia informado a seu senhor que Ambrogiolo estava mentindo ao se vangloriar de ter desfrutado dos favores da mulher; pediu-lhe, portanto, que, se a verdade viesse à tona, punisse o dito Ambrogiolo como ele merecia. O sultão concordou.

"Quando Ambrogiolo e Bernabó estavam diante do sultão, Sagurat pronunciou estas palavras: 'Ambrogiolo, Sua Excelência, o sultão, bem gostaria de ouvir novamente o bom truque que pregaste em Bernabó, aqui presente, ao tomar-lhe cinco mil florins e como te deitaste com a esposa dele. Conta-nos em pormenores'. Ambrogiolo empalideceu, como se mesmo em homem tão trapaceiro a verdade não pudesse ser facilmente abafada, pois, pego de surpresa, ele não esperava isso. No entanto, ele se recompôs e disse: 'Senhor, que importa se eu o digo ou não? Bernabó sabe o suficiente. Eu sinto grande vergonha de sua vergonha'. Nisso, Bernabó, cheio de pesar e vergonha, implorou que lhe permitissem não ouvir e que pudesse se retirar. Mas Sagurat respondeu, brincando, que isso não aconteceria e que ele deveria ouvir tudo. Ambrogiolo compreendeu que não podia mais recuar e começou a contar novamente, com voz trêmula, a versão que havia dado a Bernabó e a eles mesmos. Quando ele terminou seu relato, Sagurat perguntou a Bernabó se o que Ambrogiolo lhes havia dito era verdade. Ele respondeu que não havia dúvida. 'Como pode ter certeza', disse então Sagurat, 'com base em indícios tão escassos, de que este homem realmente se deitou com sua esposa? És tão tolo que não sabes que havia muitos meios fraudulentos de conhecer como era o corpo dela, sem deitar-se com ela? E foi por isso que a fizeste morrer! És tu quem merece a morte, pois tuas provas não eram suficientes.'

"Então Bernabó foi tomado de medo, e Sagurat, que não queria mais calar o que lhe parecia oportuno dizer, dirigiu-se a Ambrogiolo nestes termos: 'Traidor hipócrita! Mentiroso! Confessa! Confessa a verdade antes que te obriguemos a isso sob tortura! Pois é preciso dizê-la. Temos a prova de que tua língua de víbora não destila senão mentiras; sabe que a mulher de quem te gabas de ter obtido seus favores não está morta e que ela está suficientemente perto daqui para desmentir tuas mentiras desavergonhadas. Pois nunca sequer a tocaste, isso é certo'. Havia ali numerosas testemunhas, tanto entre os vassalos do sultão quanto entre os lombardos, que ouviam tudo isso com grande espanto. Em resumo, Ambrogiolo foi obrigado a confessar diante do sultão e daquela multidão de testemunhas como sua cobiça o havia levado a perpetrar essa fraude para ganhar os cinco mil florins de sua aposta.

"Quando Bernabó ouviu a verdade, enlouqueceu de ódio pensando que mandara matar a sua mulher injustamente, mas Sagurat aproximou-se dele e perguntou: 'O que darias, Bernabó, se te devolvessem a mulher viva e casta?'. Bernabó respondeu que daria tudo o que possuía. 'Bernabó, meu querido, não me reconheces?' Estupefato e maravilhado, Bernabó pensou que era um sonho o que estava ouvindo. Então, sua mulher desnudou o peito, e disse: 'Olha, Bernabó, sou eu, tua fiel esposa, a quem mandaste matar injustamente'. Abraçaram-se, chorando de prazer, enquanto o sultão e os presentes louvavam a perseverança da senhora, que foi agraciada com os bens de Ambrogiolo, condenado a morrer sob tortura. Em seguida, Bernabó e sua mulher retornaram a seu país."

Segunda Parte

207

LIII

*Tendo ouvido o discurso de Retidão
sobre a constância das mulheres,
Christine pergunta por que as nobres mulheres do passado
não refutaram os livros e os homens que as caluniavam.
Resposta de Retidão.*

Esses foram os relatos que me fez Retidão. Para ser sucinta, deixo de lado alguns deles, como o de Lena, uma mulher grega que, ao denunciar dois homens que a acusaram, diante do juiz que mandou torturá-la para que confessasse, ela mesma arrancou a própria língua com os dentes. Falaria também de outras que preferiram o veneno a serem forçadas a trair. Eu, Christine, disse então: 'Demonstrastes, Senhora, que as mulheres são capazes de grande perseverança e valor. Na verdade, não se pode dizer o mesmo dos homens. Surpreende-me que todas as mulheres valorosas, que além do mais eram sábias, versadas em letras, e escreveram livros, tornaram-se exemplos de eloquência, e toleram até hoje, sem contradizê-las, tantas acusações infames por parte de homens, quando elas já sabiam que todos faltavam com a verdade'.

"Querida amiga", respondeu, "o que me perguntas tem uma resposta fácil. Por tudo o que contei até agora acerca dessas mulheres notáveis, deves ter percebido que cada uma delas aplicou a sua inteligência em obras distintas, muito diferentes umas das outras, pois nem todas cuidaram do mesmo assunto. A ti é que estava destinado erguer esta Cidade, e não a elas, porque as suas obras já bastavam para que as pessoas de mente lúcida e juízo ponderado admirassem as mulheres. Não tinham por que escrever nenhum livro sobre o assunto que nos ocupa. Mas quanto a todo esse tempo que transcorreu antes que fossem refutados os seus acusadores e essas más-línguas, eu digo que, observadas do ponto de vista da eternidade, as coisas chegam na hora certa. Como teria podido Deus tolerar tantas heresias que se chocam com sua santa palavra, e tanto custaram para serem extirpadas que ainda estariam aí se ninguém tivesse se levantado contra elas? Há muitas coisas que se aceitam por demasiado tempo, até que um dia acabam sendo discutidas e rechaçadas."

Então eu, Christine, voltei a tomar a palavra: "Minha Senhora, tudo isso é justo, mas sei bem que as más-línguas irão murmurar contra esta minha obra, dizendo que se é verdade que existiram no passado mulheres virtuosas, e ainda há muitas no presente, esse não é o caso de todas, nem do maior número dentre elas".

Ela me respondeu: "É falso dizer que a maioria dentre elas não é virtuosa. Além de tudo o que vimos, confirma-o a experiência cotidiana de sua compaixão, seus atos de caridade e suas virtudes. Não são elas que cometem as atrocidades e injustiças que reviram continuamente o mundo de ponta-cabeça! E que há de espantoso se não são todas virtuosas? Não se encontrava um só justo em toda a cidade de Nínive — que era então uma cidade muito povoada — quando Jonas foi enviado pelo Eterno para destruí-la, caso ela não se convertesse. Tampouco em Sodoma, como bem se viu, quando o fogo do céu caiu sobre a cidade para aniquilá-la, após a partida de Ló. E ainda podes lembrar que, entre os discípulos de Cristo, que eram doze e todos homens, havia um mau. Os homens pretendem que todas as mulheres têm que ser virtuosas e que há que apedrejar aquelas em que a virtude está ausente. Digo aos homens que olhem para si mesmos e aquele que estiver livre de pecado que atire a primeira pedra. Pois qual deveria ser, de fato, a conduta deles? Quando os homens forem perfeitos, as mulheres também o serão".

Segunda Parte

LIV

*Em que Christine pergunta se os homens dizem a verdade
ao afirmar que poucas mulheres são fiéis no amor.
Resposta de Retidão.*

Eu, Christine, retomei a discussão nestes termos: "Deixemos agora, Senhora, tais questões que nos afastam do tema, porque há outras que gostaria de vos perguntar, se estivesse certa de que isso não vos incomodará, já que se distanciam da ponderada Razão e respondem melhor às leis da Natureza".

Ela me respondeu: "Querida Christine, pergunta tudo o que quiseres, nunca a mestra deve repreender a discípula ávida de saber, mesmo se faz uma profusão de perguntas".

"Minha Senhora, há na terra uma atração natural dos homens pelas mulheres e das mulheres pelos homens; isso não é uma lei social, mas um impulso carnal; é ele que faz com que, movidos pelo desejo sexual, amem-se mutuamente com amor e paixão. Eles ignoram o que faz arder essas chamas de paixão, mas todos e todas conhecem esse estado que se chama amor. Os homens, no entanto, têm o costume de dizer que as mulheres, apesar de todos os seus juramentos, são inconstantes, pouco afetuosas, mentirosas e incrivelmente falsas. Tudo isso viria da leviandade de seu caráter. Muitos autores as acusam dessa maneira, especialmente Ovídio, que faz um ataque violento a elas no seu *A arte de amar*.[53] E depois de censurarem bastante as mulheres sobre isso, Ovídio e todos os outros dizem que, se escreveram tanto em seus textos contra a perfídia e a maldade das mulheres, foi para o bem público e comum, buscando prevenir os homens contra as artimanhas femininas; pois, segundo eles, deve-se desconfiar das mulheres como da serpente oculta na relva. Portanto, queira, querida Senhora, dizer-me o que há de verdade nisso."

---

[53] Em *Ars Amatoria* (A arte de amar), o poeta romano Ovídio (43 a.C.-*c.* 18 d.C.) oferece um "manual" do amor, ensinando a homens e mulheres, em tom leve e irreverente, técnicas de sedução, estratégias para manter o amor, além de conselhos práticos sobre o comportamento nos relacionamentos. (N. da E.)

Ela me respondeu: "Minha querida filha, não sei mais o que te dizer sobre essas acusações de infidelidade, pois tu mesma já as refutaste suficientemente em tua *Epistre au Dieu d'amours* e nas *Epistres sur Le Roman de la Rose*.[54] Mas te mostrarei que eles estão errados ao afirmarem que o fazem, como tu me lembraste, para o bem público. Eis a razão: o bem comum ou público não é outra coisa senão o proveito ou o bem geral dentro de uma cidade, de um país ou de uma comunidade, onde cada um e cada uma toma parte ou participa. Mas o que se faz para o bem de uns e não de outros deve ser chamado de bem privado ou próprio, e não de bem público. Seria ainda menos o caso quando se tira de uns para dar a outros; isso nem deveria ser chamado de bem privado ou próprio, mas de roubo qualificado, feito em prejuízo de uns em favor de outros. Pois esses autores não se dirigem às mulheres para aconselhá-las a se proteger das armadilhas que os homens lhes armam. No entanto, é muito certo que os homens frequentemente enganam as mulheres com sua astúcia e duplicidade. E não há dúvida de que as mulheres, elas também, fazem parte do povo de Deus, que são criaturas humanas, tal como os homens, e que não pertencem a uma raça ou espécie diferente que se pudesse excluir da instrução moral. Deve-se concluir que, se esses autores realmente agissem pelo bem comum, ou seja, a favor de ambas as partes envolvidas, teriam igualmente se dirigido às mulheres para adverti-las contra as armadilhas dos homens, como o fizeram com os homens em relação às mulheres.

"Mas deixemos essa questão para responder à outra, ou seja, àquela que trata da suposta falta de amor de que o coração feminino seria capaz. Para te provar que elas são mais fiéis do que se diz, bastará citar o exemplo de algumas que amaram até a morte. Começarei por falar-te da nobre Dido, rainha de Cartago, cujas virtudes brilhantes já te contei, e que tu mesma evocaste outrora em teus poemas."

---

[54] Respectivamente, a *Epístola ao Deus do amor*, de 1399, e as *Epístolas sobre O Romance da Rosa*, de 1401-1402. (N. da E.)

Segunda Parte

LV

Em que se trata de Dido, rainha de Cartago,
e da fidelidade das mulheres no amor.

"Como tive a oportunidade de contar antes, o reinado de Dido sobre Cartago foi glorioso e feliz. Após a destruição de Troia, Eneias deixara a cidade, capitaneando muitos troianos. Foram muitas as desventuras e prostrações do navegador, entre tempestades que destruíram suas naus, perdeu grande parte da tripulação e víveres, e, encontrando-se arruinado e exausto, precisando de um refúgio para descansar, seguiu para o porto de Cartago. Ali, como não quisesse desembarcar sem pedir permissão à rainha, enviou-lhe mensageiros para saber se poderiam fundear em seu porto. A nobre senhora conhecia a fama dos troianos, que sobrepujava a de outros povos, sabia também que Eneias pertencia à Casa Real de Troia, e assim não só os autorizou a lançar âncoras, como foi ao encontro deles com um séquito de senhoras, donzelas e barões, e os acolheu com todas as honras. Em tão cortês companhia, conduziu-os até a cidade, onde os recebeu e festejou prazenteiramente. Para que estender o relato? Direi apenas que a estada de Eneias resultou ótima, a ponto de fazer-lhe esquecer os sofrimentos que padecera. Dido e Eneias ficaram tão próximos que o amor acabou por inflamar seus corações.

"No entanto, o amor de Dido era muito maior do que o de Eneias por ela. Após jurar-lhe que jamais amaria outra e seria dela para sempre, quando ela já o ajudara a repor suas forças, reparar e armar as suas naus, guarnecê-las com o necessário, e o enchera de riquezas, disposta até a gastar sua fortuna com aquele que conquistara seu coração, ele a abandonou. Partiu sem se despedir, fugindo à noite como um traidor, sem que ela soubesse. Foi dessa maneira que ele respondeu à sua hospitalidade. Tal rompimento causou grande dor à desafortunada Dido. Amava muito Eneias, e pensou que só restava renunciar aos prazeres da vida. Desfez-se em prantos e lamentos e lançou-se numa pira que mandou acender — outros dizem que enfiou a espada de Eneias no peito. Sob tão trágica morte pereceu a rainha Dido, cuja fama ultrapassava a de qualquer mulher de sua época."

LVI

Em que se trata de Medeia apaixonada.

"Medeia, filha do rei da Cólquida, versada em muitos saberes, amou Jasão com um amor muito profundo e fiel. Ele era um guerreiro grego, muito habilidoso nas armas. Ele tinha ouvido dizer, na ilha da Cólquida, reino do pai de Medeia, havia um maravilhoso carneiro, guardado por vários sortilégios, cujo velocino, isto é, sua lã, era de ouro e parecia impossível de conquistar. Entretanto, uma profecia havia anunciado que um guerreiro o conquistaria. Jasão soube disso e, sempre ávido por aumentar sua fama, deixou a Grécia com muitos companheiros, com a intenção de tentar essa façanha. Ao chegar a Cólquida, o rei da ilha advertiu-o de que nem a força nem a coragem de um mortal seriam suficientes para conquistar o velocino, pois ele era encantado. Muitos guerreiros já haviam tentado: todos perderam a vida, e ele lamentava vê-lo perecer dessa forma. Jasão respondeu que a ideia da morte não o faria recuar perante tal desafio. A beleza, a origem real e a fama de Jasão atraíram Medeia, filha do rei; parecia-lhe que ele seria para ela um excelente partido e que não poderia amar alguém mais nobre. Assim, ela decidiu preservá-lo da morte, pois não podia suportar que um guerreiro tão valoroso perecesse assim. Falou-lhe longamente e com toda liberdade. Resumindo, envolveu-o com encantos e sortilégios, pois ela os conhecia todos, e lhe ensinou, em troca de uma promessa de casamento, como conquistar o Velocino de Ouro. Jasão jurou então tomá-la como esposa, prometendo jamais desposar outra, e amá-la fielmente por toda a vida. Porém, após ter obtido dela tudo o que queria, traiu seu juramento, abandonando-a por outra. Medeia, que preferiria ser despedaçada em mil partes a traí-lo daquela forma, ficou desolada, e seu coração jamais conheceu a felicidade novamente."

Segunda Parte

213

LVII

Em que se trata de Tisbe.

"Como sabes, conta Ovídio em seu *Metamorfoses* que houve na cidade da Babilônia duas famílias de cidadãos ricos que viviam próximos, tão perto que somente um muro separava seus palácios. Tinham dois filhos, ambos virtuosos, um chamava-se Príamo, e Tisbe era uma formosa menina. As duas crianças, ainda na idade da inocência, isto é, por volta dos sete anos, gostavam tanto uma da outra que não conseguiam ficar separadas. Aguardavam com impaciência a hora de acordar e tomar o desjejum para logo se juntarem às outras crianças e voltarem a se encontrar e partilhar suas brincadeiras. Tal amor despertado na infância prolongou-se na adolescência. Como estavam sempre juntos, as pessoas começaram a comentar e os rumores chegaram aos ouvidos da mãe de Tisbe, que trancou a filha em seus aposentos, dizendo com raiva que saberia impedir que ela se aproximasse de Príamo. Os dois jovens sofreram como se estivessem presos num cárcere, suas queixas e prantos cortavam o coração. Não suportavam a separação tão cruel, mas a angústia enorme transformou-se na força do seu amor: embora não se vissem, o amor aumentava ardorosamente com o passar do tempo.

"Um dia, quis o acaso que Tisbe, que não pensava em outra coisa senão em Príamo, sozinha em seu cômodo, com os olhos rasos d'água, voltasse o olhar para o muro que separava ambos os palácios. Então lamentou-se nestes termos: 'Ah, cruel muro de pedra que me separas de meu amigo, se tivesses uma gota de piedade, te abririas para que eu pudesse ver quem tanto amo!'. Ao dizer isso, seu olhar foi atraído por um canto do muro no qual vislumbrou, através de uma fissura, a luz do dia. Ela raspou a fissura com o dente de seu cinto — era o único instrumento que tinha à mão — e conseguiu alargar o buraco o bastante para que Príamo, do outro lado do muro, pudesse ver sua fivela, o que veio a ocorrer.

"Foi esse então o sinal combinado que permitiu aos dois amantes se encontrarem regularmente junto à fissura para conversar e trocar doces queixas. Por fim, movidos por seu profundo amor, teceram o plano de aproveitar a noite para fugir em segredo de suas casas e se encontrarem fora da cidade, perto de uma fonte sob uma amoreira-branca, onde haviam brincado juntos na infância. Tisbe, cujo amor era mais forte, foi a primeira a chegar. Enquanto esperava seu amigo, ouviu o rugido de um leão que se aproximara para beber da fonte. Assustada, escondeu-se embaixo de um arbusto, mas, ao fugir, deixou para trás o véu branco que levava na cabeça. O leão agarrou-o e sobre ele vomitou as entranhas dos animais que acabara de devorar. Príamo chegou logo depois, antes que Tisbe tivesse coragem de sair de seu esconderijo. À luz da lua, ele viu o véu ensanguentado com pedaços de carne e ficou convencido de que sua amada havia sido devorada. Isso lhe causou tanta dor que atravessou seu corpo com a espada. Já estava morrendo quando Tisbe chegou e o encontrou nesse triste estado; ao vê-lo segurando contra o peito o véu ensanguentado, ela compreendeu a razão de tal desgraça. A dor foi tamanha que ela não quis mais viver. Ao perceber que seu amado havia dado o último suspiro, ela chorou profundamente, depois tirou a própria vida com a mesma espada."

LVIII

Em que se trata de Hero.

"O amor da nobre donzela Hero por Leandro não foi menos profundo que o de Tisbe por Príamo. Para guardar segredo dos seus encontros amorosos e proteger assim a honra da sua amada, Leandro arriscava sua vida. Evitava juntar-se a ela na presença de alguém, visitando-a à noite. Deixava sua alcova sempre só, sem que ninguém soubesse, seguia até a costa, despia-se e atravessava a nado uma parte do mar de Helesponto até o castelo de Abidos, onde vivia sua amada. Ela o aguardava de pé, à janela. No inverno, quando as noites eram longas e escuras, Hero acendia uma tocha para indicar ao amante o caminho a seguir.

"Os dois amantes empregaram esse estratagema por vários anos, até que a ciosa Fortuna, com inveja de seus prazeres, resolveu privá-los de tais deleites. Foi no tempo do inverno, quando a tormenta torna o mar crespo, agitado, forte e perigoso. Os ventos sopravam furiosos e a tempestade não amainava. A ansiedade da espera parecia intolerável para os amantes; eles amaldiçoavam o vento e o mau tempo quando, uma noite, Leandro viu o sinal na janela. Impelido por seu desejo e acreditando que Hero tinha acendido a tocha para chamá-lo, Leandro quis ir até lá, apesar do perigo, pensando que seria pusilânime não se lançar à travessia. Ah, que destino desafortunado! A miserável Hero, que temia que seu amado se expusesse a tais perigos, e que o teria impedido de bom grado de fazer a travessia, acendera a tocha para orientar seu caminho, caso ele tentasse atravessar. A perversa Fortuna incitou Leandro a enfrentar as ondas. Ele não conseguiu lutar contra as correntes que o levaram para o alto-mar, onde acabou por afogar-se. Refém da angústia, Hero, cujo coração abrigava tristes pressentimentos, não parava de chorar. Ao despontar da aurora, voltou à janela onde passara grande parte da noite, sem conseguir dormir nem descansar. Viu então flutuar nas águas o cadáver do seu amante. Não quis continuar viva e lançou-se ao mar, onde morreu por ter se enamorado tanto, tendo o corpo de seu amante entre os braços."

LIX

Em que se trata de Ghismonda,
filha do príncipe de Salerno.

"Conta Boccaccio no seu *Decamerão* que o príncipe de Salerno, chamado Tancredo, tinha uma filha formosa, gentil, graciosa e cortês, que amava com paixão, não podendo viver sem ela. Como não queria separar-se de Ghismonda, apesar dos pedidos de sua família, demorou muito tempo a dar seu consentimento para que ela se casasse. Por fim, concordou em ceder a mão de sua filha ao conde de Cápua, mas ela não permaneceu muito tempo casada, pois o marido faleceu pouco tempo depois. O pai a recebeu novamente em casa, resolvido a nunca mais casá-la. Ghismonda fazia a alegria da velhice de seu pai, mas ao mesmo tempo sabia-se bela, graciosa, plena de vitalidade e habituada aos prazeres. Acredite, não lhe agradava nem um pouco ser jovem e não ter marido, mas não ousava se rebelar contra a autoridade do pai.

"Como esta senhora participava de todas as audiências da corte ao lado do príncipe de Salerno, ela via muitos nobres, porém, mais do que eles, agradou-lhe um certo escudeiro de seu pai, que lhe pareceu formoso, detentor de boas maneiras e, numa palavra, o mais digno de seu amor. Em resumo, seduzida por sua figura, ela decidiu aplacar os ardentes desejos de sua juventude e entregar-se a ele como amante. Sentada à mesa com o pai, ela estudou longamente as maneiras e a conduta do jovem, que se chamava Guiscardo, antes de lhe revelar seus sentimentos. Quanto mais os dias passavam, mais ela o observava, e mais ele lhe parecia perfeito em todos os aspectos.

"Um dia, quando já havia refletido o bastante, convidou-o a sentar-se a seu lado e disse: 'Guiscardo, meu amigo, vossa bondade, bem como a confiança que possuo em vossa dedicada lealdade, me impelem a vos abrir o coração para confiar-vos certos segredos que me tocam de perto e que jamais contaria a qualquer pessoa. Mas antes peço a vossa palavra de que não os revelareis a ninguém'. 'Minha senhora', respondeu Guiscardo, 'juro por minha honra que em vida jamais revelarei sequer o menor de vossos segredos.' 'Guiscardo, saiba que sinto um grande afeto por

Segunda Parte

217

um cavalheiro a quem desejo amar verdadeiramente. Como não tenho liberdade para falar com ele, nem confidente algum para alertá-lo de meus sentimentos, quero que sejas o mensageiro desses amores. Cuide, Guiscardo, que me confio a ti mais do que a qualquer outro, a ponto de colocar a minha honra entre tuas mãos.' 'Minha senhora', disse Guiscardo, ajoelhando-se diante dela, 'conheço vossa virtude e sei que nunca faríeis algo que vos desonrasse. Agradeço humildemente vossa confiança, e honra-me que me considereis a ponto de revelar-me o segredo do vosso coração. Podeis dizer-me, sem temor, os vossos mais íntimos desejos, porque eu vos servirei de corpo e alma, assim como ao objeto de tão nobre amor, o homem que tiver a felicidade de ser amado por dama tão digna.' Ghismonda, comovida ao ouvi-lo falar dessa maneira, quis colocá-lo à prova e, tomando-lhe a mão, disse-lhe: 'Guiscardo, meu doce amigo, saiba que és tu o único eleito do meu coração e o único objeto de meus desejos, pois parece-me que a nobreza de teus sentimentos e a excelência de tua conduta tornam-te digno de ser amado com o mais profundo amor'. Tomado por uma alegria infinita, o rapaz agradeceu a Ghismonda com humildade.

"Não me prolongarei a falar sobre seus amores, que transcorreram em feliz segredo até que Fortuna, com inveja de tais prazeres, transformou o deleite dos amantes em dor amarga, e isso da forma mais inusitada. Num dia de verão em que Ghismonda passeava pelo jardim com suas damas, seu pai, que só ficava feliz com sua presença, dirigiu-se ao seu quarto para falar com ela. Encontrou as janelas fechadas e as cortinas que protegiam o leito descidas. Sem ver ninguém, pensou que ela fazia a sesta e, sem querer despertá-la, sentou-se num divã ao lado da cama, onde adormeceu profundamente. Ao fim de algum tempo, Ghismonda voltou para os seus aposentos, deitou-se no leito e pediu a suas acompanhantes que se retirassem e fechassem a porta atrás delas. Sem se dar conta da presença do pai, Ghismonda ergueu-se do leito, foi buscar Guiscardo que estava escondido num roupeiro e o introduziu em seu quarto. Enquanto os dois se entretinham com seus jogos amorosos e conversavam detrás das cortinas do leito, o príncipe despertou e percebeu que sua filha estava com um homem. Mortalmente afligido, pensou primeiro em lançar-se sobre o intruso e impedi-lo de desonrar sua filha, mas ele se controlou, reconheceu o homem que estava com ela, e deixou o aposento sem que os dois amantes se dessem conta. Estes permaneceram ainda muito tempo juntos, como era costume, e quando os prazeres findaram,

Guiscardo escapuliu. Mas o príncipe, que mandara vigiá-lo, fez com que o capturassem e o lançassem na prisão. Em seguida foi ao quarto da filha e, com o rosto transtornado, os olhos cheios de lágrimas, dirigiu-se a ela nestes termos:

"'Ghismonda, pensava ter em ti uma filha honesta e virtuosa como nenhuma outra. Jamais imaginei, ainda que me dissessem, que te entregarias a um homem que não fosse o teu marido. Sabendo agora que o fizeste, no que resta de vida que a velhice reserva, ficarei sempre magoado me lembrando disso. O que mais me fere é ter acreditado que serias incapaz de deixar-te levar por um amor que não fosse digno da tua linhagem. Agora vejo que te apaixonaste por um homem de condição obscura. Se fosse para conduzir-te à desonestidade, tinhas a eleger tantos nobres cavalheiros de minha corte, mas te deixaste seduzir por Guiscardo! Tenha como certo que o farei pagar caro a dor que me causa. Quero que saibas que o mandarei matar e a mesma sorte te caberia, se tivesses arrancado do meu coração o louco carinho que sempre te dediquei. Não posso fazê-lo porque sempre te amei como nenhum pai ama sua filha.'

"Quando Ghismonda percebeu que seu pai descobrira o amor que ela tanto ocultara, sentiu que a dor nublava seus sentidos; o que a desesperou mais foi o ardor com que o seu pai prometeu matar o amante. Ela queria morrer naquele instante, e decidiu não continuar viva, mas, antes, esforçou-se para manter a perseverança, e com o rosto nem um pouco alterado, sem derramar uma lágrima, respondeu-lhe: 'Pai, já que a Fortuna quis revelar o que tanto empenhei-me para vos ocultar, a única coisa que vos rogo é salvar a vida de quem quereis matar, oferecendo-vos a minha. Hei de morrer em seu lugar, com prazer. Não pensais que implorarei vosso perdão: se executais vossa ameaça matando-o, poreis fim aos meus dias, porque eu não poderei continuar vivendo. Quanto ao que tanta ira vos causa, tendes a culpa. Sendo vós de carne e sangue, pensáveis ter gerado uma filha de pedra ou madeira? Mesmo velho como sois agora, deveríeis vos recordar da força com que a sensualidade trabalha a juventude que vive no luxo e na ociosidade, e de como é difícil resistir à sua fisgada. Como compreendi que havíeis decidido não voltar a me casar, e sentia-me tão jovem e plena de vida, decidi tomar um amante. Não acreditais que aceitei ceder a meu amoroso desejo sem motivo ou reflexão. Pelo contrário, durante muito tempo observei a conduta de Guiscardo e encontrei nele o mais perfeito e nobre dos homens de vossa corte. Deveis saber, já que foi educado por vós e eleito valoroso servo.

Segunda Parte

Na verdade, o que é ser nobre, senão trabalhar virtuosa e cortesmente? Não tem nada a ver com sangue ou carne. Equivocai-vos acusando-me de me apaixonar por um homem menos nobre de vossa corte, como se também não ficaríeis raivoso caso eu tivesse escolhido um nobre. Não tendes motivo para perserguir-nos com vosso ressentimento, porque vós tendes a culpa. Além do mais, é injusto que recaia sobre ele vossa vingança porque fui eu que o induzi a amar-me. O que ele poderia fazer? Como recusar-me-ia, uma mulher da minha classe? A ele deveis perdoar, não a mim'.

"Neste ponto, o pai despediu-se da filha, mas sem perdoar Guiscardo. No dia seguinte deu ordens para que ele fosse executado, tivesse o coração extirpado e levado até ele. Assim foi feito, e o príncipe pôs o órgão numa grande taça de ouro e enviou para sua filha por um homem de sua confiança, a quem ordenara que, quando entregasse, dissesse o seguinte: 'Teu pai oferece-te este presente para alegrar-te com o que mais amas, como tu o alegraste com o que ele mais amava'. O mensageiro entregou a Ghismonda o presente e repetiu as palavras do príncipe. Ela recebeu a enorme taça e, ao descobri-la, percebeu tudo, mas conteve-se com orgulho próprio, sem demonstrar dor, e, sem alterar o rosto altivo, respondeu: 'Amigo, dizei ao príncipe que aprecio tal justiça com a qual procedeu, porque para tal coração não convinha sepultura menos digna que o ouro e as pedras preciosas'. Em seguida, contemplando a taça, aproximou-a da boca e beijou várias vezes o coração, dizendo estas comovedoras palavras: 'Ah, dulcíssimo coração, fonte de todos os prazeres! Maldita seja a crueldade daquele que me faz ver-te agora à minha frente, a ti que contemplei a cada instante com os olhos da alma! A desgraça pôs fim ao curso de tua nobre vida, mas lograste a perversa Fortuna, recebendo do teu inimigo a sepultura que teu valor merecia. Agora é certo, oh, doce coração!, que quem tanto amaste te renda as derradeiras homenagens, banhando-te e lavando-te com suas lágrimas. A tua alma não ficará sozinha porque o meu dever é juntar-me a ti sem demora. Uma vez mais, hei de vencer a aleivosa Fortuna, transformando em felicidade o dano que te fez, em gozo da crueldade de meu pai, que te enviou para mim. Assim pude honrar-te e falar a ti antes de abandonar este mundo na companhia de tua alma. Sei que o teu espírito me chama e me deseja'. Assim lamentava-se Ghismonda, com palavras tão comoventes que ninguém poderia escutá-la sem cair em lágrimas. Chorava como se em vez de olhos tivesse duas fontes, derramando sobre a taça a corrente incessante de

suas lágrimas. Sem gritos nem soluços, beijava o coração morto falando-
-lhe em voz baixa.

As damas e as donzelas que lhe faziam companhia estavam assom-
bradas, porque de nada sabiam e ignoravam a razão de tamanha dor. No
entanto, comovidas com a angústia de sua senhora, também choravam e
se esforçavam para consolá-la. Em vão as mais íntimas inquiriam-lhe sobre o motivo da sua dor. Após chorar durante muito tempo, vencida por
tanta desgraça, disse: 'Oh, coração amado, meus últimos deveres para
contigo foram cumpridos, só me resta enviar minha alma para que se una
com a tua'. Dito isso, levantou-se e tirou de uma arca um pequeno frasco
onde haviam sido maceradas ervas e raízes intoxicantes para que ela tivesse um veneno quando chegasse a hora. Verteu o licor mortal na grande taça onde estava o coração e, sem a menor hesitação, bebeu tudo de
um gole só. Em seguida, apertando a taça com o coração de seu amante
morto junto ao peito, deitou-se no leito à espera da morte. Quando suas
acompanhantes viram os primeiros sinais da morte agitando seu corpo,
tomadas de desespero chamaram seu pai. O príncipe tinha saído para
passear, com a esperança de distrair sua tristeza; quando alcançou o quarto de Ghismonda, o veneno já corria por todas as veias. Desesperado com
a virada trágica dos acontecimentos e arrependendo-se do que tinha feito, pôs-se a falar com ela ternamente, chorando lágrimas quentes e buscando confortá-la. Mas a filha, fazendo um grande esforço para falar,
disse: 'Tancredo, guarda tuas lágrimas para os outros, pois aqui são inúteis. Não as quero nem desejo. Pareces a serpente que chora pela vítima
que acaba de morder. Não teria sido melhor que tua miserável filha vivesse feliz, amando discretamente um homem honrado, do que vê-la tristemente perecer por tua própria crueldade? Agora transparecerá ao mundo o que ela quis manter em segredo'. Estas foram suas derradeiras palavras, e, estreitando contra o peito a taça com o coração morto, expirou.
Seu infeliz e velho pai morreu de tristeza. Este foi o fim de Ghismonda,
filha do príncipe de Salerno."

LX

Em que se trata de Isabel e de outras amantes.

"Boccaccio relata igualmente no seu *Decamerão* que havia na Itália, na cidade de Messina, três jovens mercadores que tinham uma irmã, chamada Isabel, a quem, por avareza, não casaram. Os três irmãos tinham um armazém, onde trabalhava um jovem de sua confiança, a quem o pai adotara e criara desde a infância, e que dirigia os seus negócios. Como os dois jovens encontravam-se todos os dias, apaixonaram-se um pelo outro. Durante algum tempo viveram plenamente seu amor, até que os irmãos acabaram percebendo o que acontecia. Consideraram isso uma grave afronta e resolveram matar o jovem, que se chamava Lorenzo, porque temiam que a irmã caísse em desonra, se o caso se tornasse público. Um dia, conduziram o moço para fora da cidade até uma chácara de sua propriedade, em cujo jardim o mataram. Enterraram-no sob umas árvores, regressaram a Messina e disseram a todos que Lorenzo partira em viagem.

"Isabel, que amava o rapaz apaixonadamente, andava infeliz por ter perdido a companhia de seu amigo. Impelida pela força de seu amor, teve um terrível pressentimento e não pôde se impedir de perguntar a um dos seus irmãos para onde haviam enviado Lorenzo. Este lhe respondeu com raiva: 'Para que queres saber? Se voltar a perguntar, hás de te arrepender!'. Percebeu então que os irmãos tinham descoberto o seu amor por Lorenzo, e que o haviam matado. Sempre que estava só, desabava aos prantos e, sem conseguir dormir, passava as noites lamentando sua ausência até que caiu doente. Com o pretexto da enfermidade, pediu permissão aos irmãos para descansar naquela chácara que tinham fora da cidade. Ao chegar, seu coração compreendeu o que havia acontecido, e, encontrando-se só no jardim onde Lorenzo estava enterrado, começou a procurar sob as árvores até que descobriu um local em que a terra parecia remexida. Cavou ali e, tal como intuíra, descobriu o corpo do seu amante. Abraçou-o desesperada e chorou longamente.

"Como sabia que não poderia ficar muito tempo ao seu lado sem que descobrissem, voltou a enterrar o corpo, mas levou a cabeça do jovem que os irmãos haviam decapitado. Aos beijos, envolveu-a num precioso véu e a dispôs num vaso grande e formoso, desses em que se planta manjerona, e colocou sobre ela um perfumado pé de manjericão. De regresso à cidade, não se afastava da janela onde pusera o vaso, que regava apenas com suas lágrimas. Cuidou muito tempo desse tesouro e, ao contrário do que pensam os homens quando dizem que as mulheres logo se esquecem, sua dor aumentava a cada dia. O adubo fornecido pela cabeça fez o manjericão brotar formoso e perfumado. O cuidado que Isabel devotava àquele vaso, regando-o sem cessar com suas lágrimas, acabou atraindo a atenção dos vizinhos, que alertaram os irmãos. Eles a espionaram e se deram conta da imensidão da sua dor. Ficaram muito espantados, interrogaram-se sobre o motivo, e aproveitaram uma noite para roubar o seu manjericão. Qual não foi sua tristeza quando, no dia seguinte, não encontrou o seu vaso! Suplicou a seus irmãos e prometeu deixar para eles sua parte da herança, se o devolvessem. Lamentando-se amargamente, dizia: 'Que má estrela me fez nascer entre irmãos tão cruéis! Não me deixam sequer um mísero vaso, o único legado que lhes imploro. O que seria se tivessem que dar-me em herança algo maior!'. Como não parava de chorar, a desventurada jovem acabou por adoecer e recolheu-se ao leito. Durante sua doença, implorava constantemente por seu vaso, recusando tudo o que lhe ofereciam ou traziam como presente. Acabou por morrer assim tristemente. Não penses que isso é uma simples ficção, porque a história dessa mulher e o seu manjericão, na Itália, transformou-se numa canção que até hoje é cantada.

"O que posso acrescentar mais? Poderia citar um número infinito de mulheres apaixonadas que se destacaram pela perseverança do seu amor. Conta Boccaccio outra história de uma senhora a quem o marido fez comer o coração de seu amante e que jamais voltou a provar outro manjar. Foi também o caso da dama de Fayel, que se enamorou do senhor de Couci. A castelã de Vergi também morreu de amor, assim como Isolda, que tanto amou Tristão, e Dejanira, que se suicidou após a morte de seu amante, Hércules. Portanto, não restam dúvidas de que, quando uma mulher entrega o coração, o seu amor é profundo e constante, ainda que existam mulheres levianas.

"Mas esses exemplos tocantes e todos os outros que eu poderia te dar não devem encorajar as mulheres a se lançarem ao mar arriscado e condenável da paixão, pois este sempre termina mal, e acarreta perturbações e prejuízos a seus corpos, seus bens, sua honra e — algo ainda mais grave — sua salvação. Aquelas que têm suficiente bom senso seguirão a via da sabedoria, pois não se deve dar ouvidos a esses homens que estão sempre dispostos a enganar as mulheres que estão prontas para se entregar à paixão."

LXI

*Em que se trata de Juno
e de diversas mulheres célebres.*

"Acabei de discorrer sobre muitas mulheres cuja história lê-se nas crônicas, e como não tenho a intenção de recordar todas elas — porque seria interminável —, sem mais exemplos dou por refutados os argumentos de todos esses homens que mencionaste. Para concluir, falarei apenas de certas mulheres se tornaram célebres, menos por suas virtudes do que pelos fatos curiosos que lhes aconteceram.

"Juno, segundo o mito pagão cantado pelos poetas, filha de Saturno e de Opis, foi a mais famosa das mulheres de sua religião, porém mais por sua boa fortuna do que por suas próprias qualidades. Ela era irmã e esposa de Júpiter, o deus supremo segundo aquelas crenças, e como ambos viviam em opulência e prosperidade, invocavam-na como deusa da riqueza. Os habitantes da ilha de Samos acreditavam que viviam bem e com abundância graças à estátua dela que mantiveram após sua morte. Para eles, ela regia as núpcias e os partos. Em todas as partes ergueram-lhe templos e altares, organizaram jogos e sacrifícios. Os gregos veneraram-na, assim como os cartagineses, e, em Roma, para onde transportaram a sua estátua ao Capitólio, colocaram-na ao lado da estátua de Júpiter, celebrando diversos ritos em sua honra.

"Do mesmo modo, Europa, filha de Agenor da Fenícia, ficou célebre porque Júpiter, que se apaixonou por ela, deu seu nome à terceira parte do mundo — tal como aconteceu com vários países e cidades que levam nomes femininos. Diz-se, por exemplo, que o nome Inglaterra é oriundo do nome Ângela.[55]

"Quanto a Jocasta, rainha de Tebas, célebre por seu destino aziago, teve o infortúnio de casar-se com seu filho, quando este acabara de ma-

---

[55] No original, Christine de Pizan faz derivar o nome da Inglaterra — *Angleterre* em francês — do nome feminino Angèle, hipótese etimológica considerada sem fundamento nos dias de hoje. (N. da E.)

Segunda Parte

tar o pai. Nem ela nem o filho sabiam disso. Ela o viu soçobrar no desespero quando descobriu a verdade; ela viu ainda se entrematarem os dois outros filhos que tivera.

"A singular beleza garantiu a fama de Medusa, também conhecida como Górgona. Era filha do poderoso rei Fórcis, cujo abastado reino se situava nos confins dos mares. Medusa, assim o relatam as crônicas antigas, era tão maravilhosamente bela que sua beleza superava a de todas as outras mulheres. Seu olhar fulgurante e sedutor, associado à beleza de seu corpo e aos longos cabelos encaracolados feito serpentes de ouro, fascinava todos os mortais que ela mirava, os quais permaneciam como que enfeitiçados ao vê-la. Daí a metáfora da lenda, que diz que ela transformava em pedra aqueles que a olhavam de frente.

"Célebre por sua beleza foi também Helena, mulher de Menelau, rei da Lacedemônia, filha de Tíndaro, rei de Esparta, e de Leda, sua esposa, pois o seu rapto por Páris acarretou a destruição de Troia. O que quer que se diga sobre a beleza das outras mulheres, as histórias antigas garantem que jamais mulher nascida de mortal foi tão bela; foi isso que levou os poetas a imaginar que ela foi gerada por Júpiter.

"Do mesmo modo, Polixena, filha mais nova do rei Príamo, foi a mais bela jovem já mencionada nos relatos da Antiguidade. Era de uma coragem a toda prova, como demonstrou enfrentando a morte sem que seu rosto traísse o menor temor, quando a decapitaram sobre o túmulo de Aquiles, já que ela afirmara que preferia morrer a ser reduzida à escravidão. Eu poderia te dar ainda muitos outros exemplos, sobre os quais nada falarei para não me alongar demasiado."

LXII

Em que Christine toma a palavra.
Resposta de Retidão para refutar
aqueles que dizem que as mulheres
seduzem os homens por seu coquetismo.

Eu, Christine, falei então: "Certamente, Senhora, retomando o que antes contestastes, vejo que as mulheres atentas fazem bem em evitar as armadilhas da paixão amorosa, que tanto estrago causam em suas vidas, mas alguns afirmam que muitas têm culpa porque, enfeitando-se com ricos atavios, querem apenas seduzir os homens".

"Querida Christine", respondeu-me, "não me cabe desculpar aquelas que se importam ao máximo com a elegância e ostentam vestimentas refinadas; é certamente um vício, e dos mais graves. Todo requinte no vestuário que ultrapassa os usos de sua condição deve ser censurado. Porém, eu te direi que as mulheres belas que se vestem bem não precisam ser repreendidas nem se deve pensar que fazem isso para seduzir os homens porque todo mundo, homem ou mulher, encantar-se-á com a beleza, o requinte, as prendas valiosas, o asseio, a dignidade e a distinção. Se é um desejo natural, não há como evitá-lo, nem destoa de outras qualidades. Assim o apóstolo Bartolomeu, que era um cavalheiro, sempre se vestiu com roupas de seda bordada com pedras preciosas, em que pese o que predicara Cristo sobre a pobreza, porque vestir luxuosamente — com ostentação — para ele era algo normal. Contudo, dizem alguns que por isso ele foi martirizado e escoriado, mas acredito que ninguém pode julgar as intenções segundo o hábito ou a forma de vestir, porque só Deus pode julgar as suas criaturas. Agora darei alguns exemplos a esse respeito."

Segunda Parte

LXIII

Em que se trata de Cláudia, a romana.

"Conta Boccaccio, assim como Valério Máximo, a história de Cláudia, uma patrícia romana que amava as prendas de luxo e ricos enfeites. Como era mais refinada que outras damas de Roma, começaram a espalhar rumores sobre sua virtude e a macular sua reputação. Durante a Segunda Guerra Púnica,[56] trouxeram para Roma a imagem de uma grande deusa, a Magna Mater, que, segundo a crença pagã, era a mãe de todos os deuses. Todas as mulheres romanas acorreram em cortejo ao seu encontro. A estátua foi colocada sobre uma galera para navegar no Tibre e, apesar do esforço dos remadores da nave, acabou por encalhar no rio e não conseguiam movê-la. Cláudia, que sabia que era alvo de difamação por sua beleza e elegância, ajoelhou-se diante da estátua e rogou em alta voz à deusa que, se a tivesse por casta, que lhe concedesse arrastar sozinha a galera até o porto. Confiante em sua virtude, retirou o seu cinturão e, como se fosse uma sirga, atou-o ao barco. Sob o olhar maravilhado de todos, arrastou pela margem a galera, com tal facilidade como se estivessem a bordo todos os remadores do mundo.

"Se cito este exemplo, não é em absoluto porque creio que essa estátua, que os incrédulos chamavam de deusa, respondeu à oração de Cláudia. Eu queria simplesmente te mostrar como aquela mulher, que era refinada e elegante, não havia renunciado à castidade, o que se depreende do fato de que ela sabia que a pureza de sua virtude viria em seu auxílio. Foi essa a única deusa que a ajudou, e nenhuma outra."

---

[56] O segundo dos três conflitos militares da Antiguidade travados entre Roma e Cartago, duas potências do Mediterrâneo que disputavam a hegemonia. Ela se estendeu de 218 a 201 a.C. e, após vários revezes, terminou com a vitória romana na Batalha de Zama, que resultou na supremacia romana no Mediterrâneo e no declínio de Cartago como potência. (N. da E.)

LXIV

*Retidão cita vários exemplos de mulheres
que foram amadas por suas virtudes,
mais do que outras por seus encantos.*

"E admitindo que seja para serem amadas que as mulheres se aplicam em se tornar belas, sedutoras e agradáveis, eu te provarei que não é por isso que elas serão mais facilmente amadas por homens sábios e honestos, que as preferem por suas qualidades de virtude, honestidade e integridade, ainda que menos belas que as outras. Poderiam retorquir que, se é a virtude e não a beleza que atrai os homens, e que é um mal que os homens sejam atraídos, então é melhor que as mulheres não sejam tão virtuosas. Mas isso seria um sofisma, pois não se deve renunciar às coisas boas e proveitosas, nem relegá-las ao abandono, sob o pretexto de que os tolos fazem mau uso delas. Cada um deve cumprir seu dever dedicando-se ao bem, aconteça o que acontecer. Demonstrarei agora, com numerosos exemplos, que as mulheres são amadas por sua virtude e honestidade, e poderia recordar, antes de mais nada, todas as santas do Paraíso que os homens cobiçaram porque elas eram honestas.

"Do mesmo modo, se Tarquínio se enamorou de Lucrécia — que fora violada, como já relatei —, foi mais por sua honestidade do que por sua beleza. Com efeito, durante uma ceia em que o marido de Lucrécia estava presente com vários outros notáveis de Roma, incluindo o próprio Tarquínio, que mais tarde a violou, todos começaram a falar de suas esposas, dizendo que a sua era a mais virtuosa. Para decidir qual merecia o maior elogio, montaram a cavalo e visitaram cada uma das casas. Aquelas que foram encontradas ocupadas com as tarefas mais dignas foram objeto de maior apreço e honra. Entre todas essas esposas, foi Lucrécia quem encontraram ocupada da forma mais honrosa, pois essa excelente e virtuosa mulher, vestida com uma simples túnica, trabalhava na fiação da lã e conversava de maneira prudente e sensata com as mulheres de sua casa. Tarquínio, o filho do rei, que acompanhara seu marido, ficou cativado por seus modos simples e refinados, assim como por sua modéstia. Dessa paixão surgiu o impulso que o conduziu ao ultraje que ele perpetraria depois."

Segunda Parte

LXV

*Em que se trata da rainha Branca de Castela,
mãe de São Luís, e de outras damas excelentes e sábias
que foram amadas por suas virtudes.*

"Da mesma maneira, foi pelas grandes virtudes, a inteligência profunda e o juízo ponderado que a rainha Branca de Castela, mãe de São Luís, foi amada pelo conde de Champagne. Ao ouvir as palavras tão sensatas dessa nobre e sábia rainha que o repreendia, com razão, por ter desencadeado uma guerra contra o rei São Luís — algo que jamais deveria ter feito, ela dizia, tendo em vista todas as benesses que seu filho lhe fizera —, o nobre conde, que não afastava o olhar dela, ficou assombrado com sua virtude e sabedoria. Apaixonou-se com tanta intensidade por essa mulher — embora esta já não vivesse na flor de sua juventude —, que não soube o que fazer. Teria preferido morrer a lhe confessar o seu ardor, pois sabia muito bem que ela era tão virtuosa que jamais consentiria em amá-lo. A partir desse momento, padeceu o tormento da louca paixão que o devorava. Conseguiu, entretanto, responder-lhe que não precisava temer que levantasse as armas contra o rei porque, de agora em diante, ele lhe pertencia de corpo e alma, punha todos os seus bens a seus pés e submetia-se inteiramente à sua vontade. Começou assim uma paixão que iria durar toda a vida, apesar da pouquíssima esperança que tinha o conde de ver um dia o seu amor recompensado. Compôs então baladas amorosas em que cantava louvores à sua dama, poemas magníficos que foram musicados e tornaram-se ainda mais formosos. Mandou reproduzi-los nas paredes do seu castelo de Provins e também no de Troyes, onde ainda podem ser contemplados. Poderia te contar muitos outros casos como este."

Eu, Christine, respondi: "Com certeza, minha Senhora, a experiência deu-me a conhecer casos que semelham o que acabastes de relatar. Conheço mulheres virtuosas que — conforme confidências que me fizeram, queixando-se do desprazer que experimentavam — foram mais solicitadas depois de o frescor e a beleza de sua juventude terem se dissipado. Elas me diziam: 'Meu Deus! O que isso quer dizer? Acaso tais homens veem em mim uma conduta pouco adequada, que lhes daria alguma esperança, alguma razão para pensar que me entregaria a tais excessos?'.

"Agora vejo que eram suas qualidades que seduziam os homens. Digo isso para refutar aqueles que pensam que uma mulher virtuosa que deseja permanecer casta jamais será solicitada ou cobiçada contra sua vontade."

LXVI

*Christine fala, e Retidão lhe responde
para refutar aqueles que dizem
que as mulheres são avaras por natureza.*

"Minha Senhora, não sei o que vos dizer, porque haveis respondido a todas as minhas perguntas, demonstrando a falsidade das acusações que os homens lançam contra as mulheres. Em particular, ao contrário do que afirmam, não se nota que a avareza seja um defeito feminino por excelência."

"Pode ter certeza, querida Christine", respondeu, "de que a avareza não é tão inerente às mulheres como aos homens, senão bem menos, porque Deus sabe que as desgraças que a avareza dos homens provocam no mundo são bem maiores do que as causadas pelas mulheres. Como já disse, o tolo vê o pecadilho que o vizinho comete e continua cego para os horrores pelos quais ele próprio é culpado.

"Porque as mulheres gostam de juntar tecidos, fios e todas essas coisinhas de nada tão necessárias para a administração de uma casa, por essa razão acusam-nas de avareza. No entanto, garanto-lhe que muitas mulheres, e até uma multidão delas, não gostariam de ser de forma alguma parcimoniosas ou avarentas com seus bens e dinheiro, sempre que soubessem que suas doações seriam bem utilizadas! Mas as que são pobres, estas são obrigadas a contar cada centavo. Os maridos mantêm as rédeas de sua bolsa tão apertadas que elas guardam com cuidado o pouco dinheiro que têm, sabendo as dificuldades que enfrentarão para conseguir mais. Também há quem as julgue avaras quando o que ocorre é que têm maridos tão insensatos que dilapidam os seus bens, e sabem que sua casa necessita de tudo o que os irresponsáveis gastam, e no final quem irá pagar são os filhos. Por isso não param de advertir e suplicar aos maridos que diminuam os gastos. Isso não é avareza nem parcimônia, mas prova de uma grande prudência. Falo, bem entendido, daquelas que atuam com discrição, pois como os homens não gostam de ser advertidos, vê-se com frequência cenas conjugais em que os maridos reprovam suas mulheres em vez de elogiarem seus conselhos sensatos. Mas a prova de que a avareza não é tão comum entre as mulheres como alguns gostariam de afirmar está na espontaneidade de suas esmolas; Deus sabe quantos prisioneiros, mesmo em terras sarracenas, quantos pobres, quantos nobres e outras pessoas necessitadas foram e são confortados e ajudados todos os dias, em todo o mundo, pelas mulheres e seus dons de caridade!"

Então, eu, Christine, lhe disse: "A esse respeito, minha Senhora, lembro-me de ter visto mulheres que mereciam os mais altos louvores por terem doado discreta e generosamente tudo o que podiam. Conheço até algumas hoje que sentem mais alegria em dizer 'Toma!', a todos os que estão necessitados do que qualquer avarento poderia ter ao guardar moedas ou acumular tesouros. Mas sei por que os homens insistem tanto em dizer que as mulheres são avarentas. Pois, embora se fale muito da generosidade de Alexandre, eu mesma nunca a encontrei".

Retidão começou então a rir e disse: "É verdade, minha amiga, as damas de Roma não foram avarentas quando a cidade foi arruinada pela guerra e todo o dinheiro do Estado havia sido gasto em despesas militares. Os romanos estavam desesperados para encontrar os meios financeiros para levantar o imenso exército de que precisavam. Mas as mulheres, especialmente as viúvas, num movimento de generosidade desinteressada, reuniram todas as suas joias e bens, sem poupar nada, e os levaram aos dirigentes de Roma para presenteá-los. As mulheres foram celebradas por este gesto generoso, e mais tarde recuperaram suas joias, como mereciam, pois foram a causa do ressurgimento de Roma".

Segunda Parte

LXVII

*Em que se trata da generosidade
de uma poderosa dama chamada Paulina.*

"Outro exemplo de generosidade feminina encontramos em *Les Faits des Romains*,[57] onde se conta a história da rica, generosa e nobre mulher chamada Buse ou Paulina. Ela viveu na época em que Aníbal travava uma guerra implacável contra os romanos; ele devastava a Itália, saqueando quase tudo em seu caminho e massacrando a população. Ele acabara de obter a brilhante vitória de Canas, desastrosa para os romanos, e muitos dos feridos e abatidos fugiam em debandada. A generosa Paulina acolheu todos os que pôde; abrigou até dez mil pessoas em seus domínios, pois era imensamente rica. Ela arcou com todas as despesas para cuidar deles e os auxiliou financeiramente, a tal ponto que puderam retornar a Roma e reorganizar o exército. A ajuda e o socorro que lhes prestou lhe renderam imensos elogios. Acredite, querida Christine, que eu poderia citar uma infinidade de mulheres generosas, corteses e prestativas.

"Quantas mulheres generosas deste tempo eu poderia relembrar, sem precisar buscar nos livros de história? Bastaria evocar a grande liberalidade de Margarida, senhora de La Rivière, que vive ainda. Ela foi casada com o senhor Bureau de La Rivière, primeiro camareiro do rei Carlos, o Sábio. Um dia, quando assistia a festejos insignes que Paris oferecia ao duque de Anjou — que viria a ser rei da Sicília —, esta senhora, jovem todavia e conhecida por sua grande cortesia e virtude, olhando ao redor as nobres damas e cavaleiros, sentiu falta de um cavaleiro emérito, de excelente reputação, chamado Amanion de Pommiers, já falecido. Ela se recordava desse Amanion de Pommiers, apesar de ele ter idade avançada, pois seu valor e sua coragem permaneciam vivos em sua memória, e ela pensava que não há ornamento mais belo para uma nobre corte do que

---

[57] *Les Faits des Romains* (Os feitos dos romanos) é uma obra anônima, composta em 1213-1214, que retrata a vida de Júlio César com base nos registros do próprio Júlio César e dos escritores Salústio, Lucano e Suetônio, entre outros. (N. da E.)

homens de valor e grande renome, mesmo que sejam velhos. Quando indagou por que esse cavaleiro não estava presente na festa, responderam-lhe que ele estava recolhido à prisão do Châtelet por uma dívida de quinhentos francos, contraída em torneios. 'Ah! Que vergonha para o reino', disse essa nobre dama, 'que um homem assim possa ser preso por dívidas, nem que seja por uma hora!' Ela então retirou da cabeça o esplêndido diadema que usava, todo de ouro, e colocou em seus longos cabelos loiros um véu bordado com delicadas flores azuis chamadas pervincas; em seguida, entregou o diadema a um pajem, dizendo: 'Leve este diadema como penhor da dívida desse senhor, para que ele seja libertado imediatamente e venha até aqui'. E assim foi feito, para grande louvor dessa dama."

LXVIII

Em que se trata de princesas
e de grandes damas do reino.

Eu, Christine, retomei a palavra: "Senhora, como acabais de recordar o exemplo de uma dama que todavia vive, e que citastes outras damas da França, pergunto-vos se não pensais que seria justo que nossa Cidade acolhesse algumas delas, e se não seriam tão dignas quanto as estrangeiras".

Ela me respondeu: "Cara Christine, eu asseguro que há muitas dentre elas de altas virtudes e me agradaria que fossem nossas cidadãs.

"Primeiro, não poderíamos recusar a nobre rainha da França, Isabel da Baviera, que reina neste momento pela graça de Deus, porque nela não há o menor traço de crueldade, avareza ou outro vício, e reina com toda bondade e benevolência sobre todos os seus súditos.

"A bela, jovem, sábia e virtuosa Joana, duquesa de Berry, esposa do duque João, filho do falecido rei João, o Bom, irmão do rei Carlos, o Sábio, ela também não merece um grande elogio? O mundo inteiro louva e celebra a virtude desta nobre duquesa que é um modelo de honra, honestidade e sabedoria, apesar de sua grande juventude.

"O que dizer da filha do duque de Milão, Valentina, duquesa de Orléans, esposa de Luís, filho do rei da França Carlos, o Sábio? Todos conhecem o amor que sente por seu marido, a excelente educação que deu aos filhos, o ponderado juízo com que conduz os assuntos, o justo trato para com todos e tantas outras virtudes.

"Também não será irrepreensível a conduta de Margarida, duquesa de Borgonha, esposa do duque João Sem Medo, filho de Felipe, o Audaz, ele próprio filho de João, o Bom? Não é ela virtuosa, fiel ao marido, de doce e nobre comportamento, de modos impecáveis e isenta de defeitos?

"E Maria de Clermont, filha do duque de Berry e esposa do conde de Clermont, filho e herdeiro do duque de Bourbon, não é uma princesa perfeita, cujas qualidades esplendem na sua formosa compostura?

"E aquela que amas acima de todas as demais, tanto pela excelência de suas virtudes como pelo reconhecimento de sua benevolência e seu afeto para contigo, aquela que te cumula de favores, Margarida, duquesa de Holanda e condessa de Hainaut, filha do falecido Felipe, duque de Borgonha — não deve ela figurar entre as mais perfeitas? Não é de uma fidelidade a toda prova, de prudência e sabedoria exemplares na administração de sua casa, bondosa, de uma devoção profunda para com Nosso Senhor, em suma, não é ela excelente em todas as coisas?

"Ana, duquesa de Bourbon, não mereceria ser citada entre as princesas mais renomadas, como merecedora de todas as honras e digna de ser respeitada em todos os aspectos?

"Por que falar mais? Seria preciso um longo tempo para recordar os grandes méritos de todas essas mulheres!

"Bona, a excelente, a nobre e sábia condessa de Saint-Pol, filha do duque de Bar, prima do rei da França, não deve ela também tomar lugar entre as melhores?

"E Ana, a que tanto adoras, filha do falecido conde de La Marche e irmã do conde atual, esposa de Luís da Baviera, irmão da rainha da França, não traria nenhum prejuízo à fama de tão ilustre e nobre assembleia, porque suas qualidades agradam a Deus e ao mundo.

"O que quer que digam os caluniadores, é certo que há outras mulheres belas e de grande valor entre as condessas, baronesas, damas, burguesas senhoras, donzelas e mulheres de todas as condições. Deus seja louvado, que proteja suas virtudes! Que ele se digne a vir em auxílio daquelas que falharem! Disso não deves duvidar, pois eu o atesto diante de todos esses invejosos e caluniadores que afirmam o contrário."

Eu, Christine, exclamei: "Minha Senhora, a alegria que sinto ao ouvir vossas palavras é imensa!". Ela me disse então: "Querida amiga, parece-me ter concluído a minha missão na Cidade das Mulheres. Construí palácios formosos e mansões, povoados com damas nobres. Já vivem nela mulheres de mérito de todas as classes e condições. Agora é hora de partir, e que venha a minha irmã, Justiça, para concluir a obra".

Segunda Parte

LXIX

*Em que Christine se dirige às princesas
e a todas as mulheres.*

Insignes, veneráveis e excelentes princesas da França e de todos os países, e vós, damas, donzelas, mulheres de todas as condições, que amastes, que amais e seguireis a amar a virtude e a sabedoria, vós que estais mortas, vós que viveis ainda e vós que haveis de viver no futuro, alegrai-vos todas e desfrutai de nossa nova Cidade, que, com a graça de Deus, já está quase inteiramente construída, erguidos os harmoniosos edifícios e reunidas as moradoras que nela hão de viver. Dai graças a Deus, que me guiou ao longo deste laborioso caminho de estudos. Quisera erguer para vós um refúgio de altas muralhas, a fim de proteger vossa honra, uma robusta cidadela que vos abrigará até o fim dos tempos. Cheguei até aqui com a esperança de terminar minha obra com a ajuda da Senhora Justiça, que me prometeu seu apoio, sem titubear, até que nossa Cidade esteja concluída e rematada. Orai por mim, mui admiradas e veneradas senhoras minhas.

*Aqui termina a segunda parte
do livro* A Cidade das Mulheres.

TERCEIRA PARTE

Aqui começa a terceira parte do livro A Cidade das Mulheres, em que se trata de como e por quem os telhados das torres foram concluídos, e quais foram as nobres damas escolhidas para povoar os grandes palácios e as altas torres.

I

O primeiro capítulo conta como Justiça
trouxe a Rainha dos Céus
para morar na Cidade das Mulheres.

Aproximou-se de mim, em todo o seu esplendor, a Senhora Justiça, e me disse: "Minha querida criança, na verdade, vejo que trabalhaste muito bem e com todas as tuas forças para concluir, com a ajuda de minhas irmãs, a construção da Cidade das Mulheres, que tinhas começado tão bem. Como havia prometido, agora hei de arrematar o que falta por fazer, quer dizer, trarei até aqui a excelente Rainha, bem-aventurada entre todas as mulheres, para que ela resida com sua nobre comitiva, governando e reinando sobre esta Cidade, onde virá morar a grande multidão das nobres damas de sua corte e de sua casa. Vejo que os palácios e os magníficos edifícios estão concluídos e decorados, e que todas as ruas estão cobertas de flores para recebê-la com seu nobilíssimo cortejo de mulheres distintas.

"Que venham, portanto, as princesas, damas e mulheres de todas as classes e condições, para receber com honra e devoção aquela que não é apenas sua rainha, mas que também tem poder e autoridade sobre todas as potências do mundo, conforme o Filho único que ela carregou, concebido pelo Espírito Santo, e que é o Filho de Deus Pai. É justo, no entanto, que essa assembleia de mulheres suplique à altíssima, soberana e excelente princesa que se digne a descer para vir habitar entre elas aqui na terra, em sua Cidade e em meio a sua sororidade, sem desprezo pela pequenez delas em comparação com sua grandeza. Não há dúvida de que sua humildade inigualável, sua bondade mais que angelical, a obrigará a atender ao nosso pedido e a vir habitar na Cidade das Mulheres, onde ocupará o lugar mais alto, o palácio que minha irmã Retidão já preparou para ela e que é feito inteiramente de glória e louvor. Que todas as mulheres se juntem a mim para lhe dizer:

"'Nós te saudamos, Rainha dos Céus, com a saudação que o anjo te fez e que te apraz entre todas, dizendo *Ave Maria*. Todo o povo das mulheres te suplica humildemente que não recuses habitar entre elas.

Terceira Parte

241

Concede-lhes tua graça e piedade; sê sua protetora, defensora, seu amparo contra todos os ataques de seus inimigos e do mundo; sê a fonte de virtude onde elas poderão beber e saciar sua sede, a fim de se repugnarem ante todo vício e pecado. Vem a nós, Rainha celeste, Templo de Deus, Morada e Claustro do Espírito Santo, Habitáculo da Trindade, Alegria dos Anjos, Estrela e Refúgio dos perdidos, Esperança dos verdadeiros crentes! Ó nobre Senhora! Quem ousaria, à vista de teu esplendor, pensar ou proferir a injúria de que o sexo feminino é vil! Pois mesmo que todas as outras mulheres fossem más, o brilho de tuas virtudes ofuscaria toda maldade. Senhora excelentíssima, tu que és a honra de nosso sexo, não deveriam os homens, uma vez que Deus te escolheu como esposa, abster-se de criticar as mulheres? Não deveriam, ao contrário, venerá-las piedosamente?'"

Desta maneira, respondeu a Virgem: "A ti, Justiça, a preferida de meu Filho, com prazer concedo a graça de ir viver entre minhas irmãs e amigas, na companhia das mulheres. Pois Razão, Retidão e tu, Justiça, e mesmo Natureza, a isso me incitam. Elas me servem, louvam e honram sem cessar; eu sou e serei para toda a eternidade a rainha de todas as mulheres, esse é desde sempre o desejo de Deus Pai, predestinado e ordenado pela Santíssima Trindade". Então Justiça e todas as mulheres se ajoelharam e, de cabeça baixa, disseram: "Senhora do céu, graça e louvor a ti pela eternidade dos séculos. Salve-nos, Nossa Senhora, e ora por nós a teu Filho, ele que nada te há de negar".

II

As irmãs de Nossa Senhora e Maria Madalena.

"Eis que agora vive entre nós a Imperatriz sem igual, apesar das calúnias das más-línguas. Mas é justo que suas irmãs abençoadas e Maria Madalena a acompanhem aqui, pois permaneceram fielmente com ela ao pé da Cruz durante a Paixão de seu Filho. Quão grande é a fé e o amor das mulheres! Pois elas não abandonaram o Filho de Deus, nem na vida nem na morte, enquanto seus apóstolos o traíram e renegaram. Vê-se bem que Deus não desprezou o amor das mulheres, como se este fosse a coisa frágil que alguns querem que seja, pois, como bem se viu, colocou no coração da bem-aventurada Maria Madalena e de outras mulheres a chama desse amor tão ardente que ele abençoou com sua graça."

III

Santa Catarina.

"As damas de companhia da bem-aventurada Rainha dos Céus, imperatriz e princesa da Cidade das Mulheres, serão as virgens bem-aventuradas e todas as santas. Ver-se-á, assim, que Deus favoreceu com a sua graça o sexo feminino da mesma forma que o masculino, pois deu a jovens donzelas frágeis e delicadas força e constância para suportar horríveis martírios pela glória de sua santa fé. Elas foram coroadas no Paraíso e suas vidas, muito belas de se ouvir, são, para as mulheres, mais edificantes do que qualquer outra doutrina. É por isso que elas irão ocupar o lugar mais destacado de nossa Cidade.

A primeira a entrar, por seus méritos, será a bem-aventurada Catarina, filha do rei Costes de Alexandria. Esta santa virgem, que ficou órfã de pai aos dezoito anos, regia admiravelmente seus modos e todos os seus negócios. Ela era cristã e recusou casar-se para se consagrar ao Esposo celestial. Um dia, o imperador Maximino veio à cidade de Alexandria por ocasião de uma festa solene em honra aos seus deuses. Ele havia organizado uma cerimônia suntuosa para o grande sacrifício; de seu palácio, Catarina ouviu o mugido das bestas que estavam prestes a ser imoladas e o som dos instrumentos. Ela enviou um mensageiro para se informar e soube que o imperador já se encontrava no templo para oficiar os sacrifícios aos deuses. Ela correu para lá e começou a adverti-lo, empregando toda a força de sua eloquência para afastá-lo do erro. Como ela era versada em teologia e ciências, conseguiu demonstrar a ele, por meio de razões filosóficas, que existe apenas um Deus, criador de todas as coisas, e que só ele deve ser adorado. O imperador ficou estupefato ao ouvir essa bela e nobre virgem falar com tanta autoridade. Ele não soube o que responder e começou a examiná-la atentamente. Então ele convocou os filósofos mais renomados do Egito, terra onde essa disciplina era muito respeitada na época, e reuniu mais de cinquenta deles. Eles ficaram muito ofendidos ao saber a razão por que haviam sido convocados, dizendo que era fútil tê-los feito vir de tão longe para discutir com moça tão jovem.

"Enfim, no dia da disputa, a bem-aventurada Catarina os acossou com tantos argumentos que eles não souberam o que responder às suas perguntas e se declararam vencidos. O imperador ficou muito desapontado, mas isso não lhe serviu de nada, pois todos se converteram, pela graça divina, às santas palavras dessa virgem e glorificaram o nome de Jesus Cristo. Enfurecido, o imperador mandou queimá-los. Mas esta santa virgem os encorajava em seu martírio e assegurava-lhes que seriam recebidos no Paraíso eterno, enquanto orava a Deus para mantê-los em sua santa fé; assim, eles foram recebidos no número dos santos mártires graças à bem-aventurada Catarina. Deus concedeu-lhes um milagre, pois nem seus corpos nem suas vestes foram tocados pelo fogo; quando a fogueira se apagou, constatou-se que seus corpos permaneciam intactos, sem um único fio de cabelo queimado, e, ao ver seus rostos, alguém poderia pensar que ainda estavam vivos. O tirano Maximino, que cobiçava a beleza da bem-aventurada Catarina, assediou-a então continuamente para que ela se rendesse a seus desejos. Vendo que nada funcionava, ele recorreu a ameaças e, em seguida, à tortura. Ele a mandou chicotear cruelmente e depois a jogou na prisão, onde a deixou por doze dias em total isolamento, achando que a fome a faria ceder. Mas os anjos de Nosso Senhor a visitaram e a confortaram, e, ao fim dos doze dias, quando ela foi trazida de volta perante o imperador, ela estava ainda mais bela e jovial do que antes. Ele concluiu que alguém havia ido visitá-la e ordenou que os guardas da prisão fossem torturados. Catarina teve pena deles, afirmando que não havia recebido nenhum conforto além do Celestial. Então, sem saber a que torturas recorrer para atormentá-la ainda mais, o imperador mandou fabricar, a conselho de seu comandante da guarda, duas rodas munidas com lâminas que giravam uma contra a outra, despedaçando tudo o que estivesse entre elas. Ele ordenou que Catarina fosse amarrada, completamente nua, entre essas rodas. Ela continuava adorando o Senhor, de mãos unidas, quando os anjos desceram do Céu e destruíram a máquina, matando os carrascos.

"Quando a esposa do imperador soube dos milagres que Deus realizava em favor de Catarina, ela se converteu e condenou a crueldade de seu marido. Ela foi visitar essa santa virgem em sua prisão e pediu que orasse a Deus por ela. O imperador soube disso, entregou sua esposa à tortura e ordenou que seus seios fossem arrancados. Mas essa virgem di-

Terceira Parte

245

zia à nobre rainha: 'Não teme os tormentos, pois hoje serás admitida na alegria eterna'. O tirano então mandou decapitar sua esposa, assim como uma multidão de pessoas que haviam se convertido. Ele pediu, em seguida, que Catarina se tornasse sua esposa. Vendo que ela ainda se recusava a ceder aos seus avanços, o imperador decidiu recorrer à decapitação. Ela fez suas orações, pedindo a graça de Deus para todos aqueles que, no futuro, recordassem sua paixão, bem como para todos os que, em seus sofrimentos, invocassem seu nome. Uma voz desceu do Céu anunciando que sua oração havia sido atendida. Ela suportou seu martírio até o fim e, em vez de sangue, foi leite que escorreu de seu corpo. Os anjos levaram seus santos despojos até o Monte Sinai, a vinte dias de Alexandria, e lá o enterraram. Sobre seu túmulo, Deus realizou uma infinidade de milagres, sobre os quais não me alongarei por razões de brevidade. O óleo que escorre desse túmulo cura muitas doenças. Quanto ao imperador Maximino, Deus o castigou horrivelmente."

IV

Santa Margarida.

"Não devemos esquecer a bem-aventurada virgem Santa Margarida, cuja história é bem conhecida. Nascida em Antioquia, de uma família nobre, ela foi instruída na fé desde cedo por sua ama, com quem ia docilmente todos os dias cuidar das ovelhas. Um dia, o alcaide do imperador passou por lá e, ao vê-la, ficou inflamado de desejo e mandou chamá-la. Como ela se recusou a ceder aos seus desejos e declarou que era cristã, ele a mandou açoitar cruelmente e, em seguida, jogá-la na prisão. Sentindo-se perseguida pelo Demônio no fundo de seu calabouço, Margarida rezou a Deus para que desse uma forma visível àquele que a tentava. Ela então viu um horrível dragão que gelou o seu sangue, porém Margarida fez o sinal da cruz e com isso rasgou o seu ventre. Em seguida, apareceu num canto do calabouço um homem tão negro quanto um etíope. Margarida avançou com coragem, o derrubou e pisou em sua garganta enquanto ele implorava por piedade. O calabouço se encheu de luz e Margarida foi consolada pelos anjos. Levada novamente perante o juiz, este percebeu que suas ameaças não tinham efeito e a submeteu a torturas ainda mais terríveis. Mas o anjo de Deus veio libertar essa virgem de seus tormentos, e ela se levantou ilesa. Então um grande número de pessoas se converteu à fé cristã. Quando o cruel tirano viu isso, ordenou que lhe cortassem a cabeça. Ela fez suas orações, pedindo a graça de Deus para todos que se lembrassem de sua paixão e invocassem seu nome em meio às suas próprias dores, especialmente as mulheres grávidas ou em trabalho de parto. O anjo de Deus apareceu e disse que sua oração havia sido atendida, e que ela receberia a palma da vitória em nome do Senhor. Margarida ofereceu seu pescoço ao carrasco, e os anjos levaram sua alma ao Paraíso.

"O cruel Olybrus também mandou torturar e decapitar a virgem santa de nome Regina. Era uma jovem de quinze anos que não quis se entregar a ele e que havia convertido um grande número de pessoas com sua pregação."

Terceira Parte

247

V

Santa Lúcia.

"A bem-aventurada virgem Santa Lúcia, nascida em Roma, não deve ser esquecida em nossa litania. Esta virgem foi raptada e feita prisioneira por Aucejas, rei da Barbária. De volta ao seu país, ele quis violá-la. Então, ela começou a repreendê-lo e, com a ajuda de Deus, fez com que ele esquecesse seu projeto criminoso. Ele se admirou de sua grande inteligência, afirmando que ela era uma deusa, e a instalou em seu palácio, onde a cercou de honras e respeito; deu-lhe, a ela e à sua família, aposentos luxuosos, e para garantir sua segurança, ordenou que ninguém entrasse lá. Lúcia passava sua vida assim, na maior piedade, em jejuns e orações, pedindo a Deus que se dignasse a iluminar seu anfitrião. Este confiava a ela todos os seus assuntos, e muito se beneficiava de tudo o que ela lhe aconselhava. Quando saía para a guerra, pedia-lhe que rezasse a seu Deus por ele; ela o abençoava, e ele sempre retornava vitorioso. Por isso, quis construir templos em sua homenagem e adorá-la como uma deusa, mas ela respondeu que ele deveria evitar isso, pois havia apenas um Deus que deveria ser adorado, e ela não passava de uma pobre pecadora.

"Durante vinte anos, ela perseverou nessa vida santa. Nosso Senhor então lhe ordenou que voltasse a Roma, onde o martírio completaria sua existência. Ela compartilhou com o rei essa revelação. Ele ficou profundamente emocionado e exclamou: 'Ai de mim! Se partires, meus inimigos irão se levantar contra mim, e a Fortuna se afastará de mim quando saíres do meu lado!'. Ela respondeu: 'Senhor, que Tua Majestade me acompanhe. Abandone este reino terrestre, pois Deus o convida a compartilhar um reino mais nobre, que não terá fim'. Então, ele deixou tudo para seguir essa santa virgem, e o fez como servo e não como senhor. Quando chegaram a Roma, Lúcia se declarou cristã. Ela foi presa e levada ao martírio. Louco de dor, o rei Aucejas correu até ela; ele quis atacar os algozes, mas ela o proibiu expressamente. Ele chorava copiosamente, gritando que eram muito perversos por quererem fazer sofrer uma virgem de Deus. Quando chegou o momento de cortar a cabeça dessa santa virgem, o rei ajoelhou-se ao seu lado, estendeu o pescoço ao carrasco e gritou: 'Sou cristão! Dou minha cabeça ao Deus vivo, este Jesus Cristo que Lúcia adora'. Então ambos foram decapitados e coroados no Paraíso, junto com outros doze que a bem-aventurada Lúcia havia convertido. Eles são celebrados juntos, nas sétimas calendas de julho."

VI

A bem-aventurada virgem Martina.

"Não se deve esquecer a bem-aventurada virgem Martina. Essa santa nasceu em Roma, de uma família muito nobre. Ela era muito bela, e o imperador quis obrigá-la a casar-se com ele, mas ela respondeu: 'Sou cristã e consagrada ao Deus vivo, que ama os corpos castos e os corações puros. É a Ele que adoro, nele está minha confiança'. Enfurecido por suas palavras, o imperador a levou ao templo para forçá-la a adorar os ídolos. Mas Martina se ajoelhou, com os olhos voltados para o céu e as mãos unidas, e começou a rezar a Deus. Imediatamente, os ídolos se despedaçaram, o templo desabou, e os sacerdotes dos falsos deuses pereceram soterrados. O diabo que estava no interior do ídolo principal começou a gritar e proclamou Martina como serva de Deus. Para vingar seus deuses, esse imperador tirânico ordenou que Martina fosse submetida a um cruel martírio, mas Deus lhe apareceu durante o suplício para confortá-la. Ela rezava por seus torturadores, que foram convertidos por seus méritos, assim como um grande número de pessoas. O imperador insistiu, ordenando que fossem feitas torturas ainda mais horríveis a Martina, mas seus torturadores, gritando que viam Deus e seus santos diante dela, imploraram perdão e se converteram. Enquanto ela orava a Deus por eles, uma luz desceu dos céus e os envolveu; uma voz se fez ouvir e disse: 'Eu vos concedo graça por amor à minha bem-amada Martina'. Vendo que eles se convertiam, o imperador gritou: 'Estão loucos! Enfeitiçados por essa feiticeira chamada Martina!'. Mas eles responderam corajosamente: 'Tu é que estás enfeitiçado pelo diabo que habita em ti, pois não reconheces teu Criador'. O imperador, louco de raiva, ordenou que eles fossem enforcados e esquartejados, e foi louvando a Deus que eles receberam o martírio alegremente.

"O imperador deu ordens para despirem Martina. A beleza de sua pele, branca como o lírio, causava admiração nos espectadores. O imperador, que a cobiçava, insistiu por muito tempo, mas ao ver que ela se recusava a ceder, ordenou que lhe talhassem o corpo; de suas feridas jorrou leite em vez de sangue, e elas exalavam um suave perfume. Cada vez mais furioso, ele ordenou que a estendessem e amarrassem a quatro postes para romper seus membros. Mas os encarregados dessa tarefa se exauriram, pois Deus ainda a mantinha viva para converter os torturadores e a plateia. Os carrascos gritaram ao imperador: 'Senhor, não a espancaremos mais, pois os anjos nos golpeiam com correntes'. Outros carrascos foram chamados para torturá-la, mas morreram instantaneamente. O imperador, perplexo, não sabia mais o que fazer. Mandou derramar gordura fervente sobre seu corpo atado ao chão, mas Martina continuou a glorificar o Senhor, e de sua boca emanava um perfume divino. Quando seus carrascos se cansaram de atormentá-la, jogaram-na no fundo de um calabouço. Emeniano, o primo do imperador, foi espiá-la em sua prisão; viu Martina sentada em um trono finamente esculpido, toda rodeada de anjos; o lugar estava repleto de luz e com o som de um canto melodioso, enquanto Martina segurava em suas mãos uma tabuleta de ouro onde se lia: 'Doce Senhor Jesus Cristo, como são louvadas as tuas obras em teus bem-aventurados santos!'. Emeniano ficou muito surpreso e relatou o fato ao imperador. Este afirmou que ele havia sido enganado pelas bruxarias de Martina. No dia seguinte, o tirano a fez sair de sua prisão; todos ficaram maravilhados ao ver suas feridas curadas, e muitos se converteram.

"Mais uma vez, o imperador a levou ao templo para forçá-la a oferecer sacrifícios aos falsos deuses. Então, o diabo que estava no ídolo começou a gritar: 'Ai de mim! Ai de mim! Estou derrotado!'. A virgem ordenou-lhe que saísse e se mostrasse em toda a sua feiura. Um trovão caiu do céu com grande estrondo, derrubando o ídolo e queimando vivos os sacerdotes. A ira do imperador não conheceu mais limites; ele mandou amarrar Martina e ordenou que lhe arrancassem a carne com pentes de ferro, mas ela continuava a rezar ao Senhor. Vendo que ela não morria, o imperador ordenou que fosse oferecida como presa às feras selvagens. Um grande leão que não comia há três dias se aproximou dela, inclinou-se em sinal de reverência e deitou-se ao seu lado, como um cachorrinho, e começou a lamber suas feridas. Martina glorificava o Senhor dizendo: 'Louvado sejas, ó meu Deus, tu cujo poder doma a crueldade das feras selvagens'. O tirano, furioso, ordenou que o leão fosse levado de volta à sua jaula, mas ele se ergueu ferozmente, pulou na garganta de Emeniano e o matou. O imperador ficou desesperado com a morte de seu primo; e ordenou que Martina fosse jogada numa fogueira. Ela se mantinha ali, no meio das chamas, bastante feliz, quando Deus fez soprar um grande vento que afastou o fogo de Martina e o lançou sobre aqueles que a atormentavam.

"O imperador mandou que raspassem seus belos cabelos longos, afirmando que era em sua cabeleira que residiam seus poderes mágicos. Essa virgem então lhe disse: 'Tu queres destruir a cabeleira, que segundo o Apóstolo é o mais belo ornamento da mulher. Mas Deus te fará cair do teu trono, ele te perseguirá com sua vingança e, em meio a grandes sofrimentos, clamarás pela morte!'. Ele ordenou que a encerrassem no templo onde estavam seus deuses, trancando as portas com seus próprios selos. Voltou após três dias, encontrou seus ídolos no chão e a virgem sã e salva, brincando com seus anjos. O imperador lhe perguntou o que ela havia feito com seus deuses. Ela respondeu: 'A graça de Jesus Cristo triunfou sobre eles'. Ele então quis que ela fosse degolada, mas ouviu-se uma voz vinda do céu, que dizia: 'Ó virgem Martina, tu que lutaste em meu nome, entra em meu reino com os santos, vem alegrar-te comigo por toda a eternidade'. Assim morreu a bem-aventurada Martina. O bispo de Roma chegou com todo o seu clero para sepultar o corpo com grande pompa na igreja. Nesse mesmo dia, o imperador — que se chamava Alexandre — foi acometido de dores tão intensas que começou a morder furiosamente a própria carne."

VII

Em que se trata de outra virgem santa, chamada Luzia,
e de outras santas virgens.

"Há uma outra Santa Lúcia, chamada também de Luzia, originária da cidade de Siracusa. Um dia, enquanto rezava por sua mãe doente no túmulo de Santa Ágata, a santa lhe apareceu no meio de anjos, toda adornada com pedras preciosas. Ela lhe disse: 'Luzia, minha irmã, virgem consagrada a Deus, por que me pedes o que tu mesma podes dar à tua mãe? Eu te anuncio que a cidade de Siracusa será exaltada em ti, assim como Catânia por mim mesma, pois ofereceste a Jesus Cristo as joias incomparáveis da tua pureza'. Luzia se levantou e sua mãe estava curada. Então, ela doou todos os seus bens por amor a Deus. O martírio coroou sua vida. Entre as múltiplas torturas que ela sofreu, o magistrado ameaçava levá-la a um lugar de prostituição, onde, apesar de seu Esposo celestial, seria violada. Ela lhe respondeu: 'A alma nunca será maculada se o espírito não consentir; se me profanares violando-me, minha castidade será dobrada, e minha vitória também'. Quando tentaram levá-la a esse lugar de perdição, ela se tornou tão pesada que todos os bois e outros animais de carga empregados não puderam movê-la; amarraram cordas em seus pés para arrastá-la, mas ela era mais firme que uma montanha. Ao morrer, ela previu o que iria acontecer no império.

"A gloriosa virgem Benedita, nascida em Roma, também merece uma veneração particular. Ela estava acompanhada de doze virgens convertidas por sua pregação. Desejando expandir a fé cristã por meio de seu ministério, partiu com suas companheiras. Essas bem-aventuradas virgens atravessaram, sem medo, muitas terras estrangeiras, pois Deus estava com elas. Ele quis então separá-las, e elas se dispersaram por diferentes países para que o mundo inteiro pudesse beneficiar-se de sua pregação. Quando a santa virgem Benedita já havia convertido várias regiões à fé de Jesus Cristo, ela recebeu a palma do martírio. Suas santas companheiras também morreram dignamente.

"Do mesmo modo, a perfeição de Santa Fausta, jovem virgem de quatorze anos, não foi menor. Como ela se recusou a sacrificar aos ídolos, o imperador Maximino ordenou que fosse serrada ao meio com uma serra de ferro. Mas os carrascos, que serraram continuamente das nove da manhã até as três da tarde sem conseguir feri-la, lhe perguntaram: 'Qual é o poder da tua magia, que nos impede de te atingir por tanto tempo?'. Fausta começou então a pregar a fé em Jesus Cristo e conseguiu convertê-los. O imperador ficou indignado e a fez sofrer numerosas torturas. Entre outras, ele ordenou que mil cravos fossem fincados em sua cabeça, fazendo-a parecer um elmo de cavaleiro, mas Fausta continuava a rezar por aqueles que a perseguiam. O pretor se converteu ao ver os céus se abrirem para mostrar Deus sentado entre seus anjos. Quando Fausta foi mergulhada em uma caldeira de água fervente, o pretor exclamou: 'Santa serva de Deus, não vás sem mim!'. E ele se lançou na caldeira. Ao ver isso, os dois outros que ela havia convertido também pularam na caldeira. A água fervia violentamente, mas quando Fausta tocou os mártires, eles não sentiram mais dor alguma. Ela lhes disse: 'Estou no meio de vocês como uma videira que dá seus frutos, pois o Senhor disse: Onde dois ou três estiverem reunidos em meu nome, ali estarei no meio deles'. Então se ouviu uma voz dizendo: 'Vinde, almas bem-aventuradas. O Pai vos chama'. Ao ouvir essas palavras, eles entregaram suas almas com alegria."

VIII

Em que se trata de Santa Justina e de outras virgens.

"Quando ainda era muito jovem e no auge de sua beleza, a santa virgem Justina, nascida em Antioquia, venceu o diabo; este havia se vangloriado a um mago que o tinha invocado, dizendo que poderia obrigar a santa a ceder aos avanços de um homem que se apaixonara por ela. Vendo que suas preces e promessas não davam resultado, esse homem, que a havia assediado por muito tempo, decidiu recorrer ao Demônio. Mas nada adiantou, pois a gloriosa Justina afugentou o Inimigo várias vezes, e o diabo, que havia assumido diferentes formas para tentá-la, foi forçado a admitir a derrota e se retirou envergonhado. Justina converteu, por meio de sua pregação, o homem que a desejava com intenções impuras; ela também converteu o mago, chamado Cipriano, que até então havia levado uma vida devassa, mas que Justina trouxe de volta à virtude. Muitos outros se converteram ao ver os milagres que Nosso Senhor realizava em seu favor. No final, ela deixou esta terra pelo martírio.

"Do mesmo modo, a bem-aventurada virgem Eulália, nascida na Espanha, fugiu de seus pais aos doze anos de idade. Eles a mantinham enclausurada porque ela não parava de louvar Jesus Cristo, mas uma noite ela escapou para lançar por terra as estátuas dos templos. Perante os juízes que perseguiam os mártires, ela afirmou que eles, juízes, viviam no erro e que desejava morrer na fé cristã. Assim, ela ingressou nas milícias de Jesus Cristo e sofreu vários suplícios. Muitas pessoas se converteram ao ver os milagres que Nosso Senhor realizava em seu favor.

"Do mesmo modo, outra santa virgem, chamada Macra, sofreu cruéis torturas em nome da fé cristã. Entre os muitos suplícios que suportou, teve seus seios arrancados. Mas Deus enviou seu anjo ao fundo do calabouço onde ela se encontrava para restaurar sua integridade corporal. O pretor ficou espantado, mas não deixou de torturá-la com os mais cruéis suplícios. No final, ela entregou sua alma a Deus. Seu corpo repousa perto da cidade de Reims.

"Do mesmo modo, a gloriosa virgem santa Fé sofreu o martírio em sua tenra infância, suportando múltiplos suplícios. Antes de sua morte, Nosso Senhor a coroou diante de todos, enviando um anjo para lhe trazer uma coroa enfeitada com pedras preciosas. Deus realizou muitos milagres em seu favor, e muitos se converteram.

"Do mesmo modo, a bem-aventurada virgem Marciana, vendo que se venerava a estátua de um falso deus, pegou esse ídolo e o lançou por terra para quebrá-lo. Foi tão cruelmente açoitada que a deixaram como morta. Em seguida, foi jogada no fundo de um calabouço, onde um sacerdote pagão entrou à noite para violá-la. Mas um alto muro se ergueu milagrosamente entre Marciana e ele, impedindo-o de se aproximar da virgem. No dia seguinte, todos puderam ver esse muro, e muitos se converteram. Marciana suportou muitos tormentos cruéis, mas nunca deixou de glorificar o nome de Jesus Cristo. No final, ela rezou a Deus para que a chamasse de volta e morreu como mártir.

"Santa Eufêmia também suportou cruéis tormentos em nome de Jesus Cristo. Ela era de linhagem muito nobre e de uma beleza impressionante. O pretor Priscus ordenou que ela adorasse os ídolos e renunciasse a Jesus Cristo, mas ela o refutou com argumentos tão fortes que ele não sabia o que responder. Irritado ao ver-se vencido por uma simples mulher, ele a fez sofrer inúmeros e atrozes suplícios. Mas, enquanto seu corpo era quebrado pela tortura, sua lucidez só aumentava, e suas palavras estavam sempre cheias do Espírito Santo. Durante seu martírio, o anjo de Deus desceu do céu para destruir o instrumento de suplício e torturar os torturadores, e Eufêmia, com o rosto iluminado pela fé, afastou-se salva e ilesa. Então o ímpio pretor mandou acender uma fogueira cujas chamas chegavam a quarenta côvados[58] de altura; ele ordenou que Eufêmia fosse jogada às labaredas, mas ela entoou cânticos de louvor, tão bem e tão alto que todos puderam ouvi-la. Quando a fogueira se consumiu, ela saiu de lá ainda salva e ilesa. O mandatário, cada vez mais furioso, ordenou que preparassem tenazes em brasa para arrancar seus membros, mas os que estavam encarregados dos tormentos ficaram tão aterrorizados que nenhum deles ousou tocá-la, e os instrumentos caíram em pedaços. O ti-

---

[58] Antiga unidade de medida de comprimento, equivalente à distância do cotovelo à ponta dos dedos, aproximadamente 45 a 52 cm, dependendo da civilização. Utilizado por egípcios, babilônios e hebreus, o côvado era empregado em construções e no comércio na Antiguidade. (N. da E.)

rano ímpio então mandou trazer quatro leões e outras duas feras selvagens, mas esses animais ferozes se inclinaram diante da jovem para adorá-la. Então a bem-aventurada virgem, querendo se juntar a Deus, suplicou a Ele que a chamasse. Ela morreu assim, sem que essas feras tivessem lhe feito mal."

IX

Em que se trata de Teodósia,
Santa Bárbara e Santa Doroteia.

"É muito oportuno recordar aqui a perseverança da bem-aventurada Teodósia, que sofreu o martírio aos dezoito anos. Esta virgem era muito nobre e de grande beleza. Sua inteligência brilhou nas disputas que ela travou com o juiz Urbano, que a ameaçava com o martírio se ela não renunciasse a Jesus Cristo. Ela respondeu com argumentos inspirados por Deus; então ele a fez pendurar pelos cabelos e açoitá-la cruelmente. Mas ela lhe disse: 'Em verdade, infeliz é aquele que quer governar os outros e não consegue governar a si mesmo! Infeliz é aquele cujo principal cuidado é encher-se de comida e que não se preocupa com aqueles que têm fome! Maldito é aquele que quer estar aquecido e que não aquece nem cobre os que morrem de frio! Infeliz é aquele que quer descansar e faz os outros trabalharem! Maldito é aquele que clama que todas as coisas são suas, tendo-as recebido de Deus! Maldito é aquele que quer que lhe façam o bem e que é culpado de todos os males!'. Esta virgem continuou a falar com tamanha dignidade durante todo o seu suplício. Mas como ela sentia vergonha e sofrimento em seu coração por todos a verem assim despida, Deus enviou uma nuvem branca que a cobriu completamente. Urbano a ameaçava cada vez mais. Ela então lhe disse: 'Tu não me privarás de nenhum dos manjares do banquete que está preparado para mim'. O tirano ameaçou arrebatar sua virgindade. Ela respondeu: 'É em vão que me ameaças com tuas sujeiras, pois é nos corações puros que Deus faz sua morada'. O mandatário, ainda mais furioso, a fez lançar ao mar com uma enorme pedra amarrada ao pescoço; mas ela foi sustentada pelos anjos e trazida de volta à terra, cantando. Ainda por cima, esta virgem carregava em seus braços a pedra que pesava mais do que ela. O tirano lançou dois leopardos sobre ela, mas eles saltitaram ao seu redor e fizeram festa. No final, o tirano, sem saber mais o que fazer, ordenou que lhe cortassem a cabeça. Então sua alma foi vista deixando seu corpo sob a forma de uma magnífica pomba branca. Naquela mesma noite, ela apareceu a seus pais mais radiante que o sol, coroada com um precioso diadema, cercada de virgens e segurando uma cruz de ouro. Ela lhes disse: 'Vejam a glória da qual vocês quiseram me privar'. E eles se converteram.

"Do mesmo modo, no tempo do imperador Maximiano, floresceu a virtude da bem-aventurada Bárbara, virgem de nobre linhagem e de grande beleza. Seu pai a mantinha trancada numa torre por causa de sua beleza soberana. Lá, ela teve a revelação da verdadeira fé e, não tendo ninguém para batizá-la, pegou água e batizou a si mesma em nome do Pai, do Filho e do Espírito Santo. Seu pai queria casá-la com um homem muito poderoso, mas por muito tempo ela recusou todos os pretendentes. No final, ela proclamou que era cristã e que havia ofertado sua virgindade a Deus. Por essa razão, seu pai decidiu matá-la. No entanto, ela escapou e fugiu. Seu pai então começou a persegui-la para levar a cabo seu intento; ele acabou por encontrá-la graças às informações de um pastor; este morreu queimado, assim como seus animais. Seu pai a levou então diante do pretor. Como ela havia desobedecido a todas as suas ordens, ele a fez sofrer horríveis tormentos, pendurada pelos pés. Ela lhe disse: 'Infeliz, não vês que tuas torturas não me fazem mal algum?'. Furioso, ele mandou arrancar-lhe os seios e a fez passear assim por toda a cidade. Ela continuava a glorificar a Deus. Como sentia vergonha em mostrar seu corpo de virgem nu diante de todos, Nosso Senhor enviou seu anjo para curar suas feridas e a cobriu com uma vestimenta branca. Depois de ter longamente passeado, levaram-na de volta ao pretor que ficou louco de raiva ao vê-la curada, o rosto mais radiante que qualquer estrela. Ele a submeteu novamente à tortura, mas aqueles que a torturavam se estafaram na tarefa. No final, embriagado de cólera, ele ordenou que a tirassem de sua vista e lhe cortassem a cabeça. Ela fez suas orações e suplicou a Deus que ajudasse todos os que invocassem seu nome e que se lembrassem de seu martírio. Quando terminou sua oração, ouviu-se uma voz que dizia: 'Vem, filha bem-amada, vem descansar no reino de teu Pai, vem receber tua coroa. O que pediste te será concedido'. Levaram-na ao topo da montanha onde devia ser decapitada. Foi seu pai perverso quem lhe cortou a cabeça; ao descer da montanha, ele foi atingido pelo fogo do céu e reduzido a cinzas.

"Do mesmo modo, a bem-aventurada virgem Doroteia sofreu diversos suplícios na Capadócia. Como ela não queria se casar com nenhum homem e falava constantemente de seu esposo Jesus Cristo, o chanceler

Terceira Parte

das Escolas, que se chamava Teófilo, zombou dela enquanto era levada para ser decapitada, dizendo que, quando se reunisse com seu Esposo, ela poderia ao menos lhe enviar rosas e maçãs do jardim de seu marido. Ela lhe respondeu que o faria. E logo que sucumbiu ao martírio, uma criança magnífica, de cerca de quatro anos, veio até Teófilo e lhe entregou uma pequena cesta cheia de rosas divinamente belas e de maçãs maravilhosamente perfumadas e brilhantes. Ela disse a Teófilo que era da parte da virgem Doroteia. Este ficou muito surpreso, pois era fevereiro, em pleno inverno. Então ele se converteu e sofreu o martírio em nome de Jesus Cristo.

"Se eu quisesse enumerar todas as santas virgens que mereceram o Paraíso pela coragem que demonstraram em seu martírio, seria necessário um relato muito longo. Poderia recordar-te, por exemplo, de Santa Cecília, Santa Inês, Santa Ágata e muitas outras. Se desejares saber mais, basta consultar o *Speculum historiale*,[59] que contém numerosos exemplos. Mas falarei ainda de santa Cristina, porque ela é tua padroeira e é uma virgem muito venerável; por isso te contarei mais longamente sua vida, que é muito bela e edificante."

---

[59] *Speculum historiale* (O espelho da história) é uma crônica enciclopédica redigida no século XIII pelo frade dominicano Vincent de Beauvais (*c*. 1190-*c*. 1264), parte de sua obra maior *Speculum maius* (O grande espelho). Combinando fontes bíblicas, históricas e lendárias, ela narra eventos desde a Criação do mundo até o século XIII e foi uma das obras mais empregadas como referência na Idade Média. (N. da E.)

X

Em que se trata da vida de Santa Cristina, virgem.

"A bem-aventurada virgem Santa Cristina nasceu em Tiro. Era filha de Urbano, governador da cidade. Como ela era muito bela, seu pai a havia trancado numa torre com doze damas de companhia. Perto do quarto de Cristina, ele havia instalado um belíssimo oratório pagão para que ela pudesse adorar os ídolos. Mas Cristina, que era ainda uma criança de doze anos, teve a revelação da fé cristã e não deu importância aos ídolos. Suas acompanhantes ficaram alarmadas e frequentemente a exortavam a oferecer sacrifício aos deuses. Então Cristina, pegando o incenso como se fosse adorar os ídolos, ajoelhava-se diante de uma janela voltada para o leste e, com os olhos erguidos para o céu, rendia homenagem ao Eterno. Ela passava a maior parte da noite nesta janela; olhava as estrelas enquanto gemia e invocava piedosamente o Todo-Poderoso, suplicando que viesse em seu auxílio contra seus inimigos. Suas acompanhantes, que tinham percebido bem que ela havia dado seu coração a Jesus Cristo, vieram muitas vezes, de joelhos, suplicar que não servisse a um deus estrangeiro, mas que adorasse os deuses de seus pais, pois, diziam elas, se estes viessem a descobrir, ela as arrastaria consigo em sua perdição. Cristina lhes respondia que era o diabo que as cegava, ele que as levava a adorar tantos deuses, quando só existia um.

"Por fim, seu pai, tendo sabido que ela não queria adorar os ídolos, ficou muito angustiado e a repreendeu severamente. Sua filha lhe respondeu que se sacrificaria de bom grado ao Deus do céu. Pensando que se tratava de Júpiter, Urbano se alegrou e quis abraçá-la, mas ela exclamou: 'Não macules meus lábios, pois quero fazer uma oferta pura ao Deus celeste'. Seu pai se alegrou ainda mais. Cristina entrou em seu quarto, trancou-se e pôs-se de joelhos para rezar a Deus chorando. O anjo de Deus desceu para consolá-la e lhe trouxe pão branco e alimentos dos quais ela se serviu, pois não comia há três dias. Um dia, Cristina viu de sua janela alguns pobres cristãos que mendigavam ao pé de sua torre. Como não

Terceira Parte

261

tinha nada para lhes dar, foi buscar os ídolos de seu pai, que eram todos de ouro e prata, e os quebrou para dar os pedaços aos pobres. Quando seu pai soube do ocorrido, açoitou-a cruelmente. Ela afirmou sem rodeios que ele estava errado em adorar aqueles falsos deuses, pois só existia um único Deus, em três pessoas; era a ele que se deveria adorar, e a ele somente ela reconhecia; preferia morrer a adorar outro. Louco de raiva, seu pai ordenou que a acorrentassem e ele mesmo a conduziu pela cidade chicoteando-a, depois a jogou num calabouço. Ele quis ser ele próprio o juiz dessa causa e, no dia seguinte, a fez comparecer na sua presença. Lá, ameaçou-a com mil tormentos se ela recusasse adorar os ídolos. Quando viu que nem súplicas nem ameaças a fariam renegar sua fé, mandou despi-la e amarrá-la a quatro estacas, e ordenou a doze homens que batessem nela até que ficassem exaustos. Seu pai perguntava constantemente se ela se arrependia, dizendo: 'Minha filha, estou contrariando minha natureza ao te torturar, tu que és carne da minha carne. Mas a devoção que devo aos meus deuses me obriga, ao ver-te assim sacrílega'. A santa virgem então lhe respondeu: 'Tirano, que não posso chamar de pai — pois és o inimigo da minha felicidade —, vá em frente! Tortura impiedosamente a carne que engendraste, pois isso tu podes fazer; mas jamais poderás atentar contra minha alma, que pertence ao meu Pai celestial e que Jesus Cristo, meu Salvador, protege'. Fora de si, o pai cruel fez com que trouxessem uma roda que ele havia especialmente mandado fabricar e ordenou que atassem a filha a ela, acendendo um fogo por baixo; depois, fez derramar uma grande quantidade de óleo fervente sobre sua filha. E a roda girava, dilacerando seu corpo.

"Mas Deus, o Pai de Misericórdia, teve piedade de sua serva e enviou seu anjo para destruir os instrumentos de tortura e apagar o fogo. Ele libertou a virgem sã e salva, e fez perecer mais de mil ímpios que se alegravam com os tormentos e blasfemavam o nome de Deus. Então, o pai de Cristina perguntou: 'Diga-me, quem te ensinou esses feitiços?'. Ela lhe respondeu: 'Tirano sem piedade, não te disse já que meu Pai, Jesus Cristo, me ensinou essa perseverança e essa alta virtude na fé do Deus vivo? É por isso que desprezo todos os teus tormentos, e com a ajuda de Deus triunfarei contra todos os assaltos do Demônio'. Urbano, envergonhado e vencido, a mandou jogar em um horrível e escuro calabouço. Ela estava lá, meditando sobre os grandes mistérios de Deus, quando três anjos lhe apareceram num clarão de luz para lhe trazer alimento e conforto. Urbano não sabia mais o que fazer com sua filha e pensava em novos suplícios aos quais pudesse submetê-la. Desesperado, para se livrar dela, acabou por jogá-la ao mar, com uma grande pedra amarrada ao pescoço. Mas, no momento em que foi lançada na água, os anjos a seguraram, levando-a com eles sobre as ondas. Erguendo os olhos ao céu, Cristina implorou a Jesus Cristo que lhe concedesse, naquelas águas, o sacramento do batismo, que tanto desejava receber. O próprio Jesus Cristo desceu dos céus para batizá-la, acompanhado por uma multidão de anjos. Ele lhe deu seu próprio nome, chamando-a de Cristina, coroou-a e colocou uma estrela resplandecente em sua fronte antes de trazê-la de volta à terra. Naquela noite, Urbano foi atormentado pelo diabo e morreu.

"Deus quis receber Cristina como santa mártir, como ela mesma desejava; então, ela foi levada de volta ao seu calabouço pelos ímpios. O juiz, um certo Idion, sabendo de tudo o que já haviam feito, obrigou-a a comparecer diante dele. Ele a cobiçava por sua beleza, mas vendo que suas belas palavras não surtiam efeito, novamente a submeteu à tortura. Ele mandou encher de óleo e piche uma enorme caldeira, ordenou que acendessem um grande fogo embaixo e jogou Cristina nessa caldeira, de cabeça para baixo. Quatro homens a giravam na mistura com pentes de ferro. Mas essa santa virgem cantava melodiosamente os louvores de Deus e zombava de seus carrascos, ameaçando-os com os castigos do inferno. Quando o falso juiz, cheio de raiva, viu que nada disso adiantava, mandou pendurá-la na praça pública pelos cabelos, que eram longos e dourados como o ouro. As mulheres correram até ela e choraram de pena ao ver uma jovem tão delicada sendo torturada daquela maneira. Elas protestaram contra o juiz gritando: 'Canalha, mais cruel que uma besta selvagem! Como um coração humano pôde inventar tantas crueldades contra uma jovem tão bela e delicada?'. Todas quiseram se atirar sobre ele. Ele ficou com medo e disse: 'Querida Cristina, não se deixe mais torturar assim; venha comigo e adoraremos o deus soberano que tanto te ajudou'. Ele se referia ao deus Júpiter, que, para os pagãos, era o deus supremo, mas Cristina entendeu algo totalmente diferente quando lhe respondeu: 'Você falou muito bem; concordo'. Ele a fez descer e a levou ao templo, seguido por uma multidão, acreditando que ela iria adorar os ídolos. Chegando diante dos falsos deuses, Cristina se ajoelhou, com os olhos voltados para o céu, e orou a seu Deus; depois, levantou-se e se virou para o ídolo, dizendo: 'Espírito maligno que se esconde neste ídolo, saia, eu te ordeno em nome de Jesus Cristo'. O diabo saiu imediatamente, fazendo um barulho aterrador. A assistência ficou apavorada e todos

Terceira Parte

caíram por terra. Quando se levantou, o juiz disse a Cristina: 'Tu tocaste nosso deus todo-poderoso; como ele teve piedade de ti, ele saiu para se revelar à sua criatura'. Ao ouvir isso, Cristina se enfureceu e o repreendeu severamente, dizendo que ele não era capaz de reconhecer a força divina, tamanha era sua cegueira. Ela pediu a Deus que derrubasse o ídolo e o reduzisse a pedaços, o que foi feito. Mais de três mil pessoas se converteram então, tanto pelas palavras dessa virgem como pelos milagres realizados em seu favor. Apavorado, o juiz pensou: 'Se o rei soubesse do prejuízo que os milagres dessa Cristina causam ao nosso deus, ele me faria perecer ignominiosamente'. Com esse pensamento, foi tomado de angústia, perdeu a razão e morreu.

"Surgiu um terceiro juiz, chamado Julião, que mandou prender Cristina e gabou-se de poder obrigá-la a adorar os ídolos. Mas não conseguiu fazê-la se mover do lugar onde estava, apesar de toda a força que empregou. Ele resolveu então construir uma pira ao redor dela. O fogo queimou por três dias, e da fogueira saíam as melodias mais suaves; os carrascos, apavorados com tantos prodígios, relataram tudo a Julião, que quase enlouqueceu. Quando o fogo se apagou, Cristina saiu ilesa. Então o juiz mandou trazer serpentes, e duas áspides (serpentes cujo veneno é mortal) foram lançadas sobre ela, juntamente com duas cobras enormes. Mas essas serpentes tombaram a seus pés sem lhe fazer mal algum, com a cabeça baixa em sinal de reverência. Outras duas horríveis serpentes, chamadas *víperas*, foram soltas sobre ela; elas se penduraram em seu peito e a lamberam. Cristina olhou para o céu e disse: 'Agradeço-te, Senhor Deus Jesus Cristo, que me abençoaste com tuas santas virtudes, pois até essas horríveis serpentes reconhecem tua glória em mim'. Vendo esses milagres, Julião persistiu e gritou ao guardião das serpentes: 'Estás também enfeitiçado por Cristina, que não consegues incitar as serpentes contra ela?'. Temendo o juiz, o guardião provocou as serpentes para que a atacassem, mas elas se voltaram contra ele e o mataram. Todos tinham medo das serpentes e ninguém ousava se aproximar; então Cristina lhes ordenou, em nome do Senhor, que voltassem para seus ninhos sem ferir ninguém, o que elas fizeram. Ela ressuscitou o morto, que se jogou a seus pés e se converteu. E o juiz, tão cego pelo diabo que não podia reconhecer a mão de Deus, disse a Cristina: 'Já nos deste provas suficientes de tua magia'. Cristina se enfureceu e respondeu: 'Se teus olhos quisessem ver os milagres de Deus, acreditarias'. Enfurecido, ele mandou arrancar-lhe os seios, mas em vez de sangue, foi leite que jorrou de suas feridas.

Como ela continuava a invocar o nome de Jesus Cristo, Julião mandou que lhe cortassem a língua, mas isso não a impediu de falar melhor do que antes; de fato, ela falava sempre mais claramente sobre as coisas divinas, bendizendo o Senhor e agradecendo-lhe por todos os seus benefícios. Ela havia começado suas orações quando agradou a Deus chamá-la para si, pois sua coroa de mártir estava completa.

"Então uma voz desceu dos céus, dizendo: 'Cristina, virgem pura e sem mácula, os céus estão abertos para ti, o reino eterno te espera, e toda a Igreja triunfante bendiz a Deus em ti, pois desde a tua infância engrandeceste o nome de Cristo'. Com os olhos voltados para o céu, Cristina louvava o Senhor. Ouviu-se novamente a voz que dizia: 'Vem, Cristina, minha filha escolhida, minha amada filha; recebe a palma e a coroa eternas. Vem receber a recompensa dos martírios que sofrestes glorificando meu nome'. Ao ouvir essa voz, o infiel Julião repreendeu os carrascos, dizendo que eles não haviam cortado a língua de Cristina o bastante; ele ordenou, então, que a cortassem de modo a impedi-la de falar com seu Cristo. Eles então puxaram-lhe a língua e a cortaram até a raiz, mas Cristina cuspiu sua língua no rosto do tirano, cegando-lhe um olho. Ela então lhe disse, mais claramente do que nunca: 'De que adianta, tirano, cortar-me a língua para impedir-me de bendizer o Senhor, se minha alma o bendirá por toda a eternidade e a tua será maldita para sempre! Já que não acreditaste em minha palavra, era justo que fosses cegado por minha língua'. Ela já via Jesus Cristo sentado à direita de seu Pai quando duas flechas puseram fim ao seu martírio, uma atingindo-lhe o flanco e a outra, o coração. Seu corpo santo foi sepultado por um parente que ela havia convertido; foi ele quem registrou por escrito o relato de sua vida gloriosa."

Ó bem-aventurada Cristina! Virgem gloriosa e abençoada por Deus, santa mártir triunfante! Dignai-vos rezar por mim, pobre pecadora que carrega o teu nome, pois Deus te julgou digna de ser elevada à santidade! Intercede por mim, ó misericordiosa padroeira! Veja como estou feliz por poder registrar e incluir a história da tua santa vida na minha obra! Pois foi por devoção ao teu santo nome que fiz um relato tão longo. Que isso te seja agradável! Reze por nós, mulheres, e que a tua santa vida seja para nós, nesta terra, um exemplo para que um dia possamos ser todas recebidas no Paraíso! Amém.

"O que mais posso dizer-te, querida Christine, para elevar o número de nossas cidadãs? Que venha Santa Úrsula com todo o conjunto de

Terceira Parte

suas onze mil virgens, mártires bem-aventuradas na glória de Jesus Cristo, que foram enviadas além dos mares para se casar. Mas desembarcaram em terras pagãs, onde queriam obrigá-las a renunciar à fé cristã, e elas preferiram morrer a renunciar a Jesus Cristo Salvador."

XI

*Em que se trata de várias mulheres
que testemunharam o martírio
de seus próprios filhos.*

"Oh! o que há no mundo mais precioso para uma mãe do que seu filho? Seu coração pode suportar dor maior do que vê-lo sofrer? E, no entanto, a fé é algo ainda maior, como demonstraram tantas mulheres que, por amor a Nosso Senhor, entregaram seus próprios filhos ao suplício. Este foi o caso da bem-aventurada Felicidade, que viu seus sete filhos, rapazes muito belos, serem martirizados na sua frente. Esta excelente mãe os confortava, exortando-os a se mostrarem corajosos e a permanecerem firmes na fé. Ela havia banido de seu coração, por amor a Deus, aquele amor que toda mãe tem pela carne de sua carne. Depois de entregar todos os sete ao carrasco, ela quis oferecer-se ao sacrifício e também sofreu o martírio.

"Podemos citar ainda a bem-aventurada Julieta, que tinha um filho chamado Ciro. Esta mulher o instruiu continuamente na fé cristã, proporcionando-lhe alimento tanto espiritual como corporal. Assim, os torturadores não conseguiram quebrá-lo nem fazer com que ele renunciasse ao nome de Jesus sob tortura, mesmo sendo apenas uma criança pequena; com sua vozinha clara, enquanto era torturado, ele gritava aos quatro ventos: 'Eu sou cristão! Eu sou cristão! Glória a ti, Senhor Deus'. Ele falava com tanta clareza quanto um homem de quarenta anos. Sua excelente mãe, que também foi cruelmente torturada, o confortava; ela continuava a louvar o Senhor e a encorajar os outros mártires, falando da alegria celestial que os aguardava e exortando-os a esquecerem todo o medo.

"Além disso, o que dizer da admirável constância de caráter demonstrada pela bem-aventurada Blandina? Ela teve que testemunhar o martírio de sua filha de quinze anos e ver supliciada aquela que tanto amava. Ela a confortava ternamente e, após sua morte, submeteu-se alegremente ao carrasco como uma noiva que vai ao encontro de seu noivo. Ela recebeu tantos golpes que seus torturadores ficaram exaustos. Foi

Terceira Parte

267

colocada sobre uma grelha e assada, dilacerada com pentes de ferro; e, no entanto, ela não deixou de glorificar a Deus e permaneceu constante até a morte."

XII

Em que se trata de Santa Marina, virgem.

"Poderíamos recordar a história de um grande número de virgens mártires, bem como a de muitas outras mulheres que entraram para a vida religiosa ou que, de várias maneiras, deram provas de uma santidade notável. Mas falarei de duas delas, pois suas vidas são muito belas de se ouvir e ainda ilustram a constância feminina. Um leigo tinha uma filha única chamada Marina. Ele confiou a menina a um de seus parentes para poder entrar na vida religiosa. Lá, levava uma vida exemplar, mas a Natureza sempre o fazia lembrar da criança, cuja ausência lhe causava grande tristeza. Ele mergulhou na melancolia. Um dia, o abade indagou o motivo de tanto abatimento. Ele respondeu que seu espírito estava ocupado pela filha que deixara no mundo e que não conseguia esquecer. O abade lhe disse para ir buscá-la e trazê-la à abadia para consagrá-la a Deus. Essa virgem então viveu com seu pai, disfarçada de pequeno monge. Ela aprendeu a esconder sua verdadeira identidade e se tornou um modelo de disciplina. Tinha dezoito anos e avançava no caminho da santidade quando seu pai, que a havia instruído tão piedosamente, faleceu. Desde então, ela ocupou sozinha a cela que havia compartilhado com seu pai. Ela levou uma vida tão santa que o abade e todos os irmãos louvavam sua devoção. E todos a tomavam por um homem.

"Essa abadia ficava a três milhas de uma cidade onde havia um mercado; os monges precisavam ir lá de tempos em tempos para se reabastecer. No inverno, quando a noite os surpreendia antes de terminarem suas compras, eles passavam a noite na cidade. Quando era a vez de Marina — a quem chamavam de Irmão Marino — ir ao mercado, ela às vezes se hospedava na estalagem onde os religiosos tinham um quarto. Aconteceu que a filha do anfitrião ficou grávida. Como seus pais a forçaram a confessar o nome de seu sedutor, ela acusou o Irmão Marino. Os pais foram se queixar ao abade, que ficou indignado e mandou chamar Marina. Essa santa virgem preferiu se declarar culpada a revelar que era

Terceira Parte

mulher. Ela se ajoelhou e disse chorando: 'Pai, eu pequei, reze por mim, farei penitência'. O abade, muito zangado, mandou açoitá-la cruelmente, expulsou-a do mosteiro e proibiu sua entrada. Ela então se deitou no chão diante da porta como sinal de penitência, pedindo aos irmãos apenas um pedaço de pão. A filha do estalajadeiro deu à luz um menino que sua mãe deixou diante do mosteiro, entregando-o a Marino. Marina, disfarçada de Marino, assumiu a responsabilidade pela criança e, com o pedaço de pão que lhe davam os que entravam, ela alimentava o menino como se fosse seu filho. Algum tempo depois, os irmãos, movidos pela compaixão, imploraram ao abade que perdoasse o Irmão Marino e o recebesse de volta. Eles o convenceram com grande dificuldade, depois de ele já ter feito penitência por cinco anos. Quando voltou à abadia, o abade lhe deu todos os trabalhos sujos e desprezíveis da comunidade; devia trazer a água do banheiro e servir a todos. A virgem cumpriu todos esses trabalhos humildemente e de bom grado.

"Pouco tempo depois, ela foi chamada pelo Senhor. Os irmãos anunciaram ao abade, que disse: 'Vocês veem que o pecado dele foi tão grande que não mereceu o perdão; no entanto, façam os preparativos do corpo e enterrem-no longe do santuário'. Quando despiram o corpo, viram que era mulher. Eles começaram a bater no peito e a se lamentar, chorando de dor e vergonha pelo mal feito sem razão a uma pessoa tão piedosa, e ficaram extasiados diante da perfeita santidade de sua vida. Ao saber do fato, o abade correu para se prostrar diante do corpo da santa, chorando amargamente, batendo no peito, implorando misericórdia e perdão. Ele ordenou que a enterrassem em uma capela da abadia. Todos os monges vieram para o funeral. Um monge que era cego de um olho se inclinou sobre o corpo para beijá-lo devotamente; ele imediatamente recuperou a visão. Nesse mesmo dia, a mãe da criança enlouqueceu e confessou seu pecado aos quatro cantos. Conduziram-na para perto do santo corpo e ela recuperou a razão. Aconteceram muitos milagres sobre o seu túmulo, e continuam acontecendo até hoje."

XIII

Em que se trata da bem-aventurada Eufrosina, virgem.

"Da mesma forma, houve em Alexandria uma virgem chamada Eufrosina. Deus abençoara seu pai Pafnúcio, que era muito rico, em resposta às orações feitas em seu favor por um santo abade e os monges de um mosteiro vizinho. Quando a filha chegou à idade de se casar, seu pai quis dar-lhe um marido. Mas, como ela havia consagrado sua virgindade a Deus, fugiu da casa paterna disfarçada de homem. Ela pediu para ser admitida nesse mosteiro, fingindo ser um jovem da corte do imperador, que desejava ardentemente professar os votos. Vendo a sinceridade de sua vocação, o abade a recebeu com alegria. Mas Pafnúcio foi tomado pela dor, pois não conseguia encontrar a filha que tanto amava; ele foi então confiar sua tristeza ao abade, na esperança de encontrar paz. Ele pediu aos monges que intercedessem por ele, para que pudessem, através de suas orações, saber o destino de sua filha. O abade o consolou e disse que não podia acreditar que a filha que Deus lhe dera em resposta a suas orações estivesse perdida para sempre. O abade e todos os monges oraram para que ela fosse encontrada.

"Continuava-se sem notícias. Como esse excelente pai voltava frequentemente, em sua dor, para se refugiar junto ao abade, este um dia lhe disse: 'Na verdade, não acredito que tenha acontecido algum infortúnio à sua filha, pois se assim fosse, estou certo de que Deus nos teria avisado. Mas temos entre nós um filho de grande piedade, que nos chegou da corte do imperador; Deus o iluminou tanto com sua graça que cada pessoa que fala com ele encontra consolo. Poderias, se quiseres, ir falar com ele'. Pafnúcio implorou para que fosse autorizado esse encontro. O abade o conduziu até sua filha, mas o pai não a reconheceu; ela, no entanto, reconheceu seu pai e, com os olhos cheios de lágrimas, afastou-se dele como se estivesse terminando suas orações. A beleza e o frescor do seu rosto já estavam desgastados pelas rigorosas práticas ascéticas. Ela falou com seu pai e lhe trouxe grande conforto, garantindo-lhe que

Terceira Parte

sua filha servia a Deus em um lugar seguro, que ele a veria antes de morrer e que ela ainda seria uma fonte de alegria para ele. O pai partiu consolado, acreditando que ela estava inspirada por Deus, e disse ao abade que seu coração nunca havia conhecido tanta paz desde que perdera sua filha. Ele acrescentou: 'Alegro-me tanto na graça do Senhor como se tivesse reencontrado minha filha'. Ele partiu, recomendando-se ao abade e às orações dos irmãos. Mas não hesitou em voltar para ver o santo homem, e não tinha outra felicidade senão conversar com ele.

"As coisas continuaram assim por muito tempo. Essa mulher (que se fazia chamar Irmão Emério) já havia passado trinta e oito anos em sua cela quando Deus quis chamá-la de volta. Ela adoeceu. Seu excelente pai, cheio de tristeza, foi até a abadia e viu que Emério estava morrendo. Ele começou a lamentar: 'Ai de mim! O que aconteceu com suas doces palavras e a promessa que me fez de rever minha filha?'. Mas Emério faleceu na paz do Senhor, e seu pai não estava presente no momento de sua morte. O santo homem segurava em sua mão um escrito que ninguém conseguia tirar dele; foi em vão que o abade e todos os monges tentaram. Nesse meio-tempo, chegou o pai, que chorava e lamentava a perda desse grande amigo que fora toda sua consolação. Ele se aproximou do corpo para beijá-lo, e lá, diante de todos, a mão se abriu para lhe entregar o escrito. Pafnúcio o pegou e leu que ela era sua filha e que pedia que somente ele cuidasse dos preparativos de seu corpo. Todos se maravilharam — Pafnúcio, o abade e a congregação dos irmãos — e louvaram sua santa firmeza e resolução. O pai redobrou seus prantos, emocionado e, ao mesmo tempo, consolado pela santidade dessa vida. Ele então vendeu tudo o que tinha e se tornou monge naquela abadia onde passou o resto de seus dias.

"Narrei a história de muitas virgens. Agora, quero evocar outras mulheres, cuja vida é muito edificante e que foram, também elas, mártires gloriosas."

XIV

Em que se trata da santa mulher chamada Anastásia.

"No tempo das grandes perseguições do imperador Diocleciano, vivia em Roma uma senhora muito nobre chamada Anastásia. Ela era uma das mulheres mais ricas e ilustres da cidade. Os suplícios que via serem infligidos diariamente aos bem-aventurados mártires cristãos a tocaram profundamente; todos os dias, acompanhada apenas de uma serva, ela ia visitá-los na prisão para confortá-los. Ela lavava e enfaixava suas feridas, aplicando-lhes preciosos unguentos. Acabou sendo denunciada a Públio, um patrício romano que a queria como esposa; ele ficou muito irritado e colocou guardas diante de sua casa para impedir que saísse. Entre os outros mártires presos, encontrava-se São Crisógono, um homem de grande virtude que havia sofrido muitas torturas, e a santa mulher Anastásia o confortara com suas visitas e cuidados. Assim, ele lhe enviou secretamente, por intermédio de uma boa cristã, várias cartas em que a exortava a ter coragem. Anastásia respondeu-lhe pela mesma mensageira. Deus quis que o homem que a controlava tão de perto morresse. Então, ela vendeu tudo o que tinha e usou todo o dinheiro para socorrer os mártires que ela confortava com suas visitas. Esta nobre senhora estava sempre acompanhada de várias moças e mulheres cristãs.

"Entre elas havia três virgens, irmãs de nobre linhagem, que eram suas seguidoras muito devotas; uma se chamava Agapênia, outra Quioneia e a terceira Irene. O imperador soube que essas três nobres irmãs eram cristãs. Ele as mandou chamar e prometeu-lhes imensas riquezas e um belo casamento, se renunciassem a Jesus Cristo. Como elas não deram importância às suas propostas, ele as mandou chicotear e jogar em um calabouço escuro. Sua santa amiga Anastásia foi até elas e ficou a seu lado dia e noite. Ela orava a Deus para que a mantivesse viva enquanto durassem suas riquezas, para que pudesse gastá-las por completo nessa obra piedosa. Mas o imperador ordenou a seu pretor Dulcídio que forçasse todos os cristãos presos a adorar os ídolos mediante tortura. Esse

Terceira Parte

273

pretor, então, fez com que todos os prisioneiros comparecessem à sua presença. Entre eles estavam as três bem-aventuradas irmãs.

"Vendo-as tão belas, esse malvado pretor inflamou-se de desejo. Ele tentou secretamente seduzi-las com suas belas palavras, prometendo libertá-las se se entregassem a ele. Como elas se recusaram por completo, ele as confiou a um de seus criados para que as trancasse em sua casa. Lá, pensou, ele iria possuí-las, quer quisessem ou não. Quando desceu a noite, ele foi sozinho e no escuro até a casa para onde elas haviam sido levadas. Ele ouviu as vozes das virgens, que cantavam louvores ao Senhor durante toda a noite, e quis se aproximar delas. Ele teve de passar pelo lugar onde se guardavam os utensílios de cozinha. Lá, possuído pelo Demônio e cego por seus desejos luxuriosos, ele começou a abraçar e a beijar as panelas e outros utensílios de cozinha, pois acreditava, conforme queria o Senhor, que estava agarrando as virgens. Ele se entregou a sua luxúria até a exaustão. No dia seguinte, ele foi ao encontro de seus criados que o aguardavam do lado de fora; ao vê-lo, eles pensaram que era uma aparição demoníaca, pois ele estava sujo, coberto de gordura e fuligem, e suas roupas rasgadas pendiam em farrapos. Todos fugiram apavorados. Vendo-os fugir, Dulcídio se espantou por se ver repelido dessa maneira, pois não se dava conta de seu estado. Como todos os que encontrava nas ruas zombavam dele, ele decidiu ir diretamente ao imperador para se queixar de que, por onde passava, as pessoas riam dele. Chegou ao palácio, onde muitas pessoas estavam à espera das audiências matinais. Ali houve grande tumulto; ele foi vaiado, golpeado com varas, empurrado de todos os lados com os gritos: 'Fora, porco imundo! Provoca-nos nojo!'. Cuspiram em seu rosto, e a multidão ria ainda mais; nunca se viu homem mais espantado. Ele acreditava estar delirando, pois o diabo lhe havia cegado de tal maneira que não conseguia perceber seu estado. Coberto de opróbrios, ele voltou para casa.

"O cargo que ocupava foi entregue a outro magistrado. Este fez comparecer diante dele as três santas virgens e quis forçá-las a adorar os ídolos. Como elas se recusaram, ele ordenou que fossem despidas e chicoteadas, mas todos os esforços para desnudá-las foram inúteis, pois suas vestes aderiam aos seus corpos de tal forma que não puderam ser retiradas. Ele então as mandou jogar em uma fogueira ardente, mas isso não lhes causou nenhum mal. Então, elas pediram a Deus que as chamasse de volta e morreram na glória do Senhor; mas, para mostrar que foi de sua própria vontade, o fogo não tocou suas roupas nem o menor fio de seus cabelos. Quando a fogueira apagou, encontraram seus corpos intactos; elas estavam com as mãos unidas e os rostos tão frescos como se estivessem dormindo. A bem-aventurada Anastásia cuidou de seus santos restos mortais e os sepultou."

XV

Em que se trata da bem-aventurada Teodota.

"Anastásia tinha outra companheira chamada Teodota. Ela era mãe de três meninos pequenos. Como se recusava a se casar com o conde Leocádio e não queria oferecer sacrifícios aos ídolos, foi submetida a muitos suplícios. Pensando submetê-la com mais facilidade por meio do amor materno, torturaram um de seus filhos diante dela, mas a força de sua fé sobrepujava os laços carnais; ela consolava seu filho dizendo: 'Meu filho, não temas esses tormentos, pois eles te valerão a glória eterna'. Enquanto essa mulher estava na prisão, um dos filhos do Demônio tentou violar sua pureza, mas começou imediatamente a sangrar aos borbotões pelo nariz. Ele gritou então que havia um jovem com ela e este lhe dera um soco no nariz. Ela foi novamente torturada e acabou morrendo junto com seus três filhos. Todos entregaram suas santas almas a Deus, glorificando o Senhor. Foi a gloriosa Anastásia que os sepultou.

"Com suas visitas, a bem-aventurada Anastásia havia dado tanto apoio aos mártires que ela mesma foi presa e não pôde mais confortar os santos de Deus. Ela foi privada de água e comida, mas Deus não quis que passasse fome aquela que tão fielmente confortara e alimentara seus bem-aventurados eleitos. Ele lhe enviou, então, em uma nuvem de luz, a alma de sua bem-aventurada companheira Teodota, que preparou uma mesa diante dela e lhe trouxe muitos pratos deliciosos. Ela permaneceu com Anastásia durante os trinta dias em que esta foi privada de qualquer alimento. Pensavam que ela teria morrido de fome, mas a encontraram bem viva; ela foi então levada ao comandante da guarda, que ficou enfurecido. Como muitas pessoas se haviam convertido após esse milagre, ele a fez embarcar em um navio com vários criminosos condenados à morte. Quando se encontravam em alto mar, os marinheiros cumpriram suas ordens e abriram um rombo no casco, depois subiram em outro barco. A bem-aventurada Teodota apareceu então aos condenados e os conduziu por um dia e uma noite sobre o mar, tão seguramente como se estivessem em terra firme. Ela os levou até a ilha de Palmaria, na qual muitos bispos e homens santos haviam sido exilados. Eles foram recebidos com alegria e glorificaram o Senhor. Os que foram salvos com Anastásia se converteram e foram batizados. O imperador tomou conhecimento disso e mandou buscar todos; eram mais de trezentas pessoas — homens, mulheres e crianças — que condenou à morte por suplícios. Após ter discutido longamente com o imperador e sofrer muitos castigos, a bem-aventurada Anastásia recebeu a coroa do martírio."

Terceira Parte

XVI

Em que se trata da nobre e santa Natália.

"Natália era a nobre esposa de Adriano, general das tropas do imperador Maximiano Hércules. Ela havia se convertido secretamente ao cristianismo, num momento em que muitos cristãos eram torturados. Ela soube que seu marido Adriano, por quem orava incessantemente ao Senhor, havia se convertido repentinamente ao assistir aos suplícios dos mártires, e que havia glorificado o nome de Jesus Cristo. Tomado de cólera, o imperador ordenou que o lançassem num estreito calabouço. A bem-aventurada mulher, regozijando-se com a conversão de seu marido, foi imediatamente confortá-lo na prisão e pediu-lhe que perseverasse na fé que escolhera; ela beijava as correntes com as quais ele estava preso, chorando de alegria e comoção. Exortava-o a não se lamentar pelas alegrias terrenas, que duram apenas um instante, mas a ter sempre presente a grande glória que o esperava. Esta santa mulher permaneceu longo tempo junto dele, consolando-o, ele e outros mártires, e orando a Deus para ser em breve recebida entre eles. Ela recomendou particularmente aos mártires que encorajassem seu marido, pois temia que sua nova fé pudesse vacilar sob o rigor dos castigos. Ia visitá-lo todos os dias e o animava e encorajava incessantemente com suas belas palavras. Quando o imperador proibiu a entrada de mulheres nas prisões, em razão das visitas que ela e outras mulheres faziam aos santos mártires, ela se disfarçou de homem. Quando chegou o dia do último suplício de Adriano, ela estava lá; tratou e beijou suas chagas ensanguentadas, chorando de piedade e implorando que ele rezasse a Deus por ela. Assim morreu o bem-aventurado Adriano. Ela o sepultou com grande piedade, e como lhe haviam cortado uma mão, ela a guardou preciosamente, envolta como uma santa relíquia.

"Após a morte de seu marido, quiseram forçar essa santa mulher a se casar novamente, pois era de nobre linhagem, bela e rica; ela permanecia continuamente em orações, rogando a Deus que a livrasse do poder daqueles que desejavam forçá-la. Seu marido lhe apareceu então em sonho para consolá-la e lhe disse para ir a Constantinopla enterrar os corpos dos numerosos mártires que lá se encontravam, o que ela fez. Estava a serviço de Deus há algum tempo, visitando os santos mártires em suas prisões, quando seu marido lhe apareceu uma segunda vez e lhe disse: 'Minha irmã, minha amiga, tu, a servidora de Jesus Cristo, vem reunir-te a mim na glória eterna, pois Nosso Senhor te chama'. Ela despertou e morreu imediatamente.

Terceira Parte

XVII

Em que se trata de Santa Afra,
prostituta que se converteu a Deus.

"Afra era uma prostituta convertida à fé em Jesus Cristo. Foi acusada por um juiz, que lhe disse: 'Não te bastava desonrar o teu corpo? É preciso ainda, herética, que pequeis adorando um deus estrangeiro? Sacrifica aos nossos deuses, para que te perdoem'. Afra lhe respondeu: 'Eu sacrificarei ao meu Deus, Jesus Cristo, que desceu dos céus para a salvação dos pecadores. E o seu Evangelho recorda que uma pecadora lhe lavou os pés com suas lágrimas e recebeu o perdão. Ele jamais desprezou as prostitutas nem os infames publicanos,[60] e ele acolhia os pecadores à sua mesa'. O juiz lhe disse: 'Se não sacrificares aos nossos deuses, teus clientes não virão mais e tu não receberás mais o seu dinheiro'. Ela então lhe respondeu: 'Nunca mais receberei dons desonrosos, e aqueles que recebi desonestamente, pedi aos pobres que se dignassem aceitá-los e que orassem por mim'. Como ela recusava sacrificar aos deuses, o juiz condenou Afra a ser queimada viva. Quando foi entregue às chamas, ela orou ao Senhor desta maneira: 'Senhor Deus, Jesus Cristo todo-poderoso, tu que chamas os pecadores ao arrependimento e à penitência, digna-te receber o meu sacrifício na hora do meu martírio; livra-me do fogo eterno por este fogo terrestre que preparam para o meu corpo'. No meio das chamas, ela ainda dizia: 'Senhor Jesus, digna-te receber-me, pobre pecadora imolada em teu santo nome; tu que te ofereceste em um só sacrifício

---

[60] O termo "publicanos" designa os coletores de impostos na Roma Antiga: indivíduos que assumiam a responsabilidade de arrecadar impostos e outros tributos para o Estado romano, mediante concessão de contratos públicos. Esses contratos eram geralmente obtidos por meio de leilões, e os publicanos tinham que garantir ao Estado uma quantia fixa; o que excedesse esse valor era ganho deles. Na prática, os publicanos muitas vezes cobravam valores acima do estipulado, o que gerou uma reputação negativa, sendo vistos como gananciosos e corruptos. Eles aparecem com frequência nos Evangelhos cristãos, onde são mencionados como exemplo de pecadores, mas também como pessoas que, ao reconhecerem seus erros, eram capazes de redenção. (N. da E.)

por todo o gênero humano; tu, justo, que morreste crucificado pelos injustos; bondoso, para com os malvados; santo, para com os condenados; manso, para os amargos; puro e sem mácula, diante dos pecadores! Eu te ofereço o sacrifício do meu corpo, a ti que vives e reinas com o Pai e o Espírito Santo pelos séculos dos séculos'. Assim morreu a bem-aventurada Afra, em favor de quem Deus operou numerosos milagres após sua morte."

XVIII

Em que Justiça evoca várias mulheres nobres
que serviram e hospedaram
os apóstolos ou outros santos.

"Que mais posso te dizer, querida filha? De fato, eu poderia mencionar ao infinito exemplos semelhantes. Mas, já que te surpreendeste, conforme me disseste há pouco, com todos esses autores que condenaram tão severamente as mulheres, posso afirmar, apesar de tudo o que leste nos autores pagãos, que, a meu ver, encontrarás bem poucas acusações contra elas na literatura sagrada, ou nas histórias da vida de Cristo e de seus apóstolos, ou mesmo nas dos outros santos, como podes facilmente ver. Pelo contrário, ali só se fala da notável constância e virtude que a graça divina concedeu às mulheres. Oh! que grandes benefícios, que caridade exemplar prodigalizaram com cuidado e diligência aos servos de Deus! Tanta hospitalidade, tanto serviço, não pesam na balança? E, se houve homens bastante temerários para acusá-las de leviandade, quem jamais ousaria negar que, segundo a nossa fé, essas obras são as escadas que conduzem ao Céu? Pode-se citar o exemplo de Drusiana, que era uma santa mulher viúva; ela hospedou São João Evangelista, serviu-o e cuidou de suas refeições. Ora, São João retornou de seu exílio, acolhido com alegria por todos os habitantes da cidade, no momento em que Drusiana era levada à sepultura; pois ela morrera de tristeza, tanto o esperara. Os vizinhos lhe disseram: 'João, aqui está Drusiana, tua boa hospedeira; morreu de tristeza à tua espera; não te servirá mais'. Então São João dirigiu-se a ela e lhe disse: 'Drusiana, levanta-te; vai para tua casa e prepara minha refeição'. E ela ressuscitou.

"Do mesmo modo, uma nobre e virtuosa mulher da cidade de Limoges, chamada Susana, foi a primeira a hospedar São Marcial, que fora enviado por São Pedro para converter o país. E esta mulher o cumulou com seus favores.

"Também a excelente Maximila arriscou sua vida para retirar Santo André da cruz e sepultá-lo.

"Outrossim, a santa virgem Efigênia seguiu fielmente São Mateus Evangelista e o serviu. À sua morte, ela fez construir uma igreja que dedicou a ele.

"Ainda, outra excelente mulher, tomada de tão santa amizade por São Paulo, seguiu-o por toda parte e o serviu com zelo incomparável.

"Além disso, no tempo dos apóstolos, houve uma nobre rainha chamada Helena — não a mãe de Constantino, mas outra Helena, rainha dos adiabenos[61] — que se dirigiu a Jerusalém, onde os víveres estavam extremamente caros devido a uma fome que se alastrava. Quando soube que os santos de Nosso Senhor morriam de fome, pois tinham vindo à cidade para pregar e converter o povo, ela mandou comprar tantos mantimentos que eles tiveram o que comer durante toda a penúria.

"Ainda, quando, por ordem de Nero, levaram São Paulo para ser decapitado, uma excelente mulher chamada Plautila veio ao seu encontro, chorando copiosamente; era ela quem costumava cuidar dele. São Paulo pediu-lhe o véu que ela tinha na cabeça, e ela lhe deu. Então, os perversos que ali estavam zombaram dela, dizendo que isso era puro desperdício, pois o véu era muito belo. São Paulo usou-o para vendar os olhos. Após sua morte, os anjos o devolveram a Plautila todo manchado de sangue. Ela o conservou como uma preciosa relíquia. São Paulo lhe apareceu e disse que, em recompensa pelos benefícios que ela lhe havia proporcionado na terra, ele oraria por ela no céu. Eu poderia te contar muitos outros casos semelhantes.

"Basilissa foi uma mulher que se destacou por sua caridade. Era esposa de São Julião, e ambos concordaram, na noite de suas núpcias, em se consagrarem à castidade. A santa vida dessa virgem, a multidão de mulheres e virgens que foram salvas e levadas à virtude por seus santos conselhos, supera a compreensão. Enfim, sua caridade foi tal que Nosso Senhor lhe concedeu a insigne graça de falar-lhe na hora de sua morte.

"Não sei o que mais posso te dizer, querida Christine; poderia mencionar um número infinito de damas de todas as condições, virgens, viúvas ou casadas, em quem o poder divino se manifestou por meio de uma

[61] Os adiabenos habitavam a região da Adiabena, localizada no que hoje é o norte do Iraque, parte do antigo Império Parta e, posteriormente, do Império Sassânida. A rainha Helena, mencionada por Christine de Pizan, converteu-se ao judaísmo e, posteriormente, os adiabenos tiveram um papel importante na difusão do cristianismo primitivo. (N. da E.)

Terceira Parte

força, uma constância extraordinárias. Mas que isto te baste. Pois parece-me que cumpri muito bem minha tarefa ao concluir os cumes de tua Cidade e ao povoá-la com excelentes mulheres, como te havia prometido. As últimas servirão, portanto, de portas e portões para a nossa Cidade. E mesmo que eu não mencione — pois só poderia fazê-lo com grande dificuldade — todas as santas que existiram, que existem e existirão, todas poderão encontrar lugar nesta Cidade das Mulheres. Pode-se dizer, de fato: '*Gloriosa dicta sunt de te, Civitas Dei*'.[62] Eis aqui, portanto, tua Cidade terminada, fortificada e bem fechada, como te havia prometido. Adeus, querida Cristina. Que a paz do Senhor permaneça para sempre contigo."

---

[62] Literalmente, "Gloriosas coisas são ditas de ti, Cidade de Deus". A frase é uma citação do Salmo 86, 3 da Vulgata, a tradução latina da Bíblia, e retomada por Santo Agostinho em *A Cidade de Deus*, Livro XVII, capítulo 16. (N. da E.)

XIX

Aqui termina o livro.
Christine dirige-se às mulheres.

Agradeçamos ao Senhor, minhas damas muito veneradas! Pois eis aqui a nossa Cidade erguida e completada. Vós todas que amais a virtude, a glória e a fama sereis recebidas com as maiores honras, pois ela foi fundada e construída para todas as mulheres honradas — aquelas de outrora e aquelas de hoje e de amanhã. Minhas caríssimas irmãs, é natural que o coração humano se alegre ao triunfar sobre alguma agressão e ao ver seus inimigos desorientados. Agora tendes razão, queridas amigas, para vos alegrardes honestamente, sem ofender a Deus nem às boas maneiras, ao contemplar a perfeição desta nova Cidade que, se dela cuidardes, será para todas vós (isto é, as mulheres de bem) não apenas um refúgio, mas um bastião que vos defenderá dos ataques de vossos inimigos. Podeis notar que foi construída inteiramente com virtudes, materiais verdadeiramente tão brilhantes que todas podeis aí vos espelhar, especialmente nas altas coberturas do edifício (isto é, nesta última parte), mas não deveis, por isso, menosprezar o que vos diz respeito nas outras partes. Minhas queridas amigas, não façais mau uso deste legado, como fazem os arrogantes que se inflam de orgulho ao verem multiplicar suas riquezas e sua prosperidade. Segui antes o exemplo de vossa Rainha, a Virgem Soberana, que, ao saber da suprema honra de tornar-se Mãe do Filho de Deus, humilhou-se ainda mais ao se considerar humilde serva do Senhor. Como é verdadeiro, queridas amigas, que quanto mais uma pessoa ressobra em virtudes, mais é humilde e doce, que esta Cidade possa incitar-vos a viver com honra na virtude e na modéstia.

E vós, queridas amigas que sois casadas, não vos indigneis por estardes assim sujeitas aos vossos maridos, pois nem sempre é do interesse das pessoas ser livre. Isto é o que se depreende do que o anjo de Deus disse a Esdras: que aqueles que deram livre curso ao seu arbítrio caíram no pecado, levantaram-se contra Nosso Senhor e pisotearam os justos, o que os levou à destruição. Que aquela que tem um marido amável, bom e razoável, que a ama com um verdadeiro amor, agradeça ao Senhor, pois não é pequeno o favor, mas o maior bem que poderia receber nesta terra; que ponha todo o seu zelo em servi-lo, amá-lo e estimá-lo com um coração fiel — como é seu dever —, vivendo na tranquilidade e pedindo a Deus que continue a proteger sua união e a mantê-los no caminho da salvação. Quanto àquela cujo marido não é nem bom nem mau, ela também deve agradecer ao Senhor por não lhe ter dado um pior; deve fazer todos os esforços para moderar seus excessos e viver pacificamente conforme sua condição. E aquela cujo marido é perverso, traiçoeiro e mau, deve fazer todo o possível para suportá-lo, a fim de arrancá-lo de sua perversidade e trazê-lo, se puder, ao caminho da razão e da bondade; e se, apesar de todos os seus esforços, o marido persiste no mal, sua alma será recompensada por sua corajosa paciência, e todos a abençoarão e sairão em sua defesa.

Assim, queridas amigas, sejais humildes e pacientes, e a graça de Deus se estenderá sobre vós. Serão louvadas, e o reino dos céus vos será aberto. Pois São Gregório afirma que a paciência é a porta do Paraíso e o caminho que leva a Jesus Cristo. Que nenhuma de vós persista obstinadamente em opiniões frívolas e sem fundamento — na inveja, na teimosia, em linguagem zombeteira ou em ações escandalosas —, pois essas são coisas que perturbam o espírito e fazem perder a razão, e são particularmente desonrosas e inconvenientes numa mulher.

E vós, donzelas que sois virgens, sejais puras, sensatas e discretas. Fiqueis alerta; os maus já espalharam suas armadilhas. Que os vossos olhos andem baixos, as vossas bocas sejam avaras em palavras; que o pudor inspire todos os vossos atos. Armai-vos de virtude e coragem contra todas as astúcias dos sedutores e fugi de sua companhia.

E vós, as viúvas, que vossas roupas, vossas maneiras e vossas palavras sejam honestas. Sejais piedosas em vossos atos como em vossos modos. Modereis vossas necessidades, armando-vos de paciência, que bem precisareis dela! Sejais fortes e resolutas diante das tribulações e das dificuldades materiais. Permanecei humildes de caráter, aparência e palavras, e caridosas em vossos atos.

Finalmente, todas vós, mulheres de condição média ou humilde, antes de mais nada, permanecei alertas e vigilantes para vos defender contra os inimigos de vossa honra e virtude. Vede, queridas amigas, como, de todos os lados, os homens vos acusam dos piores defeitos! Desmascarai sua impostura pelo brilho de vossa virtude; fazendo o bem, convencereis os mentirosos, como diz o Salmista: "A iniquidade do ímpio cairá sobre sua cabeça". Afastai esses hipócritas sedutores que, com seus belos discursos e todos os ardis imagináveis, buscam roubar-vos o bem mais precioso, ou seja, a vossa honra e a excelência de vossa reputação! Oh, fugi, minhas senhoras, fugi dessas paixões insensatas que eles exaltam ao vosso lado! Fugi delas! Por amor de Deus, fugi! Nada de bom pode resultar disso; tenhais a certeza, ao contrário, de que mesmo se o jogo parecer prazeroso, sempre terminará em prejuízo para vós. Nunca vos deixeis persuadir do contrário, pois é a mais estrita verdade. Lembrai-vos, queridas amigas, como esses homens vos acusam de fragilidade, de leviandade e inconstância, o que não os impede de empregarem as astúcias mais sofisticadas e de se esforçarem, de mil maneiras, para vos seduzir e capturar como presas em suas armadilhas! Fugi, minhas senhoras, fugi! Evitai essas relações, pois sob a alegria se escondem os venenos mais amargos e que levam à morte. Dignai-vos, minhas mui veneradas damas, a aumentar e multiplicar as habitantes de nossa Cidade, buscando a virtude e fugindo ao vício, e alegrai-vos no bem. Quanto a mim, vossa serva, não me esqueçais em vossas preces, para que Deus me conceda a graça de viver e perseverar aqui em seu santo serviço, e que, à minha morte, ele perdoe os meus pecados e me receba na alegria eterna. Que ele estenda sobre todas vós essa mesma graça. Amém.

*Aqui termina a terceira e última parte
do livro* A Cidade das Mulheres.

SEQUÊNCIA DOS TEMAS DA OBRA

PRIMEIRA PARTE
A mulher justificada pela Razão

Desespero de Christine em seu gabinete: ela, que tanto aspira ao conhecimento, só encontra desprezo por parte dos eruditos em relação ao sexo feminino. O texto que segue será uma refutação da misoginia comum, como contrária à razão, à retidão e à justiça. Aparição das três virtudes (I-VII).

Intenções e motivações dos caluniadores (VIII): exemplos de Ovídio, de Cecco d'Ascoli, do *Secreta mulierum*, de Cícero, de Catão (IX). Vícios atribuídos às mulheres: gula, coquetismo, fraqueza de caráter, tagarelice. No último capítulo, contraexemplos da mulher cananeia e da mulher samaritana (X).

As mulheres e a ordem política. Sua exclusão do sistema judiciário não corresponde a nenhuma incapacidade; disposições das mulheres para a política (XI): exemplos de Nicole (XII), da rainha Fredegunda e outras rainhas da França (XIII). Discurso sobre a força física (XIV). Série de mulheres guerreiras: Semíramis (XV); o reino das Amazonas (XVI); Tamires (XVII); Melanipe e Hipólita (XVIII); Pentesileia em auxílio aos troianos (XIX); Zenóbia, rainha de Palmira (XX); Artemísia (XXI); Lília, mãe de Teodorico (XXII); admoestações de Fredegunda a seus barões (XXIII); Camila (XXIV); Berenice, rainha da Capadócia (XXV); a destemida Clélia (XXVI).

Dons naturais das mulheres para as ciências (XXVII). Série de mulheres eruditas: Cornifícia (XXVIII); Proba, autora dos *Centons virgiliens* (XXIX); Safo (XXX); a virgem Mantoa, piromante (XXXI); Medeia e

Circe (XXXII). Série de mulheres fundadoras do saber: Carmenta, inventora do alfabeto (XXXIII); Minerva, gênio universal: invenção de uma escrita cifrada, dos números, das artes do tear, da fabricação do azeite, da construção dos veículos, das armaduras, da estratégia, dos instrumentos musicais (XXXIV); Ceres: a agricultura, a vida urbana (XXXV); a arte de cultivar jardins inventada por Ísis (XXXVI). Elogio da escrita e da sociedade civilizada (XXXVII-XXXVIII). Retomada do tema: Aracne, inventora da tapeçaria e das tinturas (XXXIX); Pânfila e a seda (XL); a pintura: Timarete, Irene, Márcia, Anastásia (XLI); Semprônia e a eloquência (XLII).

A mulher capaz de julgamento e da condução dos assuntos (XLIII). Elogio da mulher forte, por Salomão (XLIV). A economia doméstica: Gaia Cecília (XLV). Série de mulheres políticas: Dido (XLVI), Opis (XLVII), Lavínia. Conclusão sobre a igualdade dos sexos (XLVIII).

SEGUNDA PARTE
A mulher justificada pela Retidão

Série das profetisas: as sibilas (I); profecias de Eritreia (II); os livros de Amalteia (III); os tempos bíblicos: Débora, Isabel, Ana, a rainha de Sabá (IV); profecias de Nicóstrata, de Cassandra, da rainha Basina (V); Antônia e Justiniano (VI).

Moças e rapazes: a piedade filial (VII). Exemplos de Dripetina (VIII), de Hipsípile (IX), de Claudina (X), de uma mulher que amamentou sua mãe na prisão (XI). Elogio ao trabalho realizado (XII).

Refutação da corrente antimatrimonial representada por Valério e Teofrasto. A pretensa desgraça dos maridos; a conduta indigna de determinados esposos; os bons casamentos, incluindo o de Christine (XIII). Série de esposas fiéis: Hipsicrateia (XIV), a imperatriz Triária (XV), Artemísia e Mausolo (XVI), Argia e Polinices (XVII), Agripina e Germânico (XVIII). Jovens esposas fiéis aos maridos mais velhos: Júlia e Pompeu (XIX); Emília e Cipião Africano (XX); Xantipa e Sócrates (XXI); Paulina e Sêneca (XXII); Sulpícia, diversas contemporâneas (XXIII); astúcia das lacedemônias em uma cidade sitiada (XXIV). As mulheres justificadas no aspecto da indiscrição: Pórcia (XXV), Cúria (XXVI), as esposas dos conjurados contra Nero (XXVII). As mulheres conselheiras excelentes: Júlia e Pompeu, Andrômaca e Heitor (XXVIII), Antônia e Belisário (XXIX).

Benefícios das mulheres para a sociedade humana: a Virgem Maria, a filha do faraó (XXX); Judite (XXXI); Ester (XXXII). História das sabinas: a paz restabelecida graças à sua intervenção bem-sucedida (XXXIII). Roma salva por Vetúria, mãe de Coriolano (XXXIV). Clóvis convertido por Clotilde; as santas mártires (XXXV).

Estudos proveitosos para as mulheres: exemplos de Hortênsia e Novella, e da própria Christine (XXXVI).

Castidade da maioria das mulheres: exemplos de Susana (XXXVII), Sara (XXXVIII), Rebeca (XXXIX), Ruth (XL), Penélope (XLI). Refutação dos que alegam que uma mulher bonita não pode ser castíssima: exemplos de Mariana (XLII), Antônia e diversas mulheres contemporâneas (XLIII). A indignidade do estupro intolerável para as mulheres: exemplos de Lucrécia (XLIV), da rainha da Galácia (XLV), de Hipo, das sicambras e de Virgínia; astúcia das lombardas em uma cidade sitiada (XLVI).

Sobre a fraqueza de caráter imputada às mulheres. Presunção dos homens, eles mesmos demasiado fracos nesse aspecto; série de homens covardes e pusilânimes: Cláudio, Tibério (XLVII), Nero (XLVIII), Galba, Oto, Vitélio e outros; no entanto, poucas mulheres são corrompidas (XLIX). Série de mulheres que demonstraram uma força de caráter exemplar: Griselda (L), Florência, a romana (LI), a esposa de Bernabó, o Genovês (LII). Surpresa de Christine diante da persistência do erro; a tarefa de desmentir os caluniadores cabe a ela (LIII). Constância das mulheres no amor: calúnias de Ovídio e de Jean de Meung (LIV); série de mulheres fiéis: Dido (LV), Medeia (LVI), Tisbe (LVII), Hero (LVIII), Ghismonda (LIX), Isabel e outras amantes (LX). Mulheres famosas por diversos motivos (LXI).

A mulher acusada de coquetismo: gosto natural de alguns pelo requinte (LXII). A vestal Cláudia, caluniada por causa do luxo de suas vestes (LXIII). A virtude mais atraente que a beleza (LXIV); exemplo de Branca de Castela (LXV).

A mulher acusada de avareza. Dificuldades financeiras da mulher casada (LXVI). Exemplos de mulheres generosas: Paulina, Margarida de La Rivière (LXVII).

As grandes damas da França acolhidas na Cidade (LXVIII). Apóstrofe às damas da França e de outros lugares (LXIX).

Terceira Parte
A defesa da mulher pela Justiça

As cidadãs ilustres. A Virgem recebida na Cidade (I). As irmãs de Nossa Senhora e Maria Madalena (II). Série de santas mártires: Catarina de Alexandria (III); Margarida de Antioquia (IV); Lúcia de Roma (V); Santa Martina, virgem (VI); Luzia de Siracusa; Santa Benedita, virgem; Santa Fausta, virgem (VII); Justina de Antioquia e outras virgens (VIII); santas Teodósia, Bárbara e Doroteia (IX); Santa Cristina (X). Exemplos de mães que exortaram seus filhos ao martírio (XI). Belas histórias de Santa Marina (XII) e de Eufrosina (XIII), que fizeram profissão de monjas disfarçadas de homens. Anastásia, pupila de Crisógono; três virgens de sua comitiva cobiçadas por Dulcídio (XIV); Teodota, companheira de Anastásia (XV). Natália exorta seu marido ao martírio (XVI). Santa Afra, prostituta convertida (XVII). As anfitriãs dos santos (XVIII).

Christine dirige-se ao povo das mulheres para exortá-las à virtude e recomendar-se às suas orações (XIX).

ÍNDICE DOS CAPÍTULOS

PRIMEIRA PARTE

I. Aqui começa o livro *A Cidade das Mulheres*,
cujo primeiro capítulo narra como surgiu esta obra
e com que propósito foi escrita 21

II. Como três Senhoras apareceram diante de Christine,
e como a primeira se dirigiu a ela
para consolá-la de sua tristeza 24

III. Como aquela que se havia dirigido a Christine
lhe explicou quem era, sua natureza e seu papel,
e como lhe anunciou que, com a ajuda de todas as três,
ela construiria uma Cidade 27

IV. Como a Senhora falou a Christine sobre a Cidade
que devia construir; como tinha por missão ajudar
Christine a erguer os muros e fechar as muralhas;
e qual era seu nome 30

V. Como a segunda Senhora revelou a Christine seu nome
e sua condição, assim como a ajuda que ela lhe daria
para erguer a Cidade das Mulheres 32

VI. Como a terceira Senhora revelou a Christine quem era,
qual era seu papel, como ela a ajudaria a fazer
os telhados e as coberturas das torres e dos palácios,
e como depois ela iria trazer a Rainha
com sua comitiva das mais nobres damas 33

VII. Como Christine respondeu às três Senhoras 35

VIII. Como Christine, sob as ordens e com a ajuda de Razão,
começou a cavar a terra para as fundações 36

IX. Como Christine cavou a terra, ou seja, sobre as perguntas
que fez a Razão, e as respostas desta 40

X. Outras trocas e comentários sobre o mesmo tema 44

XI. Christine pergunta a Razão por que as mulheres
são excluídas do sistema judiciário. Resposta de Razão 49

XII. Em que se trata da imperatriz Nicole 51

XIII. Em que se trata da rainha Fredegunda,
e de outras princesas e rainhas da França.............................. 52

XIV. Christine e Razão debatem e trocam ideias 55

XV. Em que se trata da rainha Semíramis...................................... 57

XVI. Das Amazonas.. 59

XVII. Em que se trata de Tamires, rainha das Amazonas 61

XVIII. Como o grande Hércules e seu amigo Teseu saíram
da Grécia para atacar as Amazonas por terra e por mar,
e como as donzelas Melanipe e Hipólita fizeram-nos
cair dos estribos, derrubando cavalos e cavaleiros 63

XIX. Em que se trata da rainha Pentesileia
e da ajuda que ela deu à cidade de Troia.............................. 67

XX. Em que se trata de Zenóbia, rainha de Palmira..................... 71

XXI. Em que se trata da nobre rainha Artemísia........................... 74

XXII. Em que se trata de Lília,
mãe do valente cavaleiro Teodorico 76

XXIII. Em que se trata mais uma vez da rainha Fredegunda 77

XXIV. Em que se trata da virgem Camila... 79

XXV. Em que se trata de Berenice, rainha da Capadócia.............. 80

XXVI. Em que se trata da intrépida Clélia 81

XXVII. Em que Christine pergunta a Razão se Deus
alguma vez permitiu que uma inteligência feminina
alcançasse as ciências mais nobres. Resposta de Razão 82

XXVIII. Em que se começa a citar mulheres
que se tornaram ilustres na ciência,
e, em primeiro lugar, a jovem e nobre Cornifícia................... 84

XXIX. Em que se trata de Proba, a romana 85

XXX. Em que se trata de Safo, mulher de grande gênio,
poetisa e filósofa 87

XXXI. Razão discorre aqui sobre a virgem Mantoa....................... 89

XXXII. Em que se trata de Medeia
e de outra rainha chamada Circe 90

XXXIII. Em que Christine pergunta a Razão
se já aconteceu alguma vez de uma mulher
criar uma ciência até então desconhecida............................. 91

XXXIV. Em que se trata de Minerva,
que descobriu várias ciências, assim como a arte
de fabricar armaduras de ferro e de aço 94

XXXV. Em que se trata da rainha Ceres, que inventou a arte
de lavrar a terra e muitas outras artes ainda 96

XXXVI. Em que se trata de Ísis, que inventou a arte
de fazer jardins e cultivar plantas.. 97

XXXVII. Em que se trata de todos os benefícios
que essas mulheres trouxeram ao mundo.............................. 98

XXXVIII. Em que se retoma o mesmo assunto 100

XXXIX. Em que se trata da jovem Aracne, que descobriu
a maneira de tingir a lã e inventou a tapeçaria de alto liço,
assim como a arte de cultivar o linho e tecê-lo 102

XL. Em que se trata de Pânfila, que foi a primeira
a ter a ideia de colher a seda dos bichos-da-seda,
tingi-la e transformá-la em tecido 104

XLI. Em que se trata de Timarete,
mestra incontestável na arte da pintura;
de Irene, outra pintora, e de Márcia, a romana..................... 105

XLII. Em que se trata de Semprônia, a romana 107

XLIII. Em que Christine pergunta a Razão se a Natureza
dotou a mulher de discernimento, e a resposta de Razão 108

XLIV. A epístola de Salomão no *Livro dos Provérbios*.............. 110

XLV. Em que se trata de Gaia Cecília 111

XLVI. Em que se trata do discernimento
e da sabedoria da rainha Dido 112

XLVII. Em que se trata de Opis, rainha de Creta......................... 116

XLVIII. Em que se trata de Lavínia, filha do rei Latino 117

Segunda Parte

I. Em que se trata das dez sibilas 121

II. Em que se trata da sibila Eritreia 123

III. Em que se trata da sibila Amalteia.. 125

IV. Em que se trata de várias outras profetisas 126

V. Em que se trata de Nicóstrata,
de Cassandra e da rainha Basina.. 128

VI. Em que se trata daquela
que se tornou a imperatriz Antônia... 130
VII. Em que Christine se entretém com Retidão 132
VIII. Em que se começa a citar as filhas que amaram
seus pais, começando por Dripetina.................................... 134
IX. Em que se trata de Hipsípile.. 135
X. Em que se trata da virgem Claudina 136
XI. Em que se trata de uma mulher
que amamentou sua mãe na prisão 137
XII. Em que Retidão anuncia que a construção dos edifícios
está concluída e que já é tempo de povoar a Cidade 139
XIII. Em que Christine pergunta a Retidão se é verdade,
como afirmam os livros e os homens,
que são as mulheres que, por sua culpa,
tornam a condição do casamento tão difícil de suportar.
Resposta de Retidão, recordando as mulheres
que amaram seus maridos com profundo amor 140
XIV. Em que se trata da rainha Hipsicrateia................................. 143
XV. Em que se trata da imperatriz Triária 145
XVI. Em que se trata novamente da rainha Artemísia 146
XVII. Em que se trata de Argia, filha do rei Adrasto 148
XVIII. Em que se trata da nobre Agripina 150
XIX. Em que Christine toma a palavra. Resposta de Retidão,
que lhe dá exemplos, citando a excelente Júlia,
filha de Júlio César e esposa de Pompeu............................. 151
XX. Em que se trata da nobre Emília 153
XXI. Em que se trata de Xantipa, esposa do filósofo Sócrates...... 154
XXII. Em que se trata de Paulina, esposa de Sêneca 155
XXIII. Em que se trata da nobre Sulpícia 156
XXIV. Em que se trata de várias mulheres que, juntas,
salvaram seus maridos da morte 157
XXV. Em que Christine se insurge na presença de Retidão
contra aqueles que afirmam que as mulheres
não conseguem guardar segredo. Resposta de Justiça,
que dá o exemplo de Pórcia, filha de Catão 158
XXVI. Em que se conta o exemplo da excelente Cúria,
que ilustra esse mesmo argumento....................................... 160
XXVII. Em que se retoma o mesmo assunto 161

XXVIII. Em que se refuta aqueles que consideram desprezível
o homem que ouve sua mulher e segue seus conselhos.
Perguntas de Christine e respostas de Retidão...................... 162
XXIX. Em que se mencionam homens que se beneficiaram
por seguir os conselhos de suas mulheres............................. 164
XXX. Em que se trata do grande bem que as mulheres
fizeram e ainda fazem pelo mundo....................................... 166
XXXI. Em que se trata de Judite, a nobre viúva...................... 167
XXXII. Em que se trata da rainha Ester.................................. 169
XXXIII. Em que se trata das sabinas...................................... 171
XXXIV. Em que se trata de Vetúria.. 173
XXXV. Em que se trata da rainha da França Clotilde 174
XXXVI. Em que se refuta aqueles que afirmam
que não é bom que as mulheres estudem.............................. 176
XXXVII. Em que Christine se dirige a Retidão,
e esta refuta a opinião dos que afirmam
que poucas mulheres são castas; exemplo de Suzana............. 178
XXXVIII. Em que se trata de Sara 179
XXXIX. Em que se trata de Rebeca 180
XL. Em que se trata de Ruth... 181
XLI. Em que se trata da esposa de Ulisses, Penélope 182
XLII. Em que se refuta novamente aqueles que sustentam
que é difícil para uma mulher bela permanecer casta;
exemplo de Mariana... 183
XLIII. Em que se trata de Antônia, esposa de Druso Tibério,
que ilustra esse mesmo argumento...................................... 184
XLIV. Em que se citam vários exemplos para refutar aqueles
que dizem que as mulheres gostam de ser violadas,
começando pelo exemplo de Lucrécia.................................. 185
XLV. Em que se conta o exemplo da rainha da Galácia,
que ilustra esse mesmo argumento...................................... 187
XLVI. Em que se contam os exemplos das sicambras
e de outras virgens que ilustram esse mesmo argumento....... 188
XLVII. Em que se refuta o que se diz sobre
a inconstância das mulheres. Christine é a primeira
a falar. Resposta de Justiça sobre a inconstância
e a falta de firmeza em alguns imperadores.......................... 190
XLVIII. Em que se trata do imperador Nero 192

XLIX. Em que se trata de Galba e de outros imperadores 194

L. Em que se trata da força de caráter de Griselda,
marquesa de Saluzzo 196

LI. Em que se trata de Florência, a romana 201

LII. Em que se conta a história da esposa
de Bernabó, o Genovês 203

LIII. Tendo ouvido o discurso de Retidão sobre a constância
das mulheres, Christine pergunta por que
as nobres mulheres do passado não refutaram os livros
e os homens que as caluniavam. Resposta de Retidão 208

LIV. Em que Christine pergunta se os homens
dizem a verdade ao afirmar que poucas mulheres
são fiéis no amor. Resposta de Retidão 210

LV. Em que se trata de Dido, rainha de Cartago,
e da fidelidade das mulheres no amor 212

LVI. Em que se trata de Medeia apaixonada 213

LVII. Em que se trata de Tisbe... 214

LVIII. Em que se trata de Hero.. 216

LIX. Em que se trata de Ghismonda,
filha do príncipe de Salerno.. 217

LX. Em que se trata de Isabel e de outras amantes 222

LXI. Em que se trata de Juno
e de diversas mulheres célebres 225

LXII. Em que Christine toma a palavra. Resposta de Retidão
para refutar aqueles que dizem que as mulheres
seduzem os homens por seu coquetismo 227

LXIII. Em que se trata de Cláudia, a romana 228

LXIV. Retidão cita vários exemplos de mulheres
que foram amadas por suas virtudes,
mais do que outras por seus encantos 229

LXV. Em que se trata da rainha Branca de Castela,
mãe de São Luís, e de outras damas excelentes e sábias
que foram amadas por suas virtudes.. 230

LXVI. Christine fala, e Retidão lhe responde
para refutar aqueles que dizem que as mulheres
são avaras por natureza 232

LXVII. Em que se trata da generosidade
de uma poderosa dama chamada Paulina 234

LXVIII. Em que se trata de princesas
e de grandes damas do reino 236
LXIX. Em que Christine se dirige às princesas
e a todas as mulheres 238

TERCEIRA PARTE

I. O primeiro capítulo conta como Justiça
trouxe a Rainha dos Céus
para morar na Cidade das Mulheres 241
II. As irmãs de Nossa Senhora e Maria Madalena 243
III. Santa Catarina 244
IV. Santa Margarida 247
V. Santa Lúcia 248
VI. A bem-aventurada virgem Martina 250
VII. Em que se trata de outra virgem santa, chamada Luzia,
e de outras santas virgens 253
VIII. Em que se trata de Santa Justina e de outras virgens 255
IX. Em que se trata de Teodósia,
Santa Bárbara e Santa Doroteia 258
X. Em que se trata da vida de Santa Cristina, virgem 261
XI. Em que se trata de várias mulheres que testemunharam
o martírio de seus próprios filhos 267
XII. Em que se trata de Santa Marina, virgem 269
XIII. Em que se trata da bem-aventurada Eufrosina, virgem 271
XIV. Em que se trata da santa mulher chamada Anastásia 273
XV. Em que se trata da bem-aventurada Teodota 276
XVI. Em que se trata da nobre e santa Natália 278
XVII. Em que se trata de Santa Afra,
prostituta que se converteu a Deus 280
XVIII. Em que Justiça evoca várias mulheres nobres
que serviram e hospedaram
os apóstolos ou outros santos 282
XIX. Aqui termina o livro. Christine dirige-se às mulheres 285

SOBRE A AUTORA

Nascida em Veneza, na Itália, em 1364, Christine de Pizan mudou--se com a família aos quatro anos de idade para Paris, onde seu pai, Tommaso di Benvenuto da Pizzano, trabalhou como secretário, astrólogo e médico na corte do rei Carlos V, da França. Lá, Christine recebeu uma educação incomum para as mulheres de sua época, que seria fundamental para o desenvolvimento de suas habilidades intelectuais e literárias. Casou-se quando tinha aproximadamente quinze anos com Étienne du Castel, um notário da corte real francesa, dez anos mais velho. O casal levava uma vida segura e confortável graças à posição de Étienne na corte. Quando este morreu em 1389, provavelmente em decorrência de um surto de peste, Christine, com 25 anos, viu-se em situação financeira precária e com a responsabilidade de sustentar três filhos pequenos, a mãe idosa e uma sobrinha. Foi essa necessidade que a impeliu a escrever. Suas primeiras obras, compostas em verso, abordavam temas tradicionais da poesia cortês, mas rapidamente evoluíram para incluir reflexões mais complexas sobre a política, a moral e o papel das mulheres na sociedade.

Para garantir que suas obras fossem produzidas e disseminadas com qualidade e fidelidade, Christine organizou um pequeno ateliê em Paris, envolvendo um círculo de copistas, encadernadores e iluminadores. Supervisionando atentamente o processo de cópia e decoração de seus manuscritos, Christine teve um papel de destaque na produção de livros manuscritos, assegurando a circulação de suas obras entre os patronos da corte francesa e de outras cortes europeias. Essa atividade de cunho editorial consolidou sua posição como uma das primeiras mulheres a exercer controle sobre a própria produção literária e a viver exclusivamente de seu trabalho intelectual.

De Pizan alcançou grande notoriedade no mundo das letras parisiense ao iniciar uma polêmica em torno do *Roman de la Rose*, um poema alegórico bastante difundido na época, composto por duas partes muito distintas. Em 1401, Christine escreveu uma série de cartas denunciando o conteúdo misógino e a linguagem vulgar da segunda parte, acusando o autor, Jean de Meung, de perpetuar estereótipos negativos sobre as mulheres e de corroer os valores morais e a dignidade feminina. Este confronto literário, que envolveu outros intelectuais da época, marcou o início do que é conhecido como "Querelle du *Roman de la Rose*". Christine argumentou com grande habilidade retórica e intelectual, desafiando frontalmente a tradição masculina dominante que via as mulheres como objetos de desejo ou como vilãs, destituídas de sentido moral. A polêmica não apenas elevou sua reputação de escritora corajosa e independente, mas também destacou seu compromisso em defender a honra e a capacidade intelectual das mulheres, antecipando muitas das ideias que ela viria a desenvolver em *A Cidade das Mulheres*, sua obra mais célebre, concluída em 1405. Além desta, publicou muitos outros livros, entre eles *Epistre au Dieu d'amours* (1399), *Le Dit de la Rose* (1402), *Le Livre du chemin de longue étude* (1403), *Le Livre des faits et bonnes moeurs du sage Roi Charles V* (1404) — no qual aborda o reinado de Carlos V com o objetivo de oferecer conselhos de governança e justiça, penetrando assim num cenário dominado por homens —, e *Le Livre des trois vertus* (1405).

Por volta de 1418, momento de grande instabilidade política e social na França, Christine de Pizan retirou-se para um convento em Poissy, perto de Paris, onde continuou a escrever e a refletir sobre questões de seu tempo. Um ano antes de sua morte em 1430, publicou o poema *Le Ditié de Jeanne d'Arc*, em que celebra Joana d'Arc como a heroína que, guiada por uma missão divina, levou a França à vitória na Guerra dos Cem Anos. O poema marca o fim da carreira literária de Christine de Pizan, reafirmando seu compromisso com a justiça, a virtude e o reconhecimento da capacidade das mulheres em desempenhar papéis heroicos e decisivos na história. A partir da segunda metade do século XX, a obra de Christine de Pizan — particularmente o livro *A Cidade das Mulheres* — foi redescoberta, e a autora, celebrada como figura central na história das ideias feministas e símbolo da resistência das mulheres na Idade Média, continuando a inspirar debates contemporâneos sobre a igualdade de gênero.

SOBRE O TRADUTOR

Jornalista, tradutor e editor, Jorge Henrique Bastos nasceu na cidade de Belém do Pará, no Brasil, e viveu em Portugal entre 1989 e 2006. Nesse país, trabalhou em jornais e revistas como o *Diário de Lisboa*, *Independente*, *LER*, *Colóquio-Letras* e *Camões*, além de colaborar no semanário *Expresso*, de 1994 a 2004. Em Lisboa, organizou o livro *A criação do mundo segundo os índios Ianomami* (Hiena, 1994) e a primeira edição de *Macunaíma*, de Mário de Andrade (Antígona, 1998). Em 1998, publicou o livro de poemas de sua autoria, *A idade do sol* (Fenda Edições). Entre outros trabalhos, organizou os livros *Poesia brasileira do século XX: dos modernistas à atualidade* (Antígona, 2002) e *O corpo o luxo a obra*, de Herberto Helder (Iluminuras, 2000), a primeira edição do poeta português publicada em nosso país. De volta ao Brasil, estabeleceu-se em São Paulo, onde trabalhou como editor na Martins Fontes, no Empório do Livro e na B4 Editores. Como tradutor, verteu ao português, entre outras obras, *Gaspar Noturno*, de Aloysius Bertrand (Ercolano, 2024), e dois livros de Antonin Artaud, *Cartas de Rodez* (tradução e notas, Iluminuras, 2023) e *O teatro e o seu duplo* (tradução, posfácio e notas, Iluminuras, 2024).

ESTE LIVRO FOI COMPOSTO EM SABON
PELA FRANCIOSI & MALTA, COM CTP
E IMPRESSÃO DA EDIÇÕES LOYOLA EM
PAPEL PÓLEN NATURAL 80 G/M² DA CIA.
SUZANO DE PAPEL E CELULOSE PARA A
EDITORA 34, EM SETEMBRO DE 2024.